Bettina Brömme

Keep calm & travel –
jetzt fängt das Leben erst richtig an

Ebenfalls von Bettina Brömme im Arena Verlag erschienen:
»18, pleite und planlos. Aber immerhin sehen wir gut dabei aus«

KEEP CALM & TRAVEL –
jetzt fängt das Leben erst richtig an

Bettina Brömme

FSC
www.fsc.org
MIX
Papier aus verantwortungsvollen Quellen
FSC® C110508

1. Auflage 2019

Umschlaggestaltung: favoritbuero, München
Foto: Jordan Siemens, gettyimages
Illustration: Esther Hamburger
Gesamtherstellung: Westermann Druck Zwickau GmbH
ISBN 978-3-401-60433-6

Besuche uns unter:
www.arena-verlag.de
www.twitter.com/arenaverlag
www.facebook.com/arenaverlagfans

Lektion 1: Beobachte genau. Beobachte immer. Beobachte alles!

KEEP CALM, ALWA, AND TRAVEL!

Mein Neuseeland-Reiseblog

Donnerstag, 11. 10.

Goodbye, ihr Lieben! Ich habe die ganze Nacht kein Auge zugetan! Wieso hat man Angst vor etwas, auf das man sich gleichzeitig furchtbar freut? Es hilft nichts: Jetzt gibt's kein Zurück mehr. Ich kann's kaum glauben. Die letzten Tage waren ein einziges Chaos aus Zusammensuchen, Packen, Abschiedstränenweinen, vorfreudig Herumtanzen, letzten Treffen mit allen meinen Lieben, Ratschlägeabwimmeln, Zweifelfortschieben ... und nun muss ich los! Drückt mir die Daumen, dass alles gut geht. Ich melde mich!

Big Hug von eurer Alwa

Okay, das war es dann also. Dann würde ihr Leben eben jetzt und hier, irgendwo über dem Indischen Ozean, enden. Die Boeing 747 würde in 11.000 Metern Höhe vom Gewitter getroffen werden und in der Mitte auseinanderbrechen. In der schwarzen Nacht würden gleich nur noch atomisierte Partikel ihres Körpers durcheinanderwirbeln und für immer in der Unendlichkeit des Alls verschwinden.

»Einen Tee?«, fragte der Flugbegleiter und beugte sich zu ihr hinüber. »Sie sind so blass.«

Alwa nickte dankbar und klammerte sich an den Becher Pfefferminztee, den der aufmerksame Mann ihr reichte. Noch mal nachdenken. Was hatte Mai vor dem Abflug zu ihr gesagt? *Solange die Flugbegleiter nicht kreidebleich und fest angeschnallt auf ihren Sitzplätzen kauern, kann nichts passieren.* Mai war schon mehrmals in die USA geflogen und wusste, wovon sie sprach. Und der Flugbegleiter hier lief sogar herum und verteilte mitten in der Nacht Tee. So schlimm konnte es nicht um sie stehen. Alwa zog die Abdeckung vor dem winzigen Fensterchen zu – wenn sie die Blitze dort draußen und den vibrierenden Flugzeugflügel nicht sah, dann gab es diese auch nicht. Sie atmete tief durch und pustete über das heiße Getränk. Alles würde gut werden! Und zwar wirklich alles. Der Flug. Die Ankunft in Auckland. Das Projekt. Die Arbeit mit den Kindern. Ihre Kolleginnen und Kollegen dort. Das halbe Jahr Neuseeland würde die Krönung ihres bald 19-jährigen Lebensweges sein. Sie würde unglaublich tiefgehende und bereichernde Erfahrungen machen, von denen sie ein Leben lang zehren würde. Ganz bestimmt!

Doch erst einmal musste dieses Flugzeug aufhören, so wahnsinnig heftig zu rütteln. Verdammt, fluchte Alwa innerlich und beobachtete, wie sich der Flugbegleiter nun doch hinsetzte und anschnallte. Ein paar Reihen vor ihr stöhnte jemand laut auf. Weiter hinten schrie ein Kind. Und würgte da jemand in seine Spucktüte? Sogar ihr redseliger Sitznachbar war verstummt und seine Gesichtsfarbe erinnerte an eine frische Made. Das Flugzeug schien zu schlingern wie ein Wagen in der »Wilden Maus«.

Und dann fühlte es sich an, als öffnete sich der Boden unter ihren Füßen. Adrenalin rauschte durch ihren Körper. Im freien

Fall ging es hinab, tiefer und tiefer. Mindestens 400 Meter. Der heiße Tee fiel nicht so weit – er schwappte nur auf ihre Handgelenke. Sie gönnte dem brennenden Schmerz kaum Aufmerksamkeit, denn ebenso plötzlich wurde das Flugzeug zurück gen Himmel gehoben. Und ihr Magen gleich mit.

Neuseeland war eine einzige dumme Idee! Warum hatte sie sich nicht in München einen Praktikumsplatz gesucht? In einer Flüchtlingsunterkunft oder so etwas. Warum hatte sie sich in den Kopf gesetzt, in England diesen neuartigen Entwicklungshilfe-Studiengang durchzuziehen, für den man perfekte Sprachkenntnisse und ein vierteljähriges Praktikum in einer sozialen Einrichtung eines englischsprachigen Landes benötigte? Dass sie gleich mal durch den TOEFL-Test gefallen war, hätte ihr eine Warnung sein sollen. Bleib daheim! Sie könnte jetzt von Jellas neuester Tortenkreation probieren, mit Franzi und Henry ins Kino gehen oder Mais Berichten über ihr frisch angefangenes Jurastudium lauschen. Stattdessen saß sie hier – ganz *allein*. Na ja, nicht ganz allein, denn nun spürte sie die Hand des Nebenmannes auf ihrem Unterarm.

»Alles okay?«, fragte er und beugte sich zu ihr hinüber. Das war fast noch schlimmer als die eben überstandene Turbulenz. Schließlich hatte er während dieser ausnahmsweise geschwiegen – im Gegensatz zu den vier Stunden zuvor.

»Hm«, stieß sie aus. Je weniger sie sagte, umso weniger Anknüpfungspunkte hatte er.

»Hab keine Angst«, legte er jedoch sofort los. »Ich bin mal von Athen nach Berlin geflogen – meine Herren! Da hab ich schon die Schaumkronen der Wellen des Mittelmeers unter mir gesehen.«

Alwa nickte einfach und war froh, dass er offensichtlich keine Antwort erwartete. Seit dem Zwischenstopp in Dubai saß der

Typ neben ihr und schwallte sie voll. Auf den ersten Blick hatte sie gedacht, er wäre ganz okay. Er war etwas älter als sie, trug einen Zopf, der unter einem Lederhut hervorlugte, und sah nach Weltenbummler aus. Das war er in der Tat – allerdings nicht der Typ *Lonesome Cowboy,* sondern eher Plaudertasche. Irgendwann hatte sie vorgetäuscht zu schlafen, damit er nicht ungefragt mit der 35. Reiseanekdote anfing. In den vielen Stunden, die sie nebeneinander ausharrten, hatte er ihr keine einzige Frage gestellt. Na ja, vermutlich sah er ihr an, dass er einfach deutlich mehr erlebt hatte als sie.

»Ich versuche mal, noch ein bisschen zu schlafen«, warf sie inmitten der Schilderung über eine beinahe kenternde Fähre in Thailand ein und drehte ihm demonstrativ den Rücken zu. Er redete ein paar Sätze weiter, verstummte aber schließlich und Alwa spürte erleichtert, dass das Flugzeug weiter so ruhig und gleichmäßig dahinschwebte, als seien Turbulenzen nur Erfindungen von Stubenhockern.

»Guten Morgen«, weckte sie der Flugzeugkapitän mit seiner vollen Bassstimme über den Lautsprecher. »Wir haben es fast geschafft. In ungefähr 20 Minuten landen wir auf dem *Auckland International Airport*. Es ist sonnig und Sie können sich auf frühlingshafte 18 Grad freuen.«

Frühling! Sofort war Alwa munter. Dieses Jahr würde es für sie schlichtweg keinen Winter geben – wie großartig war das denn? Den warmen, langen Münchner Sommer hatte sie kaum genießen können, denn sie war ständig beschäftigt gewesen. Von wegen, nach dem Abitur wartet die große Freiheit! Erst hatte sie im Archiv einer Versicherung gejobbt, dann den Führerschein gemacht, für den ein Großteil ihres frisch verdienten Geldes wieder draufgegangen war, und nebenbei einen neuen Praktikumsplatz gesucht, was deutlich mehr Zeit verschlungen hatte als veranschlagt. Alwa ärgerte sich noch immer, dass sie nicht von der *Aktion Sühnezeichen* für einen Aufenthalt in einem Behindertenheim in Israel ausgewählt worden war. Es wäre eine große Ehre für sie gewesen, dort hinzugehen. Zudem war die Absage erst sehr spät bei ihr eingetroffen. Alle Alternativen waren zu dem Zeitpunkt schon mit anderen Bewerbern besetzt und sie hatte ewig gesucht, bis sie auf die kleine Agentur gestoßen war, die in Neuseeland Praktikumsplätze vergab und tatsächlich noch einen frei hatte. Die Vermittlungsgebühr war mit 800 Euro ziemlich happig gewesen, aber was hätte sie machen sollen? Sie war froh, überhaupt etwas zu bekommen. Außerdem klang die Stelle genau nach dem, was sie gesucht hatte. Sie würde in einem Waisenhaus mithelfen, das nahe Whangarei, nördlich von Auckland, lag. 60 Kinder, viele von ihnen Maoris, lebten hier mit einem vierköpfigen Leitungsteam und jeweils sechs wechselnden Praktikanten. Und sie wäre für drei Monate eine von ihnen. Ihrer Mutter war Alwa dankbar, dass diese ihr den Großteil der Vermittlungsgebühr zugeschossen hatte. Alwa wusste, dass das ein echtes finanzielles Opfer für sie bedeutete.

Nun lagen lauter Wonnemonate vor Alwa – davon war sie überzeugt. Und wenn sie nach Deutschland zurückkehrte, dann würde dort der Frühling anfangen.

Vor sich im Dunst erkannte sie nun einen Streifen Land. Er wirkte wie eine Oase in all dem Wasser, über das sie geflogen waren. Hell- und dunkelgrüne Brachflächen wurden erkennbar, kleine Wäldchen, rechteckig angeordnete Straßenzüge und über allem spannte sich nun ein makellos blauer Himmel. Kurz schreckte sie zusammen, als die Häuser näher und näher kamen und dann doch wieder nur noch Wasser unter ihnen zu sehen war.

»Die Landebahn ragt in den Manukau Harbour Lake rein,

keine Sorge, der Pilot wird sicher treffen«, prahlte der aufdringliche Typ neben ihr sofort mit seinem weltumspannenden Wissen. Alwa nickte ergeben und dann rumpelte es schon unter ihr und das Flugzeug setzte auf. Immerhin. Sie war wohlbehalten angekommen.

Bereits im Flieger hatte Alwa die »Passenger Arrival Card« ausgefüllt und sich gewundert, was sie dort alles angeben musste. Da man in Neuseeland offensichtlich Angst hatte, dass Besucher irgendwelche Keime oder Krankheiten einschleppten, die für die Umwelt schädlich sein könnten, durfte man weder Obst noch Fleisch, Nüsse, Milchprodukte und tote Tiere einführen. Na ja, für Letzteres hatte Alwa durchaus Verständnis. Das übrige Stück von dem Kuchen, den ihr Jella zum Abschied gebacken hatte – ihre neueste Kreation: eine saftige Linzer Torte mit einer zitronigen Buttercremeschicht –, hatte sie zum Frühstück im Flugzeug gegessen.

Während sie sich in die Schlange an der Passkontrolle einreihte, überlegte sie, was Jella und ihre Ma wohl gerade taten. Neuseeland war Deutschland um genau zwölf Stunden voraus. Hier war es kurz nach acht Uhr morgens und in Deutschland sah man gerade die Tagesschau. Vermutlich schaute nur ihre Mutter – ihre Schwester brach bestimmt auf, um Franzi zu treffen. Für eine Sekunde rauschte ihr die Überlegung durch den Kopf, dass sie jetzt lieber dort wäre. Dort, wo sie sich auskannte. Nur nach Ausgehen wäre ihr momentan nicht zumute. Alwa gähnte ausgiebig – sie war seit bald 30 Stunden unterwegs und sehnte sich nach nichts mehr als einem Bett. Aber dann war sie auch schon an der Reihe, schob ihren Pass, das Visum für ihren sogenannten »Arbeitsurlaub«, den Praktikumsvertrag und das Ticket für den Rückflug in einem halben Jahr über den Tresen. Eine freundliche Frau in einer hellblauen Uniformbluse sah sich alles in Ruhe an und winkte sie schließlich weiter. Nun noch ihr Gepäck holen, die Arrival Card beim Zoll vorlegen und dann wäre sie endlich so richtig in Neuseeland angekommen.

Auf dem Weg zum Gepäckband erhaschte sie durch eine große Glasscheibe einen ersten Blick in die Ankunftshalle. Hoffentlich war Tom Jenkins wirklich da – ihr Ansprechpartner, der sie abholen und zum Projekt bringen würde. Dank Tom hatte sie ein Skype-Gespräch mit Martha geführt, der Leiterin des Projektes *Whangarei Child Care.* Sie war Alwa sehr jung vorgekommen, sprühte aber vor Tatendrang und Energie. Sie hatte gesagt, sie freue sich sehr auf Alwa, und betont, wie willkommen ihre Mitarbeit sei. Wegen des Englisch solle sie sich keine Sorgen machen, da würde sie schon reinwachsen. Alwa bekäme ein eigenes Zimmer und natürlich würde ihr ausreichend Freizeit zur Verfügung stehen – beispielsweise um zum Tauchen nach Poor Knights Island hinauszufahren. Als Alwa später Jella davon erzählte, hatte ihre Schwester zum ersten Mal neidisch gewirkt.

Am Gepäckband herrschte ein schreckliches Getümmel. Jeder gierte danach, so schnell wie möglich seinen Koffer in die Finger zu bekommen, um endlich von hier fortzukommen. Puh, wo blieb nur Alwas riesiger dunkelgrüner Rucksack? Wie lange zog sich das noch? Tom hatte gesagt, er würde sie und einen anderen neuen Praktikanten mit dem Wagen nach Whangarei fahren, was etwa zwei Stunden dauerte. Hoffentlich war das Auto so bequem, dass sie unterwegs ein wenig schlafen konnte. Wobei ... sicher war es viel spannender, die Landschaft hinter den Fensterscheiben zu betrachten.

Endlich landete ihr grünes Ungetüm mit einem Scheppern auf dem Band. Sie ging ihm entgegen und griff nach einem der Gurte. Irgendwie kam ihr der Rucksack plötzlich viel leichter vor als beim Einchecken. Das rote Bändchen, das sie ganz oben festgebunden hatte, war offensichtlich abgerissen. Egal, Hauptsache, der Rucksack war da und sie würde schnell durch die Gepäckkontrolle kommen. Sie schulterte das Teil und ging damit hinüber zu der Kontrollstelle, von wo ein Mann in Uniform ihr schon entgegensah.

Sie legte den Rucksack zwischen ihn und sich auf den Tisch, öffnete die obere Packtasche – und erblickte Boxershorts, ein paar dunkle T-Shirts, kurze Jeans und eine riesige Tafel Nussschokolade. Wem immer der Rucksack gehörte – ihr nicht! Verdammt! Das ging ja gleich mal gut los! Sie spürte, wie sich ihr Puls beschleunigte und alle Müdigkeit plötzlich verschwand.

»Oh, Miss, this is not allowed – you have to declare it.« Was war nicht erlaubt und stattdessen zu deklarieren? Natürlich, die Schokolade mit Nüssen, die er ihr mit anklagendem Blick entgegenhielt.

»This is not my backpack« – nicht meiner – waren die einzigen Worte, die ihr auf Anhieb einfielen. Der Officer zog die Augenbrauen hoch und sah sie verständnislos an. Das würde sie an seiner Stelle auch tun! Sie versuchte, ihm irgendwie zu erklären, dass dieser Rucksack hier wie ihrer aussähe, aber nicht ihrer sei. Sie verfluchte sich selbst dafür, dass sie sich in den letzten Wochen nicht mehr mit der englischen Sprache beschäftigt hatte. Immerhin schien er sie jetzt zu verstehen, was jedoch nicht hieß, dass sie ihn verstand, als er antwortete. Er sprach die *E* und *I* viel länger, als sie es aus dem Schulunterricht kannte, und an seine Geschwindigkeit musste sie sich auch erst gewöhnen. Am Ende lächelte er sie immerhin an und winkte ihr, ihm zu folgen.

Sie betraten gleich hinter der Kontrollstation ein kleines, schmuckloses Büro, wo ein weiterer Zöllner an einem Schreibtisch etwas in einen Computer eintippte. Der Officer sagte etwas

Unverständliches zu seinem Kollegen, wies dann Alwa an, sich zu setzen, und verschwand.

Nachdem der Mann seine Eingaben beendet hatte, wandte er sich Alwa zu. Er wirkte ziemlich griesgrämig und leierte eine Belehrung darüber herunter, dass es verboten sei, Nussschokolade einzuführen und sie jetzt eine Strafe von 200 neuseeländischen Dollar zu zahlen hätte. Alwa wurde es gleichzeitig heiß und kalt.

»*Wait!*«, rief sie und versuchte erneut zu erklären, dass der Rucksack ihr nicht gehörte. Der Officer sah sie gelangweilt an – als habe er diese Geschichte schon so oft aufgetischt bekommen, dass sie ihm zu den Ohren herauskam. Alwa griff einfach nach dem Rucksack und wollte eine der Männerunterhosen herauszerren, aber ihr Gegenüber zog das Gepäckstück weg. Na toll! Warum sollte sie bestraft werden, wo sie gar nichts verbrochen hatte?

»Zahlen Sie bar oder mit Kreditkarte?«, fragte der Mann sie nun.

»Das ist nicht mein Rucksack«, wiederholte Alwa und verschränkte die Arme vor der Brust. Dann würde sie eben so lange hier sitzen bleiben, bis er einsichtig wurde. Sie betete, dass Tom Jenkins auf sie wartete. Was, wenn er einfach wegfuhr? Wenn er dachte, sie sei nicht an Bord gewesen? Ein Schauer lief ihr über den Rücken bei der Vorstellung, sich ganz allein zu dem Projekt durchzuschlagen.

»Lady?«, riss der Officer sie aus ihren Überlegungen. »Ich warte. Ich habe Zeit.«

»Ich auch«, sagte Alwa trotzig und versuchte, seinem Blick nicht auszuweichen. »Außerdem gebe ich gleich eine … eine …« Verdammt! Was hieß bloß »Vermisstenanzeige« auf Englisch? Sie stotterte und suchte nach Worten, aber der Officer zog nur die

Augenbrauen hoch und sah sie verständnislos an. Himmel, wie sollte sie ihm klarmachen, dass dies nicht ihr Gepäck war, wenn er es sich gar nicht anschaute. Ihr schauderte, als sie begriff, dass vielleicht gerade irgendwer mit ihrem Rucksack aus dem Flughafengebäude rausschlenderte, weil niemand bemerkt hatte, dass es der falsche war. Was war sie aber auch so blöd gewesen, den erstbesten Rucksack zu nehmen!

»Ah, da ist er ja!«, rief in diesem Moment jemand in einem etwas merkwürdig klingenden Englisch von der Tür. Alwa sah auf und entdeckte einen jungen Typ mit roten Locken, die zu einem Zopf gebändigt waren. Im Flugzeug war er Alwa nicht aufgefallen. Neben ihm stand derselbe Zollinspekteur, der Alwa hierhergebracht hatte.

»Mein Rucksack! Das ist er!« Der Rothaarige trug auf dem Rücken das identische Gepäckstück, an dessen Griff Alwas rotes Bändchen leuchtete.

»Sehen Sie!« Alwa sprang auf. »Das ist meiner! Ich habe auf dem Gepäckdings den falschen erwischt.«

Endlich ließ sich der unfreundliche Officer dazu herab, Alwas angeblichen Rucksack doch etwas näher zu inspizieren. Er zog wie sein Kollege vorhin eine Männerunterhose hervor und sah zwischen Alwa und dem jungen Typ hin und her.

»Das sind meine«, erklärte dieser, riss dem Zöllner die Boxershorts aus der Hand und stopfte sie zurück.

»Und die hier dann also auch?«, fragte der Officer und hielt die Schokoladentafel in die Höhe.

»Ja«, brummte der Angesprochene und sah zu Boden.

»Das weiß man doch, dass man so was nicht einführen darf«, sagte Alwa, ehe sie darüber nachdenken konnte, ob dies klug war.

»Thanks!«, antwortete der junge Mann und schob auf Deutsch nach: »Klugscheißerin!«

»Gern geschehen«, sagte Alwa spitz, ebenfalls auf Deutsch. Der Typ sah sie erschrocken an.

»Sorry, ich dachte, du bist aus … keine Ahnung … mir auch egal. Hauptsache, ich bekomme meinen Anschlussflug nach Christchurch.«

»An mir soll's nicht liegen«, sagte Alwa und hob abwehrend die Hände.

»Dann hättest du vielleicht nicht meinen Rucksack mitnehmen sollen, oder?«

Ob er aus der Schweiz kam? Dem Dialekt nach würde das passen.

»Es tut mir leid, es war eine Verwechslung«, lenkte Alwa ein. »Aber für die Schokolade hätten sie dich so oder so drangekriegt.«

»Ich wollte die ja anmelden, jetzt habe ich natürlich keine Chance mehr dazu, oder? Vielen Dank auch!«

»Wait, wait, wait«, schaltete sich der Officer ein. »So, Miss, wenn der Rucksack dort Ihrer ist – dann gehen Sie damit bitte zurück zu meinem Kollegen. Sie bekommen Ihre Stempel und können einreisen.«

Alwa nickte, griff nach ihrem Rucksack, dem richtigen, dem mit dem roten Bändel, und entschuldigte sich ein weiteres Mal.

»Bye«, sagte sie leise und ging hinaus.

»Und jetzt zu Ihnen«, hörte sie den Officer noch sagen.

Puh, was für ein peinlicher Einstand! Schnell verließ sie das Büro. Hoffentlich wartete dieser Tom auf sie.

Lektion 2: Sei flexibel!

🌐 keepcalm_Alwa

AUCKLAND, NEW ZEALAND

Eingereist! Hurra! In der Ankunftshalle steht ein riesiges geschnitztes Tor mit so Maori-Masken. Sind diese herausquellenden Augen und die langen Zungen nicht gruselig? Aber wie das geschnitzt ist … einfach nur wow!

#KiaOra #Airport_Auckland #Schnitzerei #Welcome_to_Kiwi_Country #aufgeregt

---

♥ Gefällt 12 Mal

SAMSTAG, 13.10.

Abgesehen vom Eingangstor im Maori-Stil wirkte die Ankunftshalle wie viele andere auf der Welt. Neben Schaltern diverser Autovermietungsagenturen gab es ein paar Self-Service-Cafés und den obligatorischen McDonalds. Alles keine lohnenswerten Motive für einen Instagram-Post. Immerhin entdeckte Alwa die riesige Statue eines Kriegers mit Helm und Schwert, der direkt aus einem *Herr-der-Ringe*-Film hierher gesprungen zu sein schien. *Nicht berühren,* stand daran. *Aus Mittelerde ausgeliehen.* Okay, das war wohl echter Kiwi-Humor. Ein Foto davon würde sie später auf Instagram posten oder in ihrem Blog unterbringen. Schon jetzt hatte sie den Eindruck, dass es ihr mehr Spaß machen würde, im Vorbeigehen ein paar Impressionen auf ihren Instagram-Account zu stellen, als lange Texte für den Blog zu verfassen.

Von einheimischen Kiwis – sie hatte schon im Reiseführer gelesen, dass sich die Bewohner gerne nach dem nur hier lebenden gleichnamigen Vogel so bezeichneten – war nicht viel zu sehen. Die Ankunftshalle lag an diesem frühen Morgen recht verlassen da. Ein paar Reisende mit Koffer-Trolleys, wenige Wartende auf den Sitzreihen direkt vor ihr. Einen einzelnen Typ mit einem Schild, auf dem *Alwa Pistor* stand, konnte sie nicht entdecken. Okay, vielleicht hatte er kein Schild dabei. Sie sah sich demonstrativ suchend um, aber außer einem mittelalten Mann, der eine gestresst wirkende Frau und drei kleinere Kinder bei sich hatte, reagierte niemand auf ihren Blick.

Ob Tom draußen am Auto wartete? Auf Toilette war? Oder mit dem anderen Praktikanten einen Kaffee holte? Hoffentlich würde sie diesen mögen. Sie wusste nicht, auf wen sie sich einstellen musste, dazu hatte ihr Tom nichts gesagt. Woher ihr neuer Kollege wohl kam? Alwa freute sich darauf, möglichst viele Menschen aus verschiedensten Ländern kennenzulernen – wobei ihr im Moment gereicht hätte, einen einzigen kennenzulernen. Aber von jemandem, der Tom sein könnte, fehlte jede Spur. Geduld, Alwa, ermahnte sie sich. Hab Geduld! Sie sollte sich inzwischen umschauen, wo sie hier irgendwo eine Telefonkarte bekam, damit sie sich bald daheim in Deutschland melden konnte.

»*Are you Alwa from Germany?*«, sprach sie nun allerdings der Mann mit der gestressten Frau und den drei Kindern an. Er musterte sie von oben bis unten, während seine Frau ihn am Ärmel wegzuziehen versuchte.

»Das kann sie nicht sein, sie war blond«, warf die Frau ein.

»Ähm, *yes, that's my name*«, antwortete Alwa auf seine Frage.

Woher wusste er, wie sie hieß? Der Mann warf seiner Frau einen triumphierenden Blick zu.

»Großartig! Ich bin Jeff Green – das ist meine Frau Linda.«

»Aber das kann sie nicht sein! Bist du blind?« Diese Linda tat, als sei Alwa kein richtiger Mensch, sondern höchstens ein Hund. »Beim Skypen sah sie doch ganz anders aus. Und ihr Englisch war viel besser.«

»Entschuldigung«, brachte Alwa auf Englisch hervor. »Ich verstehe nicht?«

»Siehst du – sie versteht dich nicht mal.«

»Doch, doch«, unterbrach Alwa schnell. »Ich verstehe schon – nur die Situation nicht. Ich warte hier auf einen gewissen Tom – Tom ... Jenkins. Er wollte mich abholen. Ich gehe als Praktikantin in ein Kinderhilfsprojekt. *Whangarei Child Care* heißt es.«

Das Paar sah sie verständnislos an. Die beiden größeren Kinder, ein Junge und ein Mädchen im Grundschulalter, jagten sich um die Sitzplätze und rempelten dabei immer wieder gegen Gepäckstücke. Jeff und Linda schien das nicht weiter zu stören. Das kleinste – ob es ein Junge oder ein Mädchen war, erkannte Alwa auf die Schnelle nicht – saß Schokoladenkekse mümmelnd in seiner Kinderkarre und wischte sich genüsslich die verklebten Finger an den eigenen dünnen Haaren ab.

»Moment«, sagte Linda, fischte ihr Smartphone aus ihrer Handtasche und wählte eine Nummer. Nach kurzem Warten steckte sie es wieder weg.

»Der Teilnehmer ist nicht bekannt«, sagte sie erschrocken.

»Wie bitte?« Nun wurde auch Jeff etwas blass. »Aber Tom hat uns doch gestern noch eine E-Mail mit den Flugdaten geschickt und geschrieben, alles sei in Ordnung und er würde auf jeden Fall mit zur Abholung kommen.«

»So was Ähnliches hat er mir vor dem Abflug auch mitgeteilt«, bestätigte Alwa. »Allerdings sollte ich mit ihm und einem anderen Praktikanten nach Whangarei gebracht werden. Zu dem Projekt.« Immerhin fielen ihr langsam mehr und mehr englische Vokabeln ein. Und das trotz ihrer Müdigkeit.

»Und du …«, Jeff verdrehte hilflos die Augen, »… du bist kein Au-pair-Mädchen?«

»Nein«, sagte Alwa. Hoffentlich hatte sie nicht zu entrüstet geklungen. Sie griff in ihren kleinen Tagesrucksack und holte den Praktikantenvertrag hervor.

»Schauen Sie, hier steht's.« Sie wies mit dem Finger auf den Namen des Projektes.

»Aber …«, stotterte Linda. Sie sah aus, als würde ihr gleich der Kragen platzen.

»Haben Sie … ähm«, fiel Alwa ein, »haben Sie auch eine Vermittlungsgebühr bezahlt?« Sie steckte den Vertrag wieder ein.

Linda nickte.

»Allerdings«, stimmte Jeff zu. »Und zwar eine ganz schön üppige. Ich meine, es war uns letztlich egal, weil wir so dringend eine Au-pair benötigen. Wir haben es schon mit vier probiert …«

»Mit fünf«, verbesserte Linda. »Eine war schlimmer als die andere. Unordentlich, faul, frech und wahnsinnig anspruchsvoll. Bei dir … also, ich meine, bei diesem Mädchen auf Skype, hatten wir ein sehr gutes Gefühl. Und du – oder jemand, der sich als du ausgegeben hat, hat uns auch so nette E-Mails geschrieben.«

»Das war ich nicht«, sagte Alwa. »Ich habe dafür mit der Frau telefoniert, die das Projekt leitet. So eine junge blonde. Sie hatte ein … so einen braunen Punkt neben der Lippe.« Sie tippte mit dem Zeigefinger auf eine Stelle über ihrem Mund. Was hieß nur Muttermal auf Englisch?

»Ein *birthmark* – genau!«, bestätigte Linda. »Was für eine Unverschämtheit! Da hat er irgendwen vor eine Skype-Kamera gesetzt und sie als Au-pair-Mädchen ausgegeben! Verdammt, was sollen wir denn jetzt machen?«

»Mama, ich hab Durst!«, rief die Tochter nun und balancierte dabei über die Sitzplätze, auf denen niemand saß.

»Gleich«, antwortete ihre Mutter.

»Durst!«, schrie der jüngere Bruder und stampfte mit dem Fuß auf.

Entzückende Kinder, fuhr es Alwa durch den Kopf. Sie wusste schon, warum sie sich nicht als Au-pair-Mädchen beworben hatte. Sie hatte überhaupt keine Lust, sich von reicher Leute verwöhntem Nachwuchs tyrannisieren zu lassen.

»Na gut«, erbarmte sich Jeff, fingerte einen Geldschein aus der Hosentasche und drückte ihn dem Mädchen in die Hand. »Aber bring Oli auch was mit, Ruby, hörst du?«

»Dürfen wir Coke?« Die Geschwister rannten schon in Richtung des McDonalds.

»Nicht für Oli!«, rief ihre Mutter hinterher. »Einen Eistee für sie, okay?«

»Na ja«, wandte sich Jeff dann wieder Alwa zu. »Vielleicht springst du einfach ein, bis sich alles geklärt hat. Also, wenn du magst. Die Kinder sind super – du wirst sie lieben.« Wie aufs Stichwort ließ der oder die kleine Oli einen markerschütternden Schrei los. Linda bückte sich und befreite die Schokofinger aus den mittlerweile völlig verklebten Haaren, in denen sie sich verfangen hatten. Doch Oli schrie einfach weiter.

Alwa dachte sofort an Lausi, Mais kleinen Bruder, den sie in den letzten Monaten häufig gesittet hatte und der ungefähr so alt wie Oli war. Allerdings sehr viel niedlicher! Sie bückte sich zu dem Kind hinunter, tanzte mit zwei Fingern auf seinem dicken Ärmchen nach oben und krabbelte es am Ohr. Doch Oli brüllte nur noch lauter.

»Olivia hat gerade eine Phase, in der sie Fremde nicht mag«, sagte Jeff. Alwa sah genau, wie ihm Linda einen Ellenbogen in die Seite rammte. »Na ja, sonst ist sie total friedlich. Unser kleiner Buddha.« Er tätschelte den Kinderkopf und merkte zu spät, dass nun auch er klebrige Finger hatte.

»Also? Wie sieht's jetzt aus? Willst du den Au-pair-Job?«, fragte Linda und die Schärfe ihres Tons ließ Alwa zusammenzucken. Was sollte sie nur antworten?

Sie hatte eine 30-stündige Reise und einen turbulenten Flug hinter sich, war hundemüde, hungrig und im Begriff, die Nerven zu verlieren. Wenn dieser Tom tatsächlich untergetaucht war, hieß das doch, sie war auf einen üblen Abzocker hereingefallen und stand nun völlig planlos mitten in Neuseeland herum. Ohne Praktikumsplatz, ohne Idee, wie es weiterging, und mit niemandem als Ansprechpartner als diese Familie hier vor sich.

»Bitte!« Der Quengel-Faktor in Lindas Stimme erhöhte sich. »Wir sind nett, wir haben ein schönes Zimmer für dich, es gibt was zu essen und genug Freizeit. Und vielleicht ist ja alles nur ein Missverständnis und dieser Jenkins taucht noch auf. Oder willst du lieber in ein schmutziges, völlig überteuertes Hostel? Übrigens ist Segler-Festival in Auckland und alles ausgebucht.«

»Ähm«, war das Einzige, was Alwa einfiel. Hinter Linda sah sie Ruby und ihren Bruder mit drei riesigen Getränkebechern zurückkommen. Sollte sie ihre Zeit tatsächlich damit zubringen, auf drei Kinder aufzupassen, denen es offensichtlich an nichts fehlte? Sie war in die Welt gezogen, um sie zu einem besseren Ort zu machen, um dort zu helfen, wo Hilfe wirklich gebraucht wurde.

»Weißt du«, sagte nun Jeff. »Ich muss für einige Tage zu einer Konferenz nach Wellington, Linda hat unzählige Termine – wir wissen nicht, was wir tun sollen, wenn du Nein sagst. Du würdest uns wahnsinnig helfen!«

»Willst du auch was?«, fragte der Junge und streckte Alwa seinen Cokebecher entgegen. Er hatte kurze, strubbelige Haare, leuchtend blaue Augen und unzählige Sommersprossen um die kleine Nase.

»Nein danke«, sagte Alwa.

»Das ist Liam«, erklärte Jeff. »Unsere Sportskanone. Wer hätte das gedacht? Er hatte einen Herzfehler, als er auf die Welt kam. Aber inzwischen geht es ihm so gut, dass er sogar Kricket spielt.«

Verdammt, dachte Alwa. Verdammt. Er ist auch nur ein Kind. Er kann nichts dafür, dass er nicht in einem Waisenhaus lebt. Was, wenn er wirklich meine Hilfe braucht?

»Na gut«, sagte sie schließlich. »Wir können es ja mal ausprobieren.«

Lektion 3: Habe Geduld!

🌐 keepcalm_Alwa

AUCKLAND, NEW ZEALAND

Das mit der Vermittlungsagentur war voll die Pleite! Die gibt es gar nicht! Und jetzt bin ich: tada – Au-pair-Mädchen.

#Harbour_Bridge_Aussicht #Au-pair #Improvisation #alles_in_Weiß #Augen_auf #Betrüger_am_Werk

♥ Gefällt 23 Mal

ALLE KOMMENTARE ANZEIGEN

Jella_loves_cake@keepcalm_Alwa: Oh, krass, was für ein Shit! Drücke die Daumen, dass es besser weitergeht.
Tuber_Franzi@keepcalm_Alwa: Ruh dich erst mal aus!

13.10.

Alwa hatte sich darauf eingestellt, auf einer durchgelegenen Matratze zu schlafen und mit wenig Essen und ohne Dusche auskommen zu müssen. Sie hatte aber auch gehofft, dass sie einem kleinen, mittellosen Verein eine große, tatkräftige Hilfe sein würde. Sie hatte sich in verwegenen Momenten als die Mutter Teresa von Whangarei gesehen.

Stattdessen saß sie nun in einem zwar winzigen, aber blendend weiß eingerichteten, beinah klinisch sauber wirkenden

Zimmer, in dem ihr Rucksack so fremd wirkte wie ein Koffer auf dem Mond. Vor lauter Schlafmangel konnte sie kaum noch geradeaus denken. Auf der halbstündigen Autofahrt vom Flughafen in die Sentinel Road im Norden von Auckland hätte sie gerne ein paar Minuten die Augen zugemacht, aber das anhaltende Geschrei von Olivia sowie die Zankereien zwischen Ruby und Liam hatten das verhindert.

Immerhin hatte sie mitbekommen, dass das Haus – nein, das Anwesen – direkt am Wasser lag, über eine Treppe gelangte man an den Strand, wie ihr Liam beim Ankommen erklärt hatte. Das grellweiße Domizil selbst zog sich über drei Stockwerke, die kunstvoll übereinandergestapelt wirkten, mit großen Fenstern, diversen Balkonen, die so riesig schienen wie ihre halbe Wohnung in München. Außerdem gab es einen Pool in einem kleinen, etwas künstlich wirkenden Gartenteil und einen Lift, der sie von der Garage in den Wohnbereich brachte.

»Oh, bitte, stell den Rucksack hier nicht ab«, hatte Linda sie angewiesen, kaum hatten sie das weitläufige Zimmer mit dem Kamin betreten. »Die Putzfrau hat den Boden gerade frisch gewischt!« Also hatte Alwa ihr Gepäck auf dem Rücken behalten, während sie an die Fensterfront getreten war und versucht hatte, sich nicht allzu deutlich anmerken zu lassen, wie beeindruckt sie war. Zwischen Bananenstauden und riesigen alten Bäumen blickte man auf die im Sonnenschein glitzernde Bucht, über die sich die monumentale Eisenkonstruktion der Harbour Bridge spannte. Schnell hatte sie ein Foto davon gemacht. Sie war genau in einem der Häuser gelandet, die sie sich früher manchmal mit Jella oder Franzi auf Google Earth angeschaut hatte, um davon zu träumen, wie es wäre, in einem solchen zu wohnen.

»Komm, ich zeig dir dein Zimmer!«, hatte Jeff schließlich gerufen. Sie hatte sich von dem Anblick losgerissen und war ihm ein Stockwerk tiefer gefolgt.

Und hier saß sie nun. Es war völlig still, die Kinder nahmen mit den Eltern oben in der Küche ein zweites Frühstück ein, zu dem sie natürlich auch eingeladen war, sobald sie sich ein wenig eingerichtet hatte. Viel einzurichten gab es hier nicht: Ein Bett, ein kleiner Schreibtisch mit einem Stuhl und ein Einbauschrank, ein winziges Fenster mit Sicht auf das Nachbarhaus – das war's. Vermutlich war alles in Weiß gehalten, um von der Enge des Raums abzulenken. Alwa liebäugelte schwer mit dem Bett, das ihr einladend zuzuzwinkern schien. Hoffentlich konnte sie sich nachher etwas hinlegen. Wenn sie ausgeschlafen war, käme ihr bestimmt eine Idee, wie es weitergehen würde.

Als Erstes musste sie sich so schnell wie möglich eine neuseeländische Telefonkarte besorgen, ihre deutsche verursachte hier nur horrende Kosten. Schließlich wollte sie Jella und ihrer Mutter Bescheid geben, dass sie zumindest gut gelandet war. Dann würde sie versuchen, selbst Kontakt zu dem Kinderprojekt aufzunehmen. Vielleicht hatte dieser fiese Tom ja auch dort eine Vermittlungsgebühr kassiert und man wunderte sich, warum die versprochene Praktikantin nicht auftauchte. Wenn der Praktikumsplatz gesichert war, könnte sie sich mit einem großen Dankeschön für die Gastfreundschaft von Familie Green verabschieden. Bleib ruhig, Alwa, mahnte sie sich selbst. Sie holte tief Luft, verstaute ein paar Sachen im Wandschrank und ging mit ihrem Kulturbeutel in das Badezimmer auf der gegenüberliegenden Flurseite. Sie musste sich wenigstens ein bisschen frisch machen, bevor sie zu der Familie stieß.

Irritiert stellte sie fest, dass das Bad größer als ihr Zimmer war. Überall lagen Kinderklamotten verstreut und das Waschbecken war mit Zahnpastaspritzern übersät. Die Toilette zeigte eindeutige Spuren der Benutzung – offensichtlich war die Putzfrau, die oben den Fußboden »gerade frisch gewischt« hatte, nicht bis hier unten vorgedrungen. Alwa ignorierte die Unordnung und entschloss sich spontan zu einer Dusche.

Als sie zehn Minuten später einigermaßen erfrischt im Gang stand, sah sie sich unauffällig um. Hier lagen alle drei Kinderzimmer – rings um ihr Zimmer herum. Schrien Eineinhalbjährige nachts noch? Quengelten Fünfjährige nicht ständig, sie könnten nicht einschlafen und bräuchten eine warme Milch? Und standen Siebenjährige nicht morgens um sechs am Bett und wollten vorgelesen bekommen?

Natürlich war sie losgezogen, um für Kinder zu arbeiten – aber sie hatte dabei nicht an Kinder gedacht, die im Gartenpool planschten und mit dem Lift in ihr Wohnzimmer fuhren. Okay, nur für ein paar Tage, redete sie sich gut zu. Als Dank für das Obdach.

»Magst du *Hokey Pokey?«,* fragte Liam, als Alwa in den Essbereich kam, der direkt an die geräumige, offene Küche anschloss. Auch hier dominierte die Farbe Weiß und sicherlich hatte die Putzfrau nicht nur einmal pro Woche im Haus zu tun. Der Junge schob Alwa eine große Plastikschale voller Vanilleeis zu, in dem hellbraune Karamellstückchen schimmerten. Mit gesunder Ernährung schien die Familie Green nicht gerade viel am Hut zu haben.

»Später gerne«, erwiderte Alwa und setzte sich. Jeff goss ihr einen Becher – weiß natürlich – Kaffee ein und hielt ihr eine große Packung hin, auf der *Weetabix* stand. Offensichtlich so etwas wie dicke Cornflakes, wobei eine dieser Flocken etwa so groß wie ein halbes Knäckebrot war. Alwa tat sich zwei Brocken in eine Schüssel. Mit Milch aufgegossen zerfielen die Dinger zu einer Art Brei. Immerhin schmeckten sie besser, als sie aussahen.

»Also«, sagte Linda über ihre Tasse Tee hinweg. »Folgender Plan: Liam hat nachher gleich ein Kricketspiel, Ruby ist zum Geburtstag eingeladen und wir heute Abend auf eine Dinnerparty, direkt in der Nachbarschaft. Wir begleiten sie zu ihren Terminen und du kümmerst dich um Olivia, bis die Großen zurück sind. Wir bringen sie zusammen ins Bett, damit du ihre Rituale kennenlernst. Alles klar?«

Hilfe suchend sah Alwa zu Jeff, der allerdings auf sein Tablet starrte. Er schien ins Zeitunglesen versunken und nickte nur beiläufig, als Linda ihn am Handgelenk berührte. Alwa schluckte. Sie hatte gehofft, sich nach dem Frühstück ein wenig hinlegen zu können.

»Es ist das Beste, wenn du gleich in den normalen Rhythmus kommst.« Linda schien ihre Gedanken zu lesen. »Dann ist dein Jetlag bald weg.«

»Okay«, stammelte Alwa.

»Oli liebt es, im Pool zu planschen. Du musst nur aufpassen, dass sie nicht ertrinkt«, ergänzte Linda.

Hatte sie das richtig verstanden? Dass sie nicht *ertrinkt?* Natürlich würde sie darauf aufpassen. Bei Linda klang es, als ob dies eine mögliche Option sei.

»Schon klar«, Alwa nickte.

»Gut«, sagte Linda und stand auf. »Der Kühlschrank ist dort hinten, bitte sieh zu, dass du die Lebensmittel in die richtige Kühlzone stellst. Ach, und die Spülmaschine ist gestern kaputtgegangen. Sei so nett und spül gleich alles ab, ja? Leider steht die Putzfrau nicht mehr zur Verfügung. Da müssen wir jetzt in der nächsten Zeit gemeinsam ein bisschen mit anpacken. Wir sehen uns später.«

Linda verschwand in das obere Stockwerk, wo vermutlich das Elternschlafzimmer untergebracht war. Ruby und Liam waren schon vor ein paar Minuten vom Tisch aufgestanden und Alwa hörte sie durch die geöffnete Terrassentür im Pool planschen und begeistert quieken.

»So, und unser kleines Baby macht jetzt einen Mittagsschlaf«, kündigte Jeff an und schnappte sich Olivia. »Normalerweise schläft sie mindestens eine Stunde. Wenn sie dann aufwacht, kümmerst du dich einfach um sie, ja?«

»Aber …« Auf Deutsch fiel Alwa eine Menge ein, was sie hätte erwidern können: dass Olivia sie doch kaum kannte, ob sie nicht nach ihren Eltern schreien würde, wann sie was zu essen brauchte und wo eigentlich die Windeln aufbewahrt wurden. Auf Englisch dagegen blieb sie sprachlos. Jeff nickte aufmunternd.

»Das bekommst du schon hin«, sagte er und verschwand mit der schläfrig dreinschauenden Olivia.

Nachdem die Küche aufgeräumt, Liam und Ruby mit ihren Eltern verschwunden waren und ein Blick in Olivias Zimmer zeigte, dass die Kleine tief und fest schlummerte, ließ sich Alwa auf ihr schmales Bett fallen. Uff! Das konnte ja lustig werden. Sie sank völlig erschöpft nach hinten und schloss die Augen. Herrlich! Was für ein großartiges Gefühl! Es währte gefühlte 40 Sekunden und dann schrie Olivia so laut, als wolle sie die Hausmauern zum Einstürzen bringen. Erschrocken sprang Alwa auf und sah nach dem Kind. Es stand in seinem Gitterbett, rüttelte an den Stäben und erhöhte die Lautstärke noch einmal, als es Alwa sah. Sie nahm das kleine Mädchen hoch, doch es sträubte sich, schlug um sich und strampelte so wild, dass es Alwa beinahe aus den Händen gerutscht wäre. Sie versuchte dennoch, Olivia zum Pool zu tragen, doch der Anblick von Sonne und Wasser schien nichts zu verbessern. Also ging es hinauf in die Küche – aber weder ein Apfel, eine Milchflasche noch ein *Weetabix*-Brocken konnten das Kind beruhigen. Alwa spürte, wie Tränen in ihr hochstiegen. Sie war doch nicht um die halbe Welt gereist, um sich mit einem verwöhnten Babyterroristen herumzuschlagen! Dann tat ihr die Kleine ebenso leid wie sie sich selbst – ihre Eltern hatten Olivia einfach einer Wildfremden überlassen. An ihrer Stelle würde Alwa auch schreien.

Da fiel ihr Blick auf die Kinderkarre, die neben dem Lift stand, und Alwa beschloss, dass sie mit Olivia einen Spaziergang machen würde – Mais kleiner Bruder Lausi hatte sich dabei immer beruhigen lassen. Sie packte das sich sträubende Kind, setzte es in die Karre und fuhr mit dem Lift hinunter. Durch eine Nebentür gelangte sie sogar aus der Garage heraus. Und bis sie zurückkäme, wären Jeff oder Linda sicher wieder da, die die beiden Großen ja nur irgendwohin kutschierten, und würden ihr die Tür öffnen.

Ihr Plan schien aufzugehen: Nach ein paar Metern beruhigte sich Olivia so weit, dass sie nur noch jammernd vor sich hin seufzte und so wirkte, als würde sie mit jeder Radumdrehung des Wagens müder. Endlich konnte Alwa darauf achten, wo sie hier überhaupt war – schließlich wollte sie ja zurückfinden. Ihr Ziel war es, einen Supermarkt oder etwas Ähnliches anzusteuern, wo sie eine Telefonkarte kaufen konnte. Höchste Zeit, sich zu Hause zu melden. Unschlüssig blickte sie nach rechts und links, doch überall waren nur moderne und teure Häuser zu sehen, wie das, aus dem sie gerade kam. Sie entschied sich, die Sentinel Road geradeaus zu laufen, auch wenn sie etwas bergauf verlief. Am Ende der Straße meinte sie ein größeres Gebäude zu erkennen, das eher einem Geschäfts- als einem Wohnhaus glich.

Zehn Minuten später – Olivia war tatsächlich noch einmal eingeschlafen – hatte sie so etwas wie eine kleine Einkaufsstraße erreicht. Die Häuser waren längst nicht mehr so schick und es gab neben einem Café und einem Sushi-Laden auch profane

Shops wie eine Reinigung und eine Drogerie. Und in dieser wurde Alwa fündig: Glücklich steckte sie die neue Prepaid-Karte mit dem extragroßen Datenvolumen in ihr Handy, lud sich Whatsapp herunter und tauschte in ihrem Account die alte Nummer gegen die aktuelle. Kurz darauf piepte es unzählige Male und Alwa stellte fest, dass eine ganze Menge Leute bereits nachgefragt hatten, wie es ihr ging. Als sie die vielen lieben Nachrichten las, musste sie heftig gegen die Tränen anblinzeln – bestimmt war ihr nur so weinerlich zumute, weil sie so müde war. Franzi hatte ihr geschrieben, Jella und ihre Mom natürlich schon mehrmals, aber auch Mai und sogar Franzis Freund Henry. Eine Woge von Heimweh überflutete Alwa und für einen Moment hatte sie das Gefühl, sie sei auf Reiskorngröße zusammengeschrumpft. Der Abstand zwischen ihr und denen, die sie liebte, war so weit wie zum Mond, ohne Rückflugticket. Sie war schon dabei, ihre Mutter anzurufen, als ihr Blick auf die Uhrzeit fiel. Kurz vor drei. Am Nachmittag. Das hieß: In Deutschland war es jetzt kurz vor drei in der Nacht. Alle schliefen, sogar Jella. Alwa schrieb ein paar Whatsapp-Nachrichten, dass sie gut angekommen war, und dann schlug sie den Rückweg ein.

»Oh Gott, wo warst du?«, begrüßte Linda sie mit vor Schreck oder Wut weit aufgerissenen Augen, als sich die Fahrstuhltür im ersten Stock öffnete. Sie riss Olivia, die bis eben friedlich geschlafen hatte, aus der Kinderkarre.

Alwa holte tief Luft und hatte große Schwierigkeiten, die richtigen Worte zu finden. Sie wollte erklären, dass sie das Kind durch die Fahrt im Kinderwagen zu beruhigen versucht hatte, da es davor permanent nach seiner Mommy geschrien habe. Linda sah nicht so aus, als ob sie Alwa verstehen oder ihr gar glauben würde. Nicht einmal Olivias erneutes Geschrei – vermutlich, weil sie aus dem Schlaf gerissen worden war – konnte sie überzeugen.

»So geht das nicht«, erklärte Linda kopfschüttelnd. »Wir müssen genaue Absprachen treffen. Ich möchte jederzeit wissen, wo du und die Kinder seid.«

»Gerne«, antwortete Alwa. Sie würde sich nicht auf einen Streit einlassen. Sie wäre hier sowieso bald weg.

»Hättest du wenigstens einen Zettel geschrieben!« Linda versuchte, Olivia mit einem Schokokeks zum Schweigen zu bringen, doch so leicht ließ sich die Kleine nicht abspeisen.

»Ich habe keinen gefunden. Ich wollte Ihnen eine Whatsapp-Nachricht schicken, brauchte aber erst eine Telefonkarte und Ihre Nummer.«

»Nun gut.« Linda war mit Sicherheit nicht gewillt, irgendwelche Fehler bei sich zu suchen, doch immerhin entspannten sich ihre Gesichtszüge. »Vielleicht ruhst du dich jetzt ein bisschen aus«, schlug sie gnädig vor. »Bis Ruby und Liam zurück sind, ja?«

Schnell ging Alwa in ihr Zimmer. Nicht dass Linda ihr Angebot gleich widerrief. Am liebsten hätte sie sich schlafen gelegt, aber zuerst musste sie herausfinden, wie sie Kontakt zu *Whangarei Child Care* aufnehmen konnte. Auf dem schmalen Schreibtisch fand sie einen Zettel mit dem WLAN-Passwort und loggte sich ein. Puh. Es war ein tröstliches Gefühl, sich wieder frei im Internet zu bewegen. So, als sei sie doch nicht ganz allein hier unten am Ende der Welt.

Als Erstes wählte sie die Telefonnummer von diesem Tom, aber auch bei ihr erklang die Automatenstimme mit der Auskunft, die Nummer sei unbekannt. Mist, da war sie wohl tatsächlich auf einen Betrüger reingefallen. Dabei hatte sogar der Praktikumsvertrag, den er ihr als PDF geschickt hatte, vollkommen vertrauenerweckend ausgesehen. Aber, beschloss sie, von so einem Mistkerl würde sie sich nicht aufhalten lassen.

Die Homepage von *Whangarei Child Care* half ihr nicht wirklich weiter. Die Seite wurde offensichtlich gerade umgebaut und außer den Impressumsangaben fand sie dort keine Informationen. Sie googelte nach dem Verein, fand aber wenig. Das Einzige war ein Zeitungsartikel über ein Stadtfest, bei dem die Initiatoren einen Stand hatten, um Spenden zu sammeln. Selbst mit ihrem Schulenglisch konnte Alwa herauslesen, dass es finanziell nicht gut um den Verein bestellt war. Dann müssten günstige Praktikanten doch erst recht willkommen sein, überlegte sie. Sie fasste sich ein Herz und wählte die Telefonnummer, die im Impressum angegeben war. Es dauerte etwas, bis es tutete. Lange und erfolglos. Samstagnachmittags schien jedenfalls keine Bürozeit zu sein. Sollte sie eine E-Mail schreiben? Aber da müsste sie umständlich und ausführlich erklären, was ihr Anliegen war, und vermutlich würde niemand die Mail vor Montag früh lesen. Am besten war, es gleich übermorgen noch einmal telefonisch zu versuchen. Komm, Alwa, sprach sie sich Mut zu. Du bist in die Welt gezogen, um Herausforderungen zu meistern. Die heutige Lektion war offensichtlich: Habe Geduld.

Lektion 4: Lass dein Heimweh zu!

🌐 keepcalm_Alwa

AUCKLAND, NEW ZEALAND

Auckland ist toll, nur ausgeschlafen zu sein, wäre noch besser :-) Mein Motiv des (gestrigen) Tages: der Sky Tower! Und meine Telefonkarte – juchhu, der Rest der Welt existiert noch.

#Sky_Tower #connected_with_the_whole_world
#Abenteuer_Au_pair

♥ Gefällt 47 Mal

KOMMENTAR ANZEIGEN

Henry_PaperCrafter@keepcalm_Alwa: Nice Pics!

15.10.

Alwa starrte entsetzt auf das Monster-Auto: Wie sollte sie es jemals in Gang bringen? Geschweige denn, die Kinder damit in die Schule?

Es war kurz vor neun und gleich müssten Liam und Ruby im Unterricht sein. Ruby hatte sie um halb sieben geweckt, indem sie direkt über Alwas Nase eine *Buzzy Bee* mit wackelnden Flügeln hatte baumeln lassen. Dieses Holzspielzeug gehörte natürlich Olivia und Alwa wachte von deren Geschrei eher auf als von der hölzernen Bienenattacke. Vermutlich hatte die große

Schwester der kleinen das Lieblingsspielzeug kurzerhand entwendet. Zu diesem Zeitpunkt war Alwa noch davon ausgegangen, den Kindern nur Frühstück zuzubereiten. Sicher würden Jeff und Linda die Großen in die Ganztagsschule und die Kleine in die Krippe bringen, wo sie bis mittags untergebracht war. Aber beim *Weetabix*-Frühstück hatte Linda gut gelaunt verkündet, wie froh sie sei, dass Alwa Liam und Ruby zur Schule begleiten würde. Es sei auch nicht weit und der Wagen fahre wie von selbst. Jeff war mit Oli schon unterwegs. Er ließ sich mit dem Taxi zum Flughafen bringen und setzte die Kleine in ihrer Krippe ab.

Und nun starrte Alwa auf das Armaturenbrett des riesigen Porsches und versuchte zu verstehen, wie man diese Karre anschmiss.

»Drück einfach da!«, rief Liam von hinten und deutete auf einen Knopf in der Mittelkonsole. »Macht Daddy immer.« Alwa betätigte beherzt den Schalter und mit einem sanften Schnurren sprang der Wagen an. Sie wollte die Kupplung drücken, musste jedoch feststellen, dass es keine gab. Verdammt – ein Automatikwagen.

»Und jetzt da auf R stellen«, riet Ruby.

Tatsächlich fuhr der Wagen los und Alwa schaffte es, aus der Garage zu fahren, ohne die Seitenwände oder das Tor mitzunehmen.

»Links!«, rief Ruby von hinten und Alwa bog brav ab.

»Mommy fährt immer auf der anderen Straßenseite«, erklärte Liam nach ein paar Metern ruhig. Was meinte der Junge damit? Und warum blinkte das entgegenkommende Auto so hektisch? Das Auto, das auf ihrer Spur fuhr.

In letzter Sekunde riss Alwa das Steuer herum und lenkte den Wagen auf die andere Fahrbahn. Oh my God! Wie hatte sie das vergessen können? In Neuseeland herrschte Linksverkehr! Mit rasendem Herzschlag und zittrigen Knien fuhr sie weiter. Hoffentlich erzählten die Kinder Linda nichts davon.

»Jetzt rechts«, dirigierte Ruby. Kaum waren sie noch mal hundert Meter gefahren, rief sie »Stopp!«. Links neben sich sah Alwa ein helles Gebäude mit zahllosen Sprossenfenstern, umgeben von grünen Rasenflächen und hohen Bäumen.

»Bye«, verabschiedeten sich Ruby und Liam und sprangen aus dem Auto. Alwa sah ihnen verblüfft hinterher. Sie war höchstens einen halben Kilometer gefahren – dafür hatte sie diese gruselige Kiste in Gang gesetzt? Das Leben der Kinder gefährdet? Beim Losfahren wäre sie beinahe wieder auf die falsche Straßenseite gewechselt, konnte aber gerade noch korrigieren. Vermutlich saß ihr der Jetlag tief in den Knochen. Der Sonntag war alles andere als erholsam gewesen, auch wenn Familie Green sich bemüht hatte, ihr einen schönen Tag zu bereiten.

Am Vormittag waren sie in die Innenstadt von Auckland gefahren und hatten den berühmten Sky Tower besichtigt – mit 328 Metern Höhe war er der höchste Turm der südlichen Hemisphäre, lernte Alwa. Während Ruby und Liam fröhlich herumsprangen und sich gegenseitig auf Häuser in der Umgebung, den Hafen und das grün glitzernde Meer aufmerksam machten, versuchte Alwa, ihre völlig unbegründeten Ängste zu überwinden und einen breiten Streifen dickes Glas zu betreten, das an einer Stelle den Boden der Aussichtsplattform bildete. Obwohl sie ja wusste, dass das Glas sie halten würde, hielt sie es dort nicht lange aus.

Nachmittags waren sie über die Hafenpromenade gebummelt, die entspannt kleinstädtisch und faszinierend weltläufig gleichermaßen wirkte. Unzählige teuer aussehende Jachten dümpelten neben Fischerbooten, windgegerbte Seebären-Typen saßen neben Anzugträgern an dem Pier. Es waren kaum zwölf Grad, aber die meisten Neuseeländer – einschließlich »ihrer« Familie – liefen in kurzen Hosen und T-Shirts herum. Manche waren sogar barfuß unterwegs. Zwischendurch gab es Fisch und Chips aus der Zeitungspapiertüte und große Becher mit Cola.

Auckland erschien Alwa recht europäisch, die Leute wirkten gelassen und sie entdeckte unzählige schicke Restaurants, gemütliche Cafés und Take-aways. Die ständigen Streitereien der Kinder schmälerten den guten Eindruck allerdings. Und Linda und Jeff meinten offensichtlich, es sei Alwas Job einzuschreiten. Ihr kam es vor, als seien Linda und Jeff die Touristen beim Sightseeing und nicht Alwa, der Neuankömmling. Und kaum waren sie wieder zu Hause, wurde Alwa der straffe Zeitplan für den Rest des Tages und die nächsten Wochen unterbreitet. Lernen mit Ruby und Liam, Olivia baden, nach dem Abendessen die Küche aufräumen, dann die Kinder ins Bett bringen und einspringen, falls eines wach werden würde. Anfangs war alles gut gegangen, aber Oli war in der Nacht bestimmt vier Mal weinend aufgeschreckt und hatte sich erst beruhigt, als Alwa sie in ihrem eigenen Bett hatte schlafen lassen. Sie selbst hatte dabei natürlich kaum ein Auge zugetan. Ein schrecklicher Gedankenstrudel war unaufhaltsam durch ihr Hirn getobt. Morgen früh aufstehen, alle Termine im Blick behalten: Wer wann Geigenunterricht, Krickettraining, Babyturnen, Kinderchor und Reitunterricht hatte, war beinahe undurchdringbar. Und da ja die Putzfrau gekündigt hatte oder rausgeworfen worden war – da ließ sich Linda nicht eindeutig festlegen –, warteten auch noch diverse Haushaltstätigkeiten auf Alwa.

Höchste Zeit, bald zu verschwinden.

Zurück im Haus setzte sich Alwa auf die Terrasse mit der traumhaften Aussicht über die Home Bay, atmete tief durch und wählte dann die Nummer von *Whangarei Child Care*. Nach dem vierten Klingeln meldete sich jemand.

»Hi, mein Name ist Alwa Pistor, ich komme aus Deutschland«, stellte sie sich vor. »Ich wollte wegen eines Praktikumsplatzes bei Ihnen nachfragen.«

»Okay«, antwortete eine etwas raue Männerstimme. »Ich schau mal.« Alwa hörte Papier rascheln.

»Ich könnte dir nächstes Jahr im Mai und Juni eine Stelle anbieten.«

»Ähm …«, Alwa bemerkte dunkle Wolken, die am Horizont aufzogen. »Ich dachte mehr an diese Woche.« Der Mann lachte, als habe sie einen Spaß gemacht. Mit vielen Ähs und Mhs schaffte es Alwa, ihm zu erklären, was vorgefallen war. Von einem Tom Jenkins hatte er noch nie etwas gehört und sie vergaben grundsätzlich keine Plätze über Vermittlungsagenturen, erwiderte der Mann am Telefon. »Tut mir leid, wir haben sechs Praktikanten – zwei sind ganz neu angekommen und die anderen sind auch erst seit drei Wochen da. Da kann ich nichts machen.«

»Und kennen Sie vielleicht einen Verein, der Hilfe braucht? Wissen Sie, ich brauche das Praktikum, um zum Studium zugelassen zu werden.«

»Schon klar, aber leider …« Der Mann zögerte, als müsse er nachdenken. »Nein, wir sind ein eher kleines Projekt und hier im Norden gibt es nicht viele wie uns. Da kann ich dir nicht weiterhelfen. Arbeit haben wir wahrlich genug, bloß keinen Platz. Tut mir leid. Vielleicht orientierst du dich mehr Richtung Südinsel.« Er verabschiedete sich und legte auf. Alwa spürte, wie ihre Unterlippe zitterte. Das durfte doch alles nicht wahr sein! Ohne lange zu überlegen, rief sie die Nummer ihrer Mutter auf. Gestern hatte es mit dem Telefonieren wieder nicht geklappt – die verschiedenen Zeitzonen hatten einfach nicht zusammengepasst. Jetzt war es hier kurz vor zehn am Morgen, in Deutschland also abends und ihre Ma garantiert wach. Es tutete einmal und dann wurde prompt der Hörer abgehoben.

»Alwa, wie schön! Wie geht es dir? Bist du gut gelandet? Was machst du? Scheint bei euch die Sonne? Hast du schon gefrühstückt? Bist du im Projekt angekommen? Ach, wir vermissen dich so schrecklich!« Alwa erinnerte sich nicht daran, sich in den letzten Jahren je so gefreut zu haben, die Stimme ihrer Mutter zu hören. Ein warmes Gefühl stieg in ihr hoch, das jedoch auch dafür sorgte, dass ihr die Tränen kamen.

»Ach, Mama«, brachte sie mühsam hervor. »Es ist alles ganz schrecklich hier.« Heimweh, dachte sie. Das ist echtes Heimweh!

Und zwischen einer Menge Schluchzern erzählte sie ihre Geschichte. Inzwischen hatte ihre Mutter den Lautsprecher angestellt, damit auch Jella mithören konnte. Wie gerne hätte sich Alwa in die Arme ihrer Schwester geworfen. Sie hätte nie gedacht, dass sie Jella so vermissen würde – ihre nervige, temperamentvolle Schwester – ihre Zwillingsschwester: ständig pleite, ständig voller Ideen. So wie auch jetzt.

»Aber dann versuch es doch mit anderen Projekten«, schlug sie vor. »Die können sich freuen, wenn sie eine wie dich bekommen. Und bestimmt ist es da unten überall schön, oder?«

»Na, oder du bleibst erst noch ein wenig in der Familie – Au-pair ist auch eine tolle Erfahrung«, überlegte ihre Mutter. »Ich hätte das immer gerne gemacht.«

»Die sind so schrecklich ... diese Linda ist furchtbar schnippisch und die Kinder total verzogen und ... das war einfach nicht mein Plan. Ich will den Ärmsten helfen – nicht den Reichsten.«

»Aber mal davon abgesehen«, warf Jella ein. »Du musst unbedingt was darüber schreiben und veröffentlichen – du solltest andere warnen, damit sie nicht auch auf solche Betrüger reinfallen.«

»Wenn ich dazu komme, mal sehen.«

»Hey, da hast du gleich Stoff für deinen Reiseblog.« Jella schien richtig begeistert.

»Mehr als fünf Sätze pro Tag habe ich bisher nicht geschafft. Und was soll ich jetzt schreiben: ›Wie ich einmal am Ende der Welt scheiterte?‹«

»Ja, das fände ich total cool. Nicht immer dieses ›Ach, es ist alles so toll‹ und ›Ich mach so tolle Erfahrungen‹ und ›Die sind alle soooo toll hier‹ und der ganze scheinheilige Quatsch. ›Neuseeland undercover‹ – das wäre mal was anderes.«

Alwa musste trotz allem lachen. Das war typisch Jella. In ihrer Bäckereilehre hatte sie schnell angefangen, statt Marmorkuchen verrückte Thementorten zu backen. Ihrem Chef hatte das erst gar nicht gefallen, aber schließlich hatten sie sich zusammengerauft und inzwischen standen die Kunden Schlange für Jellas ausgefallene Kreationen.

»Oder du fährst einfach zu diesem *Whangarei Child Care* Projekt hin, setzt dich vor die Tür und sagst, du bleibst so lange, bis sie dir einen Job geben. Ich meine, hey – du bist eine kostenlose Arbeitskraft.«

»Ja, aber der Typ meinte, sie hätten keinen Platz für mich.«

»Dann kauf ein Zelt und campiere im Garten.«

»Ich weiß nicht«, warf Jellas Mutter ein. »So einfach wird das nicht sein. Halte noch ein bisschen durch, da hast du ein Dach über dem Kopf und bestimmt findet sich was. Vielleicht gibt es einen Kindergarten in der Nähe, der jemanden braucht?«

»Gute Idee. Und wie geht es euch so?«, versuchte Alwa schließlich, vom Thema abzulenken. Sie war froh, dass Jella sie so angestachelt hatte. Einfach nach Whangarei fahren und die Leute vom Projekt vor vollendete Tatsachen stellen? Warum nicht. Aber vorher wollte sie noch etwas anderes ausprobieren.

Lektion 5: Sei offen für Veränderungen!

🌐 keepcalm_Alwa,
AUCKLAND, NEW ZEALAND

#Monsterkarre #Abenteuer_Einkauf
#verwöhnte_Kids #Chaos

♥ Gefällt 32 Mal
15.10.

Um kurz vor zwölf fiel ihr Blick auf die Uhr an ihrem Smartphone. Ach du je! Gleich müsste sie Olivia von der Krippe abholen – und die Ansage war gewesen, ihr dann Mittagessen zuzubereiten und sie zum Schlafen hinzulegen. Doch der Einkaufszettel, den Linda hinterlassen hatte, lag unberührt auf der Küchenzeile, das Frühstücksgeschirr stapelte sich in der Spüle und den Monteur, den Alwa wegen der Spülmaschine hätte anrufen sollen, hatte sie auch vergessen. Einmal hatte sie die Nummer gewählt, aber nachdem besetzt gewesen war, hatte sie es kein zweites Mal versucht. Okay. Ruhig bleiben, mahnte sie sich. Sie würde es gerade noch pünktlich in die Krippe schaffen, die vermutlich nicht viel weiter weg war als die Schule. Dann würde sie eben mit Olivia einkaufen gehen, dabei etwas zum Mittagessen besorgen und am Nachmittag, wenn Oli schlief, aufräumen.

Sie hatte gar nicht gemerkt, wie schnell die Zeit vergangen war. Ihre Internetrecherche hatte nicht allzu viele Vereine auf der Nordinsel hervorgebracht, bei denen sie wegen eines Praktikumsplatzes nachfragen konnte. Sie hatte zwölf Vereine angerufen, teilweise nur Nachrichten hinterlassen, zum allergrößten Teil hatte man ihr jedoch mitgeteilt, dass alle Plätze vergeben und die Wartelisten lang wären. Gerade ausländische Bewerber gäbe es mehr als genug, da kämen sie mit den Angeboten gar nicht hinterher. Gerne hätte sie ihre Recherche auf die Südinsel ausgedehnt, aber dazu war nun keine Zeit mehr. Vielleicht am Abend – wenn die Kinder im Bett waren und die Küche aufgeräumt.

Frustriert erreichte Alwa die Krippe, die sie dank des Navis im Auto problemlos gefunden hatte. Auch sie war eigentlich in fußläufiger Entfernung, aber da sie ja noch einkaufen musste, hatte sie lieber den Wagen genommen. Im Gegensatz zu ihren älteren Geschwistern konnte ihr Olivia natürlich keine Tipps geben. Weder, wo der nächste Supermarkt war, noch – als sie ihn endlich gefunden hatte –, wie man dieses Ungeheuer von einem Wagen in die enge Parklücke hineinbekam. Olivia schrie lieber. Sie hatte offensichtlich riesigen Hunger. Die gleichzeitige Abwesenheit ihrer Eltern tat das Übrige.

Glücklicherweise gab es vor dem Einkaufsmarkt eine der obligatorischen Fish-&-Chips-Buden und Alwa besorgte eine große Portion Pommes. Sie setzte Oli in einen der Einkaufswagen und gemeinsam futterten sie die Schale leer. Vergnügt quiekend packte Oli mit ihren fetttriefenden Fingern nach Alwas Haaren. Egal, Hauptsache, das Mädchen weinte nicht mehr.

Das tat es erst wieder im Supermarkt, wo es offensichtlich für keinen Preis – nicht mal für Schokolade – bereit war, im Wagen sitzen zu bleiben. Nein, sie wollte laufen. Und Alwa verstand auch schnell, warum. Die Regale in Olis Augenhöhe waren einfach zu verführerisch. Mit Begeisterung räumte sie das erste leer und streckte Alwa dann eine Dose Katzenfutter entgegen, die unbedingt in den Wagen wandern sollte. Als Alwa die Büchse zurück ins Regal legte, zerbröselte das Glück wie ein Zwieback. Oli schrie, bis ihr Gesicht dunkelrot anlief. Immerhin bildeten sich keine Gruppen von Schaulustigen mit blöden Ratschlägen, so wie sie es in Deutschland öfter miterlebt hatte, wenn sie mit Mai und Klein-Lausi unterwegs gewesen war.

Am liebsten hätte sich Alwa zu Olivia ins Bettchen gekuschelt, nachdem sie endlich zu Hause angekommen waren. Doch bald war es an der Zeit, die Großen von der Schule abzuholen und direkt zu ihren Nachmittagsbeschäftigungen zu fahren. Und bis dahin musste sie dringend die Küche aufräumen und das Kinderbadezimmer putzen, das die Haushaltshilfe so schmählich im Stich gelassen hatte. Wenigstens spielte Olivia mit, die bereits auf der kurzen Heimfahrt im Auto eingeschlafen war. Alwa war es gelungen, die Kleine schlafend in ihr Bettchen zu verfrachten. Los ging es mit der Küche. Wer wusste schon, wie lange die Ruhe anhielt.

Eine Dreiviertelstunde schrubbte, spülte und wienerte sie, marinierte Steaks, wie Linda ihr aufgetragen hatte, und putzte den Salat fürs Abendessen. Dann meinte sie, aus dem unteren Stockwerk ein Rumoren zu hören. Schnell sprintete sie die Treppe hinunter. Kein Schreien. Großartig! Doch Olivias Zimmertür stand sperrangelweit offen, das Bettchen war leer.

»Oli«, rief Alwa besorgt. Da fiel ihr Blick auf das Badezimmer. Das Licht war an, die Tür einen Spaltbreit geöffnet. Und Olivia stand direkt vor der Kloschüssel.

»Was machst du?«, fragte Alwa und versuchte, ihre Stimme sanft klingen zu lassen. Langsam näherte sie sich. Oli drehte sich zu ihr und schenkte Alwa ihr schönstes Lächeln. Puh, das Kind war vergnügt und friedlich. Alwa lachte zurück. Bis ihr Blick in die Kloschüssel fiel.

Ein Mix aus abgerolltem Toilettenpapier und Waschpulver füllte die Schüssel fast bis zum Rand und Oli hatte offensichtlich bis gerade eben mit der Klobürste in ihrem »Topf« herumgerührt. Nun betätigte sie die Spülung. Vermutlich nicht zum ersten Mal.

»Nein«, schrie Alwa, doch es war zu spät. Nicht nur, dass aufgequollenes Papier über die Klobrille auf den Boden troff und riesige Schaumgebilde den Raum fluteten, sondern Oli stürzte sich voll in die Pampe hinein, als nähme sie ein Bad. Sie juchzte und quietschte und spritzte und auch Alwa war nach wenigen Sekunden komplett nass. Erschöpft ließ sie sich fallen und lehnte sich an die Badewanne hinter ihr. Wann musste sie Liam und Ruby abholen? In zwanzig Minuten, verriet ihr die Donald-Duck-Uhr über dem Spiegel.

Und nun fing Olivia natürlich doch noch zu schreien an. Offensichtlich war etwas von der Waschpulverbrühe in ihre Augen geraten und brannte.

»Warte«, flüsterte Alwa. »Ich helfe dir. Ich bin ja da. Sei ganz ruhig.« Aber Oli verstand sie wohl nicht und brüllte einfach weiter.

»Wo warst du?«, maulte Ruby sie an, als Alwa, noch nass, aber mit einer trockenen Oli im Kinderwagen, an der Schule ankam. Liam balancierte auf einer kniehohen Ziegelsteinmauer und wandte ihr demonstrativ den Rücken zu.

»Ich habe schon Mommy angerufen«, erklärte Ruby, die Hände in die Taille gestützt. »Sie hat gesagt, sie wird ernst mit dir reden.« Alwa hatte augenblicklich die Vision, wie das Mädchen in zehn oder fünfzehn Jahren eine originale Kopie seiner Mutter sein würde – genauso fordernd und keifend, unterkühlt und unfreundlich.

»Tut mir leid«, entschuldigte sich Alwa, hatte aber keine Lust, die genauen Gründe für ihr Zuspätkommen zu erklären.

»Und wo ist das Auto?«, fragte nun Liam.

»Die paar Meter können wir ja wohl zu Fuß gehen.« Alwa lief demonstrativ los, Oli im Kinderwagen vor sich her schiebend.

»Aber ich muss zum Kricket!«, schrie Liam. »Wo sind meine Trainingssachen?«

»Und ich zum Reiten«, ergänzte Ruby. Sie wirkte, als würde sie es wahnsinnig genießen, Alwa in Bedrängnis zu bringen.

»Ja, aber das geht doch erst in einer Stunde los«, versuchte Alwa, sie zu beruhigen. »Genug Zeit also.«

»Wir fahren immer direkt nach der Schule hin. Und unterwegs gibt's Donuts bei Donkin Donut.« Ruby stampfte mit dem Fuß auf.

»Dann ist es heute eben mal anders. Kommt schon.«

Widerwillig setzten sich die Geschwister in Bewegung und trotteten hinter Alwa her. Sie meckerten den ganzen Weg über – nicht laut, aber doch so, dass sie sicher sein konnten, Alwa hörte sie.

Daheim zeigte das Handy, das Alwa in der Hektik vergessen hatte, vier verpasste Anrufe an. Alle von Linda. Beim dritten Mal hatte sie auf die Mailbox gekeift, dass sie umgehend einen Rückruf erwarte und Alwa sich auf was gefasst machen könne. Während sie überlegte, ob sie zurückrufen sollte, hörte sie schon wieder Ruby schreien.

»Igitt! Was ist mit unserem Badezimmer passiert?«

»Das war Olivia«, sagte Alwa und betätigte parallel ihr Smartphone. Sie würde Linda jetzt beruhigen und ihr sagen, dass alles in Ordnung sei. Es klingelte ein paar Mal, aber niemand hob ab.

Dafür verwandelte sich das Tuten in eine Melodie, die immer lauter wurde.

»Was ist denn hier los?«

Alwa fuhr erschrocken herum. Da stand Linda – direkt vor ihr, das klingelnde Smartphone wie ein Messer nach Alwa ausgestreckt.

»Wieso hast du Liam und Ruby nicht pünktlich abgeholt? Warum hat Olivia so rote Augen? Was ist mit dem Badezimmer passiert? Und das Wohnzimmer ist null Komma null aufgeräumt! Was hast du den ganzen Tag gemacht? Geschlafen? Mit deinen Freunden in Deutschland gechattet?« Lindas Kopf war quietschrot und Alwa befürchtete, sie würde gleich Feuer spucken.

»Ich habe ja schon viele unfähige Au-pairs erlebt – aber du toppst sie alle! Ich hätte nicht gedacht, dass so was möglich ist!«

»Wenn ich auch mal was sagen dürfte …«, versuchte es Alwa.

»Ich glaube nicht, dass mich das interessiert.«

Du snobistische Kröte!, hätte Alwa am liebsten geschrien. Stattdessen lächelte sie, drückte Linda Auto- und Türschlüssel, die sie aus der Hosentasche zog, in die Hand und ging ohne ein weiteres Wort in ihr Zimmer. Leise schloss sie die Tür, verbot sich nachzudenken und holte ihren Rucksack aus dem Kleiderschrank. Es dauerte keine zehn Minuten, bis sie alles gepackt hatte. Der Flur lag ruhig, offensichtlich war Linda mit den Kindern zu deren Freizeitbeschäftigungen losgefahren. Ohne den Umweg über den ersten Stock fuhr sie mit dem Lift hinunter in die Garage und trat von dort auf die Straße. Es herrschte friedliche Stille und zwischen den Bäumen sah sie Sonnenstrahlen über die Home Bay hüpfen. Sie atmete tief ein, um ihr wild klopfendes Herz zu beruhigen. Schnell ging sie die Sentinel Road hinauf, wie vor zwei Tagen schon, und fand bald eine Bushaltestelle mit Abfahrten in Richtung Zentrum.

Sie war einfach in den nächsten Bus ein- und als sie den Sky Tower erkannte, ausgestiegen. Jetzt stand Alwa im Zentrum von Auckland und versuchte, auf Google Maps irgendein Hostel zu entdecken. Ein Bett für die Nacht – das war das Wichtigste. Die ganze Busfahrt über hatte sie Lindas Geschrei im Ohr gehabt und sie ärgerte sich, dass sie sich nicht doch verteidigt hatte. Aber andererseits – was hätte es gebracht? Alwa hoffte, dass sie die Familie Green nie wiedersehen müsste. Sie trottete die Straße entlang, Autos rauschten an ihr vorbei. Zwischen den etwas tristen, abweisenden Fassaden und all den Passanten, die vermutlich genau wussten, wohin sie wollten, kam sie sich ziemlich verloren vor. Wenn die Welt sich nicht um Alwa Pistor kümmerte, wie könnte sie dann die Welt zu einem besseren Platz machen? Gewissensbisse stiegen in ihr hoch. Vielleicht hätte sie doch nicht so schnell aufgeben sollen? Sie war nur zwei Tage bei der Familie gewesen, sie fühlte sich noch immer übermüdet – wäre es nicht klüger, etwas geduldiger mit sich selbst und den anderen zu sein? Sicher hätte sie Linda alles erklären können. Aber jetzt noch mal umkehren?

Jemand drückte ihr einen Flyer in die Hand. Gerade als sie ihn in den nächsten Papierkorb befördern wollte, erkannte sie das Logo eines Hostels darauf. Na klar, ihr Rucksack lud ja dazu ein, ihr eine solche Werbung aufzudrängen. »*Beduins' Backpack Paradise*« stand dort in einer Schrift, die an ein Graffiti-Tag erinnerte. Betten gab es angeblich ab 26 Neuseeland-Dollar – umgerechnet etwa 15 Euro. Das klang doch ganz gut. Google Maps verriet ihr, dass das Hostel nur ein paar Ecken weiter lag, und Alwa ließ sich von ihrem Handy dorthin dirigieren. Ein Ziel – sie hatte wieder ein Ziel. Es kam ihr plötzlich so vor, als lächelten ihr alle Neuseeländer aufmunternd zu.

Das *Beduins' Backpack Paradise* lag in einem riesigen viktorianischen Eckhaus aus gelben Ziegelsteinen und mit hohen Fenstern. Laut Handzettel gab es auch Schlafräume nur für Frauen, einen Whirlpool auf dem Dach, eine Sauna und jede Menge fabelhafte Menschen. Und Alwa hatte tatsächlich Glück: Sie ergatterte das letzte Bett in einem Acht-Personen-Schlafraum. Es kostete zwar beinahe das Doppelte von dem, was der Werbezettel versprach, aber für den Moment war das okay. Und weil es später Nachmittag war, lag das Zimmer verwaist da. Im ersten Augenblick hatte Alwa kein freies Bett entdecken können, da auf drei Doppelstockbetten bereits Wäsche lag. Aber dann wurde ihr klar, dass direkt hinter der Tür das vierte Doppelbett stand – und das untere Bett war noch unberührt. Das Zimmer war winzig, kleiner als ihres in Deutschland, und das hatte kaum zwölf Quadratmeter. Immerhin gab es ein Fenster, das man öffnen konnte, und eine Wand leuchtete ihr in Quietschpink entgegen. Unter den Betten gab es große, abschließbare Schubladen und mit Mühe und Not schaffte sie es, den Rucksack in ihre zu sperren.

Hier würde sie sich definitiv nur zum Schlafen aufhalten. Mit dem Handy ausgerüstet begab sie sich auf Erkundungstour durchs Haus. Alles wirkte schon etwas heruntergekommen, aber durchaus sauber, und als sie im vierten Stock die Tür zur Dachterrasse öffnete, überkam sie das Gefühl, die richtige Wahl getroffen zu haben. Lange Holzbänke und runde Caféhaustischchen standen hier, ein paar Plätze waren besetzt und alle schienen die großartige Aussicht auf den Hafen und die vielen unterschiedlichen Hochhäuser ringsum zu genießen. Hier oben kam sie sich fast vor wie an Deck eines Kreuzfahrtschiffes. Der Wind blies ihr um die Ohren, die Luft schmeckte nach dem nahen Meer und Möwen segelten dicht vorbei. Alwa atmete tief durch und setzte sich in eine sonnige Ecke. Wie schön wäre es, wenn jetzt Franzi, Jella oder Mai bei ihr wären – oder alle drei. Mit ihren Freundinnen hätte sie dieses Abenteuer wirklich genossen, so aber kam sie sich ziemlich einsam vor. Die lauten Lacher auf der anderen Seite ließen sie sich noch ausgegrenzter fühlen. Okay, Alwa, reiß dich zusammen, sprach sie sich selbst Mut zu. Sie hatte genug Zeit, sie würde einen Praktikumsplatz finden, alles würde gut werden. Und wenn nicht? Sie war so felsenfest überzeugt, dass Entwicklungshilfe genau das Richtige für sie war – und in Deutschland gab es das Fach für Studienanfänger noch nicht. In England dagegen könnte sie gleich damit loslegen, und da sie davon träumte, im Ausland zu arbeiten, wäre dies der perfekte Start. Sie hätte auch bei späteren Bewerbungen viel bessere Chancen, wenn sie ein international ausgerichtetes Studium vorwies. Alwa konnte sich im Moment einfach nichts vorstellen, was mehr zu ihr passte. Und sie hatte doch den ersten Schritt in die richtige Richtung getan. Sie war in einem Land des Commonwealth – da würde es ja wohl mit einem Praktikumsplatz auch noch klappen. Sie musste einfach hartnäckig bleiben.

Alwa googelte ein wenig herum, suchte nach weiteren Vereinen, die Praktika anboten, merkte aber schnell, dass die Auswahl sehr begrenzt war. Sie bezog die Südinsel mit ein, auch wenn sie dann mit der Fähre übersetzen müsste und allein bis zum Fährhafen in Wellington knapp 650 Kilometer zurückzulegen waren. Würde ihr gespartes Geld dafür reichen? Sie hatte nicht mit großen Reisekosten für Transport und Übernachtungen im Land gerechnet. Sie hatte gedacht, sie säße jetzt umzingelt von einer Horde verschmutzter, aber fröhlicher Kinder in einem Garten und sänge mit ihnen neuseeländische Kinderlieder.

»Hey, was schaust du bei diesem Sonnenschein so traurig?«, ließ eine tiefe Stimme sie zusammenschrecken. Ein großer Typ, dem hellblonde Strähnen in die Stirn fielen, stand direkt vor ihr und sah sie aus eisblauen Augen fragend an. Sie zuckte kurz die Schultern und der Hüne plumpste auf den Stuhl neben ihr.

»Hi, ich bin Nils aus Umeå, das liegt in Schweden«, verkündete er. Er fragte zwar, wie sie heiße und was sie hier tue, aber hauptsächlich erzählte er von sich. Dass er schon seit fünf Wochen hier herumreise, bald auf die Südinsel wolle und Neuseeland das verrückteste Land sei, in dem er je gewesen war. Er erläuterte das nicht weiter, denn sein Redestrom ließ nähere Details gar nicht zu. Alwa erinnerte sich an ihren nervtötenden Reisebegleiter im Flugzeug, aber dieser Nils wirkte längst nicht so aufdringlich, erzählte ganz lustig und lenkte Alwa von ihren schweren Gedanken ab. Und wer weiß – vielleicht hatte er ja auf seiner Reise durchs Land schon irgendetwas entdeckt, was ihr weiterhalf. Im Laufe des Gesprächs schaffte sie es, ihm knapp zu berichten, was ihr passiert war. Er beteuerte, dass es ihm wahnsinnig leidtue. Glücklicherweise seien die allermeisten Kiwis total nett und offen und keine überheblichen Unsympathen oder gar Betrüger.

»Ach, du findest bestimmt etwas«, versuchte er, sie aufzumuntern. »Komm doch mit auf die Südinsel. Da soll es traumhaft schön sein – und Hilfsprojekte haben die dort garantiert auch. Ich fahre übermorgen mit dem Bus bis Wellington und weiter mit der Fähre. Da gibt es sicher noch Plätze.«

»Aber …«, fing Alwa an und wollte einwenden, dass sie ihn doch gar nicht kenne und nicht wisse, ob ihr Geld reichte und überhaupt. Doch dann wurde ihr klar, dass sie sich in jedem Fall wohler fühlen würde, nicht allein unterwegs zu sein, egal wohin, und dieser Nils sah ziemlich vertrauenerweckend aus mit seinen blauen Augen und der gerade geschnittenen Nase. Ein harmonisches Gesicht, offen und freundlich. »… okay, vielleicht«, beendete sie den Satz also und sein Grinsen wurde immer breiter.

»Und wenn du Lust hast, zeige ich dir jetzt, wo man hier das leckerste und günstigste Essen bekommt – du siehst nämlich ziemlich verhungert aus.« Wie auf Befehl fing Alwas Magen zu knurren an und ihr wurde klar, dass sie, seit den paar Pommes am Mittag, nichts weiter gegessen hatte.

»Du kannst doch nicht mit einem wildfremden Typ mitgehen«, hörte sie kurz die Stimme ihrer Mutter im Ohr, aber diese wurde von dem nagenden Hunger schnell übertönt. Und wie sie das konnte!

Lektion 6: Lass dich mitreißen!

🌐keepcalm_Alwa

AUCKLAND, NEW ZEALAND

#Bustour #off_to_the_south #neues_Glück
#Ciao_Au_pair #Nachtfahrt

♥ Gefällt 39 Mal

KOMMENTAR ANZEIGEN

worldwide_traveller_96@keepcalm_Alwa:
Don't miss the whales at Kaikoura!

17.10.

»Alwa, komm, der Bus fährt gleich los!«, schrie Nils quer durch die Lobby. Alwa klickte auf »posten« und schloss die Bildschirmseite.

»Bin schon da!«, rief sie zurück, schnappte sich ihren gepackten Rucksack, der neben dem Computertisch gelehnt hatte, und rannte Nils hinterher ins Freie.

Das Busterminal war nur ein paar Gehminuten entfernt und ein Blick auf ihr Handy zeigte, dass sie noch genügend Zeit hatten.

»Wenn wir Glück haben, bekommen wir einen Sitzplatz im Oberdeck«, erklärte Nils die Eile. Mit seinen langen Beinen machte er so große Schritte, dass Alwa kaum hinterherkam. Sein Rucksack wirkte auf seinem breiten Rücken wie ein Erstklässler-Ranzen. Alwa dagegen wusste nicht, wie sie ihr Gepäck tragen sollte, ohne dass sie sofort eine Zerrung in den Schultern bekam.

Kurz darauf rollte sie genüsslich mit dem Kopf und knetete die verhärteten Nackenmuskeln. Es hatte geklappt – sie saßen in dem Doppeldeckerbus, der sie zur Fähre nach Wellington brachte, oben und ganz vorne. Hier hatte sogar Nils einigermaßen Platz für seine langen Beine. Allerdings würden sie von ihrer Aussicht nicht ewig etwas haben. In einer Stunde, gegen acht, würde der Blick in die Landschaft von der Dunkelheit getilgt werden. Aber es blieb ja noch der Sonnenaufgang. Für die 650 Kilometer bis zum Fährhafen in Wellington würde der Bus knapp zwölf Stunden benötigen.

Kaum war der Bus losgefahren, packte Nils einen Bagel aus, den er vor der Abfahrt gekauft hatte. Das war Alwa in den letzten beiden Tagen mit ihm bereits aufgefallen: Wenn er nicht erzählte, dann aß er am liebsten, vermutlich ein Tribut an seine Körperlänge. Inzwischen hatte er sich als wirklich lustiger und freundlicher Reisebegleiter entpuppt. Er war 21, hatte nach drei Semestern sein Medizinstudium abgebrochen und hoffte, am anderen Ende der Welt auf eine Idee zu stoßen, was er mit seinem Leben anfangen konnte, wenn er nur wusste, er würde nicht Arzt werden wollen. Alwa schlug irgendwann Reiseführer vor, denn er hatte ihr im Schnelldurchgang die schönsten Ecken von Auckland gezeigt und zu jeder Sehenswürdigkeit eine Anekdote parat gehabt. Sie hatte Unmengen von Fotos vom Hafen gemacht, vom *Aotea Square* im Zentrum, vom sehr englisch wirkenden *Albert Park* und vom *One Tree Hill* – einem Aussichtspunkt, der einem die ganze Stadt zu Füßen legte. Und auch der Blick aus dem Bus, der nun losgefahren war, ließ Alwa wieder zur Handykamera greifen. Diesmal drehte sie sogar ein kleines Video, etwas holprig, aber das war ihr egal.

»Für deinen Blog?«, fragte Nils zwischen zwei Bissen. Alwa nickte.

»Inzwischen bin ich mehr auf Instagram vertreten. Das geht einfach schneller«, berichtete sie ihm. »Und ich habe dort schon eine ganze Menge Follower. Nicht nur meine Freunde daheim haben total nette Kommentare hinterlassen, sondern auch ein paar Menschen, die ich gar nicht kenne.«

Bei den Greens hatte Alwa kaum Ruhe gehabt, Beiträge für ihren Reiseblog zu schreiben, für den sie noch in Deutschland eine Website eingerichtet und dort bereits über die hektischen Tage vor der Abreise berichtet hatte. Und jetzt hatte es sich einfach als praktischer erwiesen, Instagram zu nutzen. Mit den Fotos aus dem Busfenster erstellte sie eine Insta-Story. Dennoch würde sie ab und an auch ihren Blog mit etwas längeren Geschichten füttern.

»Vermutlich sind ein paar unserer Youtube-Fans auf meinen Account aufmerksam geworden und folgen mir jetzt dort«, erklärte sie Nils. »Es haben auch einige Leute kommentiert, die wohl selbst gerade durch Neuseeland reisen. Richtig cool!«

»Youtube-Fans?«, hakte Nils nach. Alwa erzählte ihm von ihrer Freundin Franzi, mit der sie, Jella und Mai einen eigenen Kanal gegründet hatten – *PlanlosePleiteFails* hatte er geheißen. Sie hatten in witzigen Videos Jüngeren erklärt, dass es gar nicht so einfach war, 18 Jahre und erwachsen zu sein. Ziemlich schnell hatten sie viele Abonnenten gefunden – jetzt aber, nachdem Alwa fort war, Mai und Franzi jeweils mit ihrem Studium angefangen hatten und sich Jella auf das letzte Jahr ihrer Bäckerausbildung konzentrierte, gab es leider keine Fortsetzung.

Nils holte sein Handy heraus und begann, nach ihnen zu googeln.

»Aber die Filme sind auf Deutsch, die sind für dich bestimmt schwer zu verstehen«, sagte Alwa, was Nils nicht davon abhielt, sich ein paar der Clips anzuschauen. Auch wenn er nichts verstand, kicherte er begeistert. Alwa wurde ganz nostalgisch zumute, als sie sich neben ihren Freundinnen wiedersah. Eine Woge Heimweh überrollte sie – dabei hatte sie nach den letzten beiden tollen Tagen gedacht, sie sei darüber hinweg. Zu früh gefreut! Einmal mehr stiegen Zweifel in ihr hoch, ob die Fahrt auf die Südinsel sinnvoll war. Was, wenn sie dort in der Pampa stranden würde, weiter weg von einem Praktikumsplatz als in der Wüste Gobi?

Nils sah sich auch den Instagram-Account und den Reiseblog an, in die Alwa viele Fotos eingebunden hatte. Die Erfahrungen ihrer ersten Tage hatte sie nur ganz knapp beschrieben, dafür aber auf dem Blog ausführlich vor der gefakten Vermittlungsagentur gewarnt, die ihr 800 Euro für nichts und wieder nichts abgenommen hatte.

Mittlerweile war die Sonne untergegangen und jenseits der Straßenlaternen versank Neuseeland in der Dunkelheit. Nichts zu sehen vom Hobbit Country.

Der Bus war nicht ganz voll und die meisten Passagiere waren in ein Buch oder ihr Smartphone vertieft, einige dösten, andere hörten Musik über Ohrstöpsel. Alwa ließ den Kopf an die Fensterscheibe sinken und versuchte, draußen etwas zu erkennen. Nils sah sich noch immer Youtube-Videos an, kicherte gelegentlich oder sang leise ein paar Liedzeilen mit. Irgendwann stupste er Alwa an und hielt ihr das Handy vor die Nase.

»Dein Freund?«

Alwa zog die Augenbrauen hoch. Er hatte tatsächlich Franzis allererstes Video gefunden, entstanden bei der Feier zu Mais 18. Geburtstag. Und da sah man Alwa mit Yannis eng umarmt tanzen und knutschen.

»Mein Ex-Freund«, klärte sie Nils auf.

»Verstehe.« Er grinste schief und sah ihr einen Tick zu lange in die Augen. Während sie mit Nils unterwegs gewesen war, hatte nichts darauf hingedeutet, dass er in ihr etwas anderes als eine Reisebegleitung sehen würde. Alwa war das mehr als recht.

»Wir waren fast zweieinhalb Jahre zusammen. Er hat schon an eine gemeinsame Wohnung gedacht. Wenn es nach ihm gegangen wäre, hätte er sofort nach meinem Abi eine Familie mit mir gegründet. Da habe ich die Reißleine gezogen.«

»Ua, wie gruselig!« Nils riss die Augen auf. »Menschen, die klammern! Das würde ich nicht aushalten. Die Welt ist viel zu groß und zu schön, um sie in irgendeinem Vorstadthäuschen zu verbringen.«

»Allerdings!« Alwa spürte Nils' Arm auf der Lehne zwischen ihnen. Drückte er ihn fester an sie als zuvor? Bestimmt war das nur Einbildung.

Schon nahm er den Arm weg und kramte in dem Stoffbeutel, der sein Handgepäck bildete. Er zog zwei Büchsen Bier hervor und hielt Alwa eine hin.

»Noch sind sie kalt! Prost!« Alwa stieß mit ihm an und sie sahen eine Zeit lang schweigend in die Nacht hinaus. Gelegentlich sah man erhellte Fenster aufblitzen, ansonsten fuhren sie durch scheinbar dünn besiedelte Gebiete.

Das Bier ließ Alwas Kopf schwer werden und irgendwann sank er zur Seite. Dass sie dabei Nils' Schulter als Kopfkissen nutzte, schien ihm nichts weiter auszumachen.

Alwa wachte auf, weil sie fürchterlich dringend pinkeln musste. Als sie aufstand und sich an ihrem schlafenden Reisebegleiter vorbeiquetschte, spürte sie jeden Knochen im Körper. Wie freute sie sich jetzt schon, bald wieder in einem richtigen Bett zu schlafen. Im Bus gab es im unteren Teil eine Toilette. Alwa wartete gut zehn Minuten, bis sie in der Warteschlange vorgerückt war. Sie vertrieb sich die Zeit mit dem Schießen einiger Fotos. Nahaufnahmen von Busdetails, die Morgenstimmung draußen – noch eine hübsche Insta-Story. Als sie endlich an der Reihe war, hielt sie sich die Nase zu und war froh, dass das Kabuff ziemlich dunkel war. Auf Bustoiletten zu pinkeln, würde garantiert nicht zu ihrer Lieblingsbeschäftigung werden.

Zurück auf ihrem Platz bemerkte sie, dass Nils aufgewacht war. Er sah ziemlich verstrubbelt aus und es wirkte, als hätten seine Gesichtszüge noch nicht wieder den jeweils richtigen Platz gefunden. Er erinnerte sie an einen Hundewelpen, ziemlich knuffig.

Die Sonne spitzte links von ihnen über ein paar Höhenzüge, neben der Straße waren niedrige Häuser mit hellen Dächern zu sehen, die vermutlich zu irgendwelchen Farmen gehörten. Nach rechts wurde die Landschaft immer flacher und man konnte am Horizont schon das Meer erahnen. Alwa fischte in ihrer Tasche nach einem Sandwich und biss hungrig hinein. Nils beobachtete sie wortlos. Sie hielt inne.

»Magst du etwas abhaben?« Er nickte und sah sie mit großen Augen treuherzig an.

»Ich habe heute Nacht alles aufgefuttert, was ich dabeihatte«, gestand er. Sie teilte das Sandwich in der Mitte und gab ihm eins der Stücke. Gierig machte er sich darüber her.

»Du hast mein Leben gerettet«, brachte er zwischen zwei Bissen hervor und lehnte seinen Kopf kurz an ihre Schulter. Der ist echt richtig süß, dachte Alwa.

Mittlerweile schlängelte sich die Straße direkt am Meer entlang, nur durch eine niedrige Steinmauer vom Wasser getrennt.

»Wow«, entfuhr es Alwa. Endlich hatte sie die ganze Weite des

Pazifiks direkt vor Augen. Grün und grau schillerte der Ozean, kleine Schaumkronen hüpften auf Wellenkämmen.

»Da«, schrie Nils plötzlich und deutete mit dem Zeigefinger aufgeregt in Richtung Horizont. »Delfine! Da waren Delfine!«

»Wo?«, fragte Alwa und konzentrierte sich noch stärker auf die Meereslinie.

»Mist, jetzt sind sie wieder weg. Hast du sie nicht gesehen?«

Alwa ließ sich traurig in ihren Sitz zurückfallen und schüttelte den Kopf. Delfine! Mist! Die hatte sie schon immer sehen wollen – und sei es für zehn Sekunden aus einem Bus heraus.

»Sie waren weit draußen. Vielleicht tauchen sie gleich noch mal auf.« Nils legte seine Hand auf ihre und tätschelte sie ein wenig, nahm sie danach jedoch nicht weg. Alwa traute sich kaum, ihre zu bewegen. Warm und weich war seine Hand. Und groß. So viel größer als die von Yannis. Aber es war eine angenehme Hand, man musste keine Angst haben, dass sie einem wehtat oder Dinge unternahm, die man nicht wollte. Woher sie das wusste, hätte Alwa nicht sagen können. Bei der Wärme, die sich in ihrem Körper ausbreitete, konnte es gar nicht anders sein. Vielleicht war es nicht schlecht, dass sie die Delfine nicht gesehen hatte. Sonst hätte er bestimmt nicht nach ihrer Hand gegriffen. Sie konnte nicht erahnen, welchen Dialog Nils gerade in seinem Kopf führte, auf alle Fälle kam er aber wohl zu einem ähnlichen Schluss wie sie: Es war ein tolles Gefühl, die Begeisterung über diesen atemberaubenden Anblick mit jemandem zu teilen. Und dafür war Händchenhalten ein großartiger Ausdruck.

Kurz vor Wellington, als die Landschaft dichter besiedelt, das Meer aus dem Blickfeld geraten war und die Sitzflächen unter ihren Hintern sich allmählich wie Beton anfühlten, legte Nils seinen Arm um Alwas Schulter. Sie hatten wenig geredet, als hätte der Moment etwas Heiliges, was sie nicht durch unbedachte Worte zerstören wollten. Endlich hatte Alwa das Gefühl, ihr Abenteuer war tatsächlich losgegangen. Sie war neugierig und gespannt und aufgeregt, was passieren würde. Und gleichzeitig war jede Nervosität verflogen.

»Hast du schon Pläne, wenn wir in Picton ankommen?«, fragte Nils, als sie endlich aus dem Bus kletterten.

»Na ja, eigentlich will ich mir ja ein Projekt suchen, bei dem ich arbeiten kann«, erwiderte Alwa. Im Kopf überschlug sie, wie sie mit ihrer Zeit und ihrem Geld jonglieren konnte. Konnte sie es sich nicht doch leisten, etwas später mit einem Praktikum anzufangen und die Zeit davor mit Sightseeing zu verbringen? Und mit Nils. »Aber wer weiß, ob ich so schnell was finde.«

»Ich wollte jetzt erst mal Richtung Kaikoura. Da soll man großartig Wale beobachten können. Und mit Delfinen schwimmen.«

»Klingt verlockend.«

Sie nahmen die Rucksäcke aus dem Stauraum des Busses entgegen und liefen die kurze Strecke zum Fährterminal hinüber. Dreieinhalb Stunden würde die Fahrt über die Cook-Strait bis nach Picton auf der Südinsel dauern.

Mit ihrer Mutter und Jella war Alwa ein paar Mal in Italien gewesen, am Mittelmeer. Natürlich hatte es ihr dort gefallen – aber das Mittelmeer war ein kleiner Tümpel gegen den Pazifik. Alwa bekam gar nicht genug davon, die Nase in die Seebrise zu halten und den Wind in ihren Haaren zu spüren. Kämmen würde am Abend schwierig werden.

Sie stand vorne am Bug. Rechts und links lagen grün belaubte Hügel, die sich wie riesige Bärentatzen auf das Wasser legten. Vor ihr öffnete sich schon das endlose Meer. Die Sonne spiegelte sich darin und der blaue Himmel verschmolz mit der Horizontlinie.

Zwei Hände schoben sich unter ihren Armen durch und stützten sich auf der Reling ab.

»Wenn die Berge ein bisschen höher wären, sähe es hier aus wie in Norwegen«, hörte sie Nils dicht an ihrem Ohr sagen. Sie schloss kurz die Augen und spürte seinen Brustkorb an ihrem Rücken.

»Die Kaffeeschlange an der Bar war so lang, dass ich keine Lust hatte, mich anzustellen«, erklärte er.

»Macht nichts, holen wir uns halt später einen.«

Er legte sein Kinn auf ihrem Kopf ab. Seine Hände wanderten an ihren Armen hoch und dann umfasste er sie fest. Geborgenheit inklusive Freiheit, schoss es Alwa durch den Sinn.

Wann hatte sie sich das letzte Mal so wohlgefühlt? Sie hob den Blick und sah zu ihm hinauf. Er lächelte sie warmherzig an und sie musste sich einfach zu ihm umdrehen. Sie versank in seinen Augen, die hier draußen so blau wie das Meer um sie herum schillerten.

Seine Lippen schmeckten ein wenig salzig, sie waren leicht rau, aber er berührte sie so behutsam, dass es sich anfühlte, als küsse sie zart schmelzende Schokolade.

»Wir machen ja Kate und Leonardo Konkurrenz«, flüsterte sie, als sie sich eine nicht einzuschätzende Zeiteinheit später voneinander lösten.

»Titanic?« Er grinste. »In meinem letzten Leben war ich garantiert Maschinist auf irgendeinem Luxusdampfer. Und bin in den Fluten versunken …« Er fasste ihre Hände und zog sie hinter sich her über das Deck. »Wenn ich nicht doch bald einen Kaffee bekomme, sterbe ich schon, bevor das Schiff untergeht.«

»Die Fähre«, verbesserte Alwa und folgte ihm nach drinnen.

Mit dampfenden Kaffeebechern und zwei dick belegten Bagels suchten sie sich kurz darauf einen windgeschützten Platz an Deck. Alwa war schon aufgefallen, dass die Neuseeländer die Kaffeezubereitung zelebrierten, als sei es ein heiliger Akt. Sogar auf der Fähre schmeckte der braune Muntermacher köstlich und es hatte wieder eine beinah unübersichtliche Auswahl gegeben. *One shot, double shot, flat white, moccachino* und *frappuchino* waren nur die oberen sieben Achtel des Kaffee-Eisbergs.

Nun schlürften sie an ihren Heißgetränken – Alwa an ihrem *flat white,* Nils an einem doppelten Espresso – und Alwa hatte sich wie selbstverständlich gegen seine Brust gelehnt, um so die Aussicht zu genießen. Wenn Nils nicht trank, streichelte er über Alwas Unterarm.

»Ähm«, fing er an, nachdem sie eine Zeit lang geschwiegen hatten. »Also, ich weiß auch nicht, normalerweise ... ich bin nicht der Typ, der jede Reisebekanntschaft gleich so ... na ja, du weißt schon.«

Alwa grinste, drehte sich zu ihm und küsste ihn auf die Wange. »Ich auch nicht. Wobei – ich weiß es ehrlich gesagt gar nicht, du bist meine erste Reisebekanntschaft.«

Nils fasste sie sanft am Kinn und küsste sie erneut. Diesmal schmeckte er nach Kaffee und als sie voneinander ließen, waren die Reste in ihren Bechern kalt.

»Ich weiß nicht, wo das hinführt«, sagte Nils.

»Ich auch nicht.« Es war so herrlich, einfach nur genau in diesem Moment zu leben. Nicht nachzudenken, nicht zu werten, nichts abzuwägen. Sie fühlte sich wohl mit ihm, es war wunderbar, ihn zu küssen – mehr wollte sie gerade nicht.

Die Küstenlinie der Südinsel kam schnell immer näher und bald bog das Schiff durch eine schmale Fahrrinne ab, sodass das offene Meer aus ihrem Blickfeld verschwand. Nun ragten schroffe Felsen auf beiden Seiten auf, die mit der Zeit mehr und mehr Bäume aufwiesen. Die Luft war so klar, als habe ein Fensterputzer für besonders transparenten Durchblick gesorgt.

Pictons Anlegehafen zeigte sich grau und etwas schmuddelig. Industrieanlagen, kreuz und quer geparkte Autos und hässliche Lagerhallen wirkten nicht sehr einladend. Aber glücklicherweise gab es einen Bus, der einen in die übersichtliche Innenstadt des Örtchens brachte.

»Vorschlag«, sagte Nils, als sie am *Nelson Square* ausstiegen. Vor ihnen lag eine Grünfläche, die glatt als Fußballfeld hätte durchgehen können, nicht als Marktplatz. »Wir suchen uns erst mal ein Hostel, checken dann, wie wir von hier weiterkommen, und machen uns morgen auf den Weg nach Kaikoura. Soviel ich weiß, ist die Straße dorthin wieder komplett passierbar.«

»Du meinst, nach dem Erdbeben? Das liegt doch schon ein paar Jahre zurück.«

»Ja, aber es hat ewig gedauert, die zerstörten Straßen wiederherzustellen. Kaikoura hatte es besonders stark getroffen.«

»Ich habe gelesen, dass inzwischen alles wieder recht normal ist.« Alwa deutete auf ein Schild am Straßenrand. »Schau, da ist ein Wegweiser zu einem Hostel.«

Sie umrundeten den riesigen Platz und landeten direkt vor der *Kauri Lodge.* Es schien ein Zwischending aus Campingplatz und Bungalows zu sein, wie ein Blick in den wunderschönen, verwilderten Garten zeigte. Neben ein paar verwitterten Hütten machten sich einige Zelte breit. Auf der Terrasse vor der Rezeption waren Hängematten aufgehängt, die schon reichlich frequentiert waren. Bevor sie eintraten, zögerte Alwa kurz. Würde sie mit Nils ein Doppelzimmer nehmen? Oder nur ein Schlafsaalbett? Sie war sich nicht sicher, traute sich aber nicht, ihn nach seiner Meinung zu fragen. Ein Blick auf die Preisliste erleichterte die Auswahl. Ein Platz in einem Sechs-Bett-Zimmer war die deutlich günstigere Variante. Immerhin bekamen sie zwei obere Betten, in denen man Kopf an Kopf liegen konnte. Vielleicht erst einmal die beste Lösung.

Lektion 7: Fühle dich nie zu sicher!

🌐keepcalm_Alwa

PICTON, NEW ZEALAND

Was für eine Fahrt! Nachtbus, Fähre und ein verpasster Delfin. Dafür habe ich mit meiner charmanten Reisebekanntschaft Nils viele Schmetterlinge gesehen ... hihihi ... und der Fähr-Kaffee war soooo lecker ...

#Kauri_Lodge #Schmetterlinge #Ocean #Kaffeekuss

♥ Gefällt 97 Mal

17.10.

»So viele Spaghetti für uns zwei?«, fragte Alwa erstaunt, als Nils die komplette Packung Nudeln ins kochende Wasser gleiten ließ.

»Wir haben doch den ganzen Tag fast nichts gegessen. Ich hab Kohldampf!« Er rührte mit einem Kochlöffel um und stellte die Flamme des Gasherdes etwas kleiner.

»Soll ich den ganzen Salatkopf zerpflücken?«, fragte Alwa. Solche Mengen war sie nicht gewohnt. Nils nickte und sah sie mit einem hungrigen Ausdruck in den Augen an. Ehe sie es verhindern konnte, hatte er sich das Stück Paprika gegriffen, das sie gerade abgeschnitten hatte.

»Hey, das Zeug ist teuer!«, ermahnte sie ihn, aber er brachte sie mit einem Kuss zum Schweigen.

Mittlerweile hatte sich die Küche des Hostels ziemlich gefüllt. An fast jedem der sechs Herde standen kleine Grüppchen oder Paare wie Alwa und Nils. Die Gerüche von Zwiebeln, Fisch, Fleisch und stinkigem Käse vermischten sich zu einer Melange, von der Alwa nicht sicher sagen konnte, ob sie sie appetitanregend fand. Ihr Hunger hielt sich sowieso in Grenzen. Nachdem sie die Innenstadt von Picton durchstreift hatten, um schließlich im Tourist-Office eine Busfahrt nach Kaikoura für den nächsten Tag zu buchen, hatten sie sich Burger und Pommes geholt. Später hatte Alwa von Nils' Karamell-Fudge-Brownie abbeißen dürfen und der war so mächtig, dass sie sich nach wie vor vollgefressen fühlte. Nils dagegen hatte sich auf dem Rückweg zum Hostel sogar noch ein Eis gegönnt – auch das deutlich teurer als in Deutschland.

In den Küchenschränken über der langen Spülzeile fanden sich angebrochene Essig- und Ölflaschen sowie zahllose Gewürzdosen, die frühere Reisende zurückgelassen hatten. Man durfte sich bedienen, hatte der nette Maori an der Rezeption erklärt. Alwa rührte eine Salatsoße zusammen und freute sich auf etwas Frisches. Die Spaghetti würden sie mit Pesto verrühren, das sie in dem kleinen Supermarkt entdeckt hatten. Nur auf Parmesan hatten sie verzichtet – der war doch zu teuer gewesen. Aber die Aussicht, die Spaghetti draußen im Garten oder in einer der Hängematten zu essen, war viel wichtiger als fehlende Zutaten.

»Probier mal!«, rief Nils und fischte mit einer Gabel ein paar Nudeln aus dem blubbernden Wasser. Er hielt sie Alwa hin und sie versuchte, die Spaghetti mit der Zunge herunterzuangeln.

»Hey, halt still«, bat sie Nils. Die Gabel war erst immer niedriger gewandert, dann zur Seite und plötzlich wieder zurück. Alwa packte Nils' Handgelenk und schnappte sich die Nudeln mit den Fingern.

»Hm, noch zwei, drei Minuten«, sagte sie. Nils hielt weiterhin die Gabel vor sie. Als habe er gar nicht mitbekommen, dass Alwa schon gekostet hatte.

»Nils?« Er sah sie nicht einmal an. Sein Blick fixierte den Herd direkt neben der Küchentür, wo sich gerade zwei Mädchen ans Kochen machten.

»Hallo? Jemand zu Hause?« Alwa pochte ihm gegen die Stirn. Er zuckte zusammen und sah sie verblüfft an. »Ist dir ein Geist erschienen?«

»Ähm«, stotterte er und sie bemerkte, dass sein Gesicht rot angelaufen war. Er atmete schneller und nun packte er sie an der Schulter.

»Es tut mir leid!«, sagte er. »Wirklich, glaub mir, es tut mir leid!« Dann legte er die Gabel neben den Kochtopf und ging auf die beiden neu angekommenen Mädchen zu.

»Julie!«, rief er quer durch den Raum. Und noch einmal, lauter: »Julie!« Ein sehr schlankes Mädchen, dessen schmaler Kopf von kunstvoll verstrubbelten Haaren umrahmt wurde, drehte sich zu ihm um. Alwa beobachtete alles wie einen Film, der in Zeitlupe ablief. Was ging hier vor sich? Der Gesichtsausdruck des Mädchens war kaum zu deuten. Im ersten Moment wirkte sie erfreut, geradezu glücklich, doch dann verfinsterten sich ihre Augen und sie verzog den Mund. Sie ließ das Messer, das sie in der Hand hielt, auf den Boden fallen, machte einen Schritt auf ihn zu, wich dann wieder zurück. Doch da war er schon bei ihr, breitete die Arme aus und zog sie an sich. Sie wehrte sich kurz, aber nachdem ein Schluchzer aus ihrer Kehle entwichen war, streckte sie sich zu ihm hoch und die beiden küssten sich. Mitten in der Küche. Vor aller Augen. Vor Alwas Augen. Sie tastete nach einem der Hocker unter den Tischen und ließ sich darauf fallen. Nils hatte diese Julie hochgehoben und drehte sich mit ihr im Kreis, seinen Mund, seinen nach Schokolade schmeckenden Mund, noch immer auf ihrem. Irgendwer klatschte.

»Eure Nudeln«, sagte jemand zu Alwa, aber sie verstand nicht, was er meinte. Nils stellte das Mädchen wieder auf dem Boden ab und dann verschwanden sie blitzschnell nach draußen. Der Raum wirkte mit einem Mal leer und so, als habe es die beiden nie gegeben. Alwa konnte sich noch immer nicht rühren. Sie war sicher, gleich käme ein Abspann und das Licht ginge an und sie könnte fortgehen und diesen grausamen Film aus ihrem Kopf radieren. Aber nichts geschah. Alle wandten sich wieder ihren Kochtöpfen, ihren Tellern und ihren Weingläsern zu und schienen das Ganze genauso schnell zu vergessen, wie es geschehen war. Alwa starrte in die Luft.

Hatte sie soeben ihren Reisebegleiter verloren? Den Typ, für den sie gerade angefangen hatte, ein kleines Stückchen der Straße zu ihrem Herzen freizugeben? Zu diesem Herzen, das sie nach der Erfahrung mit Yannis abgeriegelt hatte. *Kein Durchgang,* hatte sie auf die Sperre geschrieben und jetzt wusste sie wieder, warum. Weil es schmerzte. Weil es wehtat, wenn sich jemand ihrem Herzen näherte, der dann doch bloß darauf herumtrampelte und gar nicht merkte, was sie sich wünschte, wonach sie sich sehnte. Ja, sie hatte sich nach Abenteuer und Freiheit gesehnt, hatte die Welt verbessern wollen – auch durch den Austausch mit fremden Menschen, mit Begegnungen, Herzensbegegnungen. Und jetzt war sie gleich so gegen den Baum gefahren. Und es tat weh. Es tat ziemlich weh, obwohl sie nur ein paar Küsse getauscht hatten.

»Ich hab mal deine Nudeln abgegossen«, sagte eine Frauenstimme auf Englisch mit einem deutlich hörbaren französischen Akzent. Alwa zuckte zusammen und drehte sich zu ihr.

»Willst du welche abhaben? Das sind viel zu viele für mich … allein.«

Das Mädchen, das neben dieser Julie am Herd gestanden hatte, sah sie mitleidig an.

»Du warst … äh, warst du … also mit Nils … warst du mit ihm unterwegs?«

Alwa nickte. Das Mädchen zog sich einen Hocker heran und setzte sich neben sie.

»Ich bin Dominique«, stellte es sich vor. »Das sah gerade aus, als hättest du einen Schock bekommen. Oder so etwas. Du bist ganz blass.«

»Ja, das war eine ziemliche … Überraschung.«

»Tut mir leid.« Dominique goss Alwa und sich aus der Wasserkaraffe ein, die in der Mitte des Tisches stand. »Trink lieber was.«

Alwa war froh, dass ihr jemand sagte, was sie tun sollte, und gehorchte. Dominique fragte vorsichtig nach, wie lange Alwa Nils schon kenne, und legte ihr mitleidig die Hand auf den Unterarm, als Alwa von ihrer Begegnung mit ihm erzählte.

»Der Typ ist echt … krass!« Dominique sah an die Decke. »Ich habe auf Julie eingeredet, sie solle ihn vergessen – aber sie hat von nichts anderem geredet als von ihm. Ich habe mir schon ausgemalt, wie ich nach Hause zurückkomme und auf die Frage, wie es in Neuseeland war, könnte ich nur sagen, keine Ahnung! Wir sind die ganzen Zeit nur einem Typen hinterhergereist.« Alwa sah sie verständnislos an.

»Wie meinst du das?«

»Also …«, setzte Dominique an, unterbrach dann aber gleich ihren angefangenen Satz. »Pass auf. Vielleicht essen wir einfach was von den Nudeln und ich erzähle dir dabei alles. Ich sterbe vor Hunger – wäre das okay?« Alwa nickte, holte das Pesto und zwei Teller sowie Besteck und den halb fertigen Salat. Ihr selbst war zwar komplett das letzte bisschen Appetit vergangen, aber Dominique langte kräftig zu.

»Julie und ich sind schon ewig befreundet und haben seit Jahren von dieser Reise geträumt«, erzählte sie. »Jetzt fahren wir seit fast sechs Wochen durch Neuseeland, jobben mal, dann reisen wir weiter. Wir haben Nils vor etwa drei Wochen in Napier auf der Nordinsel kennengelernt. Na ja, was soll ich sagen – zwischen den beiden sprühten sofort die Funken. Ich meine, klar, der Typ ist megacharmant und sieht hammermäßig gut aus.« Alwa fühlte einen Stich, den sie mit etwas Wasser herunterzuspülen versuchte.

»Jedenfalls«, fuhr Dominique fort und drehte die Spaghetti auf ihrer Gabel ein, »reisten wir von da an zu dritt. Ich kam mir wie eine Gouvernante vor und dieses frisch verliebte Geturtel hat mich tierisch genervt. Irgendwann war ich so weit, dass ich allein weiterfahren wollte. Der Typ hat schon etwas sehr Besitzergreifendes.« Sie hatte nicht ganz unrecht, fiel Alwa auf. Eigentlich hatte er in den letzten Tagen immer bestimmt, was sie unternahmen.

»Wir waren also ungefähr zwei Wochen zusammen unterwegs, ich war nicht das dritte Rad am Wagen, ich war das dreizehnte oder so. Aber dann, in Whangarei, lernten wir in einer Bar eine Südafrikanerin kennen – und Nils flirtete ein wenig mit ihr. Julie wurde natürlich sauer, die beiden stritten sich heftig, sie rannte weg, er ihr hinterher, schließlich kam er ohne sie zurück, total wütend, und verschwand mit der Afrikanerin. Ich habe Julie in Tränen aufgelöst draußen gefunden und sie zwang mich, noch in der Nacht abzureisen. Sie wollte nichts mehr mit ihm zu tun haben. Wir haben tatsächlich einen Nachtzug erwischt, der nach Auckland fuhr. Am nächsten Morgen tat es ihr wohl leid, dass sie so heftig reagiert hatte. Sie wollte ihn anrufen – und hatte ihr Handy im Zug verloren. Ich hatte seine Nummer nicht, ich war ja eh völlig unwichtig. Na ja, und seitdem hatten sie keinen Kontakt mehr, Julie war nur noch frustriert und unglücklich, machte sich Vorwürfe. Sie pinnte Aushänge in Hostels, zeigte Leuten sogar ein Foto von ihm auf meinem Handy, aber keiner hatte ihn gesehen. Ob er sich die Mühe gemacht hat, nach ihr zu suchen? Keine Ahnung!«

»Erwähnt hat er sie jedenfalls nicht«, erklärte Alwa. Erst jetzt wurde ihr klar, dass Nils zwar von tollen Landschaften und leckerem Essen erzählt hatte, sehr selten aber von bisherigen Reisebekanntschaften. »Aber offensichtlich hat er sie auch nicht vergessen.«

»Sehr offensichtlich.«

»Puh. Ich komme mir gerade ziemlich dämlich vor«, murmelte Alwa. Sie hatte sich einfach auf einen unbekannten Kerl eingelassen, hatte keine Sekunde darüber nachgedacht, wie er bisher gelebt hatte, hatte sich nur einlullen lassen von seinem Charme. Wie blöd war sie eigentlich?

»Das musst du nicht«, versuchte Dominique, sie zu trösten. »Er sollte sich dämlich vorkommen. Dämlich, dass er so mit Menschen umgeht. Ich wette, in ein paar Wochen hat er Julie wieder satt und sucht sich die Nächste.«

»Vielleicht auch nicht. Das sah ja schon sehr melodramatisch aus. Aber danke, dass du mich aufgeklärt hast. Dann weiß ich wenigstens Bescheid. Selbst wenn ich im Moment keine Ahnung mehr habe, wie es weitergehen soll. Ach, Scheiße …« Jetzt erst wurde ihr klar, dass sie plötzlich wieder genauso planlos war wie zu dem Zeitpunkt, als sie die Familie Green verlassen hatte. Nur dass sie es diesmal auf der Südinsel war. Sie musste kräftig schlucken, um das enge Gefühl in ihrem Hals loszuwerden. Das Wasser aus dem Glas spülte das Unbehagen nicht ganz fort. Aber immerhin war sie in der Lage, Dominique von ihren ursprünglichen Plänen zu berichten, von ihren Erfahrungen als Au-pair und dem betrügerischen Vermittler.

»Irgendwie steht diese Reise bisher unter keinem guten Stern«, endete sie ihren Bericht. Dominique stocherte nachdenklich in dem Nudelberg herum, der im Topf zurückgeblieben war. Sie nahm sich noch etwas davon und vermischte die Pasta mit Pesto.

»Mir fällt da was ein«, sagte sie zwischen zwei Bissen. »In einem Blog habe ich von einer Frau gelesen, die in Kaikoura ein Praktikum in einem Waisenhaus gemacht hat. Wenn ich mich recht erinnere, hat sie ziemlich davon geschwärmt. Vielleicht kannst du es googeln, ich weiß nicht mehr, wie der Blog hieß, ich lese so viele.«

»Au ja, guter Tipp«, sagte Alwa. Sie hatte sowieso ein Busfahrtticket nach Kaikoura in der Tasche. Ob sie die Fahrt mit oder ohne Nils antreten würde – es musste ja weitergehen. In Picton würde sie nur versauern.

Lektion 8: Bleib in Bewegung!

KEEP CALM, ALWA, AND TRAVEL!

Mein Neuseeland-Reiseblog

Freitag, 19.10.

Hi you crazy people, wusstet ihr, dass vor mir auch schon Captain Cook hier war? In Kaikoura! Der alte Seebär hat die Ecke hier nämlich entdeckt! Seitdem haben sich nicht gerade viele Menschen angesiedelt – das Örtchen hat nicht mal 4.000 Einwohner, aber dafür umso mehr Touristen. Angeblich Ökotouristen ... na ja ... kein Wunder bei dem, was man hier alles anschauen kann: Wale, Delfine, Robben, Seevögel ... und ich werde Wale sehen! Ganz bestimmt! Übrigens ... wisst ihr, was Kaikoura in der Sprache der Maoris bedeutet? Krebse essen – yummiyummi ...

Obwohl es keine 300 Kilometer bis Kaikoura waren, sollte die Busfahrt fast sieben Stunden dauern, genug Zeit, um mal wieder einen längeren Beitrag für ihren Blog zu schreiben. Die Strecke verlief zum Teil entlang der Küste. Die Straße war nach dem schweren Erdbeben vor ein paar Jahren endlich wieder passierbar – aber noch immer gab es Baustellen, einspurigen Verkehr und Umwege, die man bei der Fahrt einplanen musste.

Alwa suchte sich diesmal ganz hinten im Bus einen Platz. Bis sich die Türen schlossen, bis der Motor ansprang, bis der Fahrer den Gang einlegte – bis zuletzt beobachtete sie die Umgebung genau – immer in der Hoffnung, Nils würde doch noch auftauchen, allein, zerknirscht und reumütig. Dabei war ihr schon in der Nacht klar geworden, dass dies nicht passieren würde. Sie hatte Nils nicht wiedergesehen. Dominique hatte sein Bett im Schlafsaal übernommen, er war mit seiner Julie in eins der teuren Doppelzimmer umgezogen. Alwa hatte stundenlang an die fleckige Decke über ihrem Bett gestarrt und nicht gewusst, was sie mehr quälte: der Zorn über diesen Idioten oder die Scham über ihre Naivität. Sie war froh gewesen, die *Kauri Lodge* im Morgengrauen verlassen zu können, ohne ihn noch einmal sehen zu müssen. Und dennoch war sie jetzt bitter enttäuscht, dass er nicht doch aufgetaucht war. Dabei hätte er sie nur bei der Verfolgung ihrer Pläne gestört, versuchte sie sich einzureden. Wer weiß, vielleicht hätte sie im Rausch der Verliebtheit die Gedanken an ein Praktikum sogar ganz aus den Augen verloren und hinterher, wenn es zu spät gewesen wäre, hätte sie sich geärgert, dass sie die Bedingungen für den Studiengang nicht erfüllt hätte – nur wegen eines gut aussehenden Schweden. Sie kniff die Lippen zusammen und lehnte die Stirn an die kühle Scheibe. Die Straße verlief entlang niedriger, baumbestandener Hügel, an deren Grund Schafe grasten. Der Himmel war so hellblau, dass er fast durchsichtig erschien. Alwa merkte, dass ihre Augenlider schnell schwer wurden, und sie gab der Müdigkeit einfach nach. Vielleicht, so überlegte sie, wäre die Welt eine ganz andere, wenn sie wieder aufwachte.

Die Orte Blenheim und Seddon ließen sie kurz aufschrecken, in Waipapa Bay quälte sie sich auf die Toilette, aber erst eine Stunde vor der Ankunft in Kaikoura schaffte sie es, die Augen offen zu halten. Das Meer lag zum Greifen nah, an kleinen Felsen spritzte die Gischt empor und weiter draußen funkelte es smaragdgrün. Die Berge rechts kamen immer näher, wurden steiler, überragten die Straße. An manchen Stellen waren noch Geröllfelder zu sehen, dort wo das Beben den Stein zum Bersten gebracht hatte. Man erkannte die Mühe, die es gekostet haben musste, die Folgen der Erdrutsche zu beseitigen.

Dann wichen die Berge und die Route führte fort vom Meer in eine ländliche Gegend. Überall gab es Schafe, einsame, flache Häuser und erst als die Straße wieder breiter wurde, näherten sie sich dem Ziel: Kaikoura. Der Ort erstreckte sich entlang der Durchfahrtsstraße und zog sich bis auf einen Zipfel Land, der ins Meer hinausragte. Es wimmelte von Backpacker Lodges, Motels und Hostels und es wurde eifrig für Whale-Watching-Touren, Schwimmen mit Delfinen und Seehund-Beobachtungen geworben. Auf den ersten Blick schien der Ort ganz dem Tourismus gewidmet zu sein, doch man sah auch hier die Narben, die das Beben gerissen hatte: merkwürdige Brachflächen inmitten von Wohngebieten, Überreste von zerstörten Häusern, Spuren von Schlammfeldern. Die Werbeplakate daneben wirkten, als versuche man, die Erinnerungen damit zu übertünchen. Noch gestern Abend hatte Alwa nach dem Hilfsverein gegoogelt, über den Dominique etwas gelesen hatte. Sie war tatsächlich fündig geworden. Der Verein nannte sich *Children of Kaikoura* und war vor etwa einem Dreivierteljahr gegründet worden. Die Webseite des Vereins war kaum gepflegt und schon lange nicht mehr aktualisiert worden. *Wir kümmern uns lieber um Kinder als um die Erhaltung unserer Website,* hieß es an einer Stelle. Nur das Konzept wurde klar: Es waren bei der Naturkatastrophe zwar kaum Menschen ums Leben gekommen, aber durch die Zerstörung von Wohnhäusern und Farmland waren einige Familien ihrer Existenz beraubt worden. Und natürlich gab es auch schon vor dem Beben Bedürftige, die in Wohnwagen oder heruntergekommenen Motelanlagen gehaust hatten. Damit die Eltern – viele von ihnen gehörten den Maoris an – sich in Ruhe auf den Wiederaufbau ihres Lebens konzentrieren konnten, nahm *Children of Kaikoura* bis zu zwanzig Kinder auf. Diese wurden so lange in der Einrichtung versorgt, bis die Eltern wieder in der Lage waren, sich um ihren Nachwuchs zu kümmern. Ein kurzer Nebensatz ließ vermuten, dass auch Praktikanten dort arbeiteten, aber es gab keine weiteren Hinweise außer dem Bericht der Bloggerin, die wohl zu den allerersten Praktikantinnen gehört hatte. *»Viel Arbeit, aber die Kinder sind großartig!«*, hatte sie ihre sechs Wochen im Projekt zusammengefasst.

Der Bus spuckte seine Passagiere am winzigen Bahnhof aus, der Whaleway Station, die direkt am Strand lag. Ob einen die Fontäne eines Wales aus dem Wasser begrüßen würde? Alwa lief sofort mitsamt ihrem Gepäck vorbei an niedrigen Palmen in Richtung der kleinen grauen Kiesel und ließ sich dort nieder. Die Sonne stand nur noch knapp über dem Horizont und das glitzernde Meer roch verheißungsvoll. Es war still und verlassen hier, aber doch nicht so, dass man sich fürchten musste, vielmehr sog sie die friedliche Atmosphäre auf und spürte, dass sie endlich innerlich ruhiger wurde. Nils verblasste langsam, löste sich auf in den kleinen Wellen, die an den Saum der See schlugen.

Und jetzt? Jetzt saß sie hier an diesem Ende der Welt, vor sich nichts als den weiten Ozean und einen Strudel von Gedanken in ihrem Kopf. Sollte sie gleich nach dem Verein suchen, der wohl an der Strandpromenade sein Quartier hatte? Oder nach einem günstigen Hostel Ausschau halten? Es war schon bald sieben Uhr abends und ihr Magen knurrte wie verrückt. Sie fühlte sich so kraftlos, dass sie nicht in der Lage war, eine Entscheidung zu treffen. Sie hatte nicht einmal Lust, ein Foto für Instagram aufzunehmen. Vielleicht sollte sie morgen nach Christchurch weiterfahren und direkt nach Deutschland zurückfliegen? Experiment gescheitert. Die Welt musste ohne sie auskommen. Nichts fühlte sich aufregend an, aber alles furchtbar anstrengend. Zu planen und umzusetzen, abzuwägen und zu entscheiden. Und das ohne ihre Ratgeberinnen. Ohne Jella, ohne Franzi, ohne Mai. Ob sie mal eben zu Hause anrufen sollte? Einfach nur Jellas Stimme hören. Aber in Deutschland war es sieben Uhr morgens und Jella stand bestimmt schwer schuftend in der Backstube und würde keine Zeit für sie haben. Und die beiden anderen schliefen vielleicht noch. Sie legte die Arme über die Knie und bettete den Kopf dazwischen. Meeresrauschen, Autos, eine Lautsprecherdurchsage vom Bahnhof. Nicht heulen, ruhig atmen, nicht heulen, ruhig atmen.

Etwas stupste sie am Ellenbogen und sie fuhr erschrocken auf. Eine Hundenase befand sich auf Höhe ihres Gesichts und Alwa drang der scharf riechende Atem des Tiers in die Nase. Wollte er spielen? Oder sie fressen? Der strubbelige Hund Marke Straßenköter setzte sich vor sie und sah sie an, als wartete er darauf, dass sie ein Stöckchen warf. Als Kind hatten sie und Jella sich immer ein Tier gewünscht, aber ihre viel beschäftigte Mutter hatte ihnen nie eines erlaubt. Alwa wusste nicht, wie sie sich verhalten sollte. Vorsichtig streckte sie die Hand aus und der Hund schnüffelte erst und leckte ihr dann die Finger ab.

»Pfui, Beluga, aus!«, hörte sie jemanden rufen und das Tier spitzte die Ohren. Ein junger Typ kam heran, klopfte auf seine Oberschenkel und der Hund sprang zu ihm hinüber.

»Sorry«, sagte der Typ und schob sich eine verkehrt herum sitzende Basecap auf dem Kopf zurecht. »Beluga liebt den Strand und hofft immer, dass er jemanden findet, der mit ihm spielt. Gerade erst angekommen?«

Alwa bejahte und zog möglichst unauffällig ihren Rucksack dichter an sich heran. Der junge Mann hatte das runde Gesicht eines Maoris, war aber im Gegensatz zu den allermeisten Vertretern seines Volkes eher schlank. Er lächelte freundlich und offen und Alwa versuchte, das in ihr aufkeimende Misstrauen zu verbannen.

»Also, am Strand schlafen ist keine so gute Idee«, riet er. »Wenn du ein paar Hundert Meter in die Richtung gehst«, er zeigte stadteinwärts, »findest du jede Menge Hostels. Die haben auch jetzt noch ein Bett frei, ganz bestimmt. Ich würde das *Green Seas* empfehlen – nette Besitzer, sauber und verhältnismäßig günstig.«

»Danke«, Alwa war wirklich froh, dass ihr jemand behilflich war, Entscheidungen zu treffen. »Und kann man da auch essen? Ich hab schrecklichen Kohldampf.«

»Oh, klar, aber wenn's schnell gehen muss – an meinem Kiosk gibt's Sandwiches und Bagels und solche Sachen. Der ist gleich da drüben, vor dem Bahnhof.«

»Super!« Alwa raffte sich auf, schulterte ihren Rucksack und folgte dem jungen Maori. Hauptsache, etwas zu essen!

Eine halbe Stunde später sah die Welt schon nicht mehr ganz so feindselig aus. Rewi, so hatte er sich ihr vorgestellt, hatte tatsächlich superleckere Sandwiches im Angebot und gab Alwa sogar einen Rabatt. »Morgen kann die Dinger eh keiner mehr essen und ich mache hier gleich dicht«, hatte er erklärt. »Wenn du kurz wartest, bis ich aufgeräumt und zugesperrt habe, nehme ich dich mit dem Wagen mit. Wir können schauen, ob das *Green Seas* noch einen Schlafplatz für dich hat.«

Alwa half ihm, einige Zeitungsständer in dem winzigen Kiosk zu verstauen und Süßigkeitenboxen zusammenzupacken, die auf der Theke aufgereiht waren. Rewi fuhr einen klapprigen Range

Rover, auf dessen offener Ladefläche Hund und Rucksack verstaut wurden. Die Straße Richtung Zentrum zog sich ganz schön lang und Alwa war froh, dass sie den Weg mit dem schweren Rucksack nicht zu Fuß gehen musste. Rewi erzählte munter von den Schönheiten Kaikouras und empfahl ihr die besten Anbieter für Touren, die man in der Gegend machen konnte.

»Ich wollte eigentlich versuchen, bei *Children of Kaikoura* mitzuarbeiten«, erwiderte Alwa und spürte eine merkwürdige Form von Stolz, dass sie nicht als Touristin hierhergekommen war, sondern um die Menschen zu unterstützen.

»Okay, cool. Ja, warum nicht? Die können immer Hilfe gebrauchen, soviel ich weiß.« Wirkte er plötzlich einsilbig oder bildete sie sich das nur ein?

»Kennst du die Leute von dem Verein?«, hakte Alwa nach.

»Nicht näher. Jonathan und Svetlana sind erst vor drei, vier Jahren nach Kaikoura gezogen. Kurz vor dem Erdbeben. Sie sind sehr … engagiert und der Ort verdankt ihnen viel. Ich glaube, sie wollten hier eigentlich eine Lodge oder so etwas eröffnen, aber dann kam das Beben und sie haben ihre Pläne geändert und das Kinderheim eröffnet. Svetlana hat früher in Österreich gelebt, sie hatte irgendetwas mit Kindererziehung zu tun, Lehrerin oder so.«

Inzwischen waren sie am *Green-Seas*-Hostel angekommen und ein Schild zeigte an, dass noch Betten frei waren.

»Viel Glück«, wünschte Rewi, als Alwa ausstieg. »Man sieht sich!«

»Danke schön«, erwiderte Alwa. »Du hast mir wirklich weitergeholfen.«

Sie angelte ihren Rucksack von der Ladefläche und Beluga schnupperte an ihrer Hand.

»Ciao, Kleiner, bis bald«, verabschiedete sich Alwa und tätschelte ihn am Hals.

Lektion 9: Gib jedem eine Chance!

keepcalm_Alwa

KAIKOURA, NEW ZEALAND

#onmyway #frischeHoffnung #Children_of_Kaikoura #AmZiel

♥ Gefällt 102 Mal

KOMMENTAR ANZEIGEN

Jella_loves_cake@keepcalm_Alwa: Nur Mut, du schaffst das!
MaiMaiMai@keepcalm_Alwa: Lass dich nicht abwimmeln!

20.10.

Das Projekt *Children of Kaikoura* war in einem einstöckigen, lang gestreckten Bau etwas oberhalb der Straße untergebracht und wurde durch eine Natursteinmauer eingefasst. Eine kleine Treppe führte zum Eingang hinauf, hohe Büsche und dichte Baumkronen wuchsen rechts und links über das graue Dach. Dahinter überragte eine kahle Mischung aus Fels und Düne das Haus. An manchen der Fensterscheiben klebten bunte, transparente Papierblüten oder ungelenk ausgeschnittene Tiere.

Alwa spähte durch die verglaste Eingangstür, konnte jedoch nichts erkennen. Sie hatte vergeblich nach einer Klingel gesucht und auf ihr Klopfen hatte niemand reagiert. Nirgends hing ein Schild, auf dem Öffnungszeiten oder Ähnliches angegeben waren. Alwa zog am Türgriff und zu ihrem großen Erstaunen ließ sich die Tür öffnen. Sie holte tief Luft – was würde sie dort drin erwarten? Hatte sie endlich ihren Platz für die nächsten Monate gefunden oder würde sie gleich wieder planlos auf der Straße stehen? Sie fasste sich ein Herz und überschritt die Schwelle. Dahinter lag ein düsterer Gang. Es roch nach einer merkwürdigen Mischung aus Essen, Putzmittel und irgendetwas Süßlichem, das sie nicht identifizieren konnte. Im fahlen Licht erkannte sie an den Wänden kritzelige Zeichnungen und Plakate, die fröhliche Kinder zeigten und für eine Spendenkampagne warben.

»Hallo?«, rief sie zögerlich, doch alles blieb still. Je weiter sie den Gang entlanglief, desto stärker wurde der Geruch, den sie gleich beim Reinkommen wahrgenommen hatte. Sie streckte den Arm aus, um an einer angelehnten Tür zu klopfen. Aber da wurde diese schon von innen aufgestoßen und Alwa zuckte erschrocken zusammen.

»Attention!«, rief ein sommersprossiger Junge mit schmalen Lippen und rötlichen Haaren und musterte sie missbilligend. Jetzt erst bemerkte sie die zwei Eimer, die er rechts und links hielt, und der Gestank, der daraus hervordrang, warf sie beinahe um.

»Was ist das?«, fragte sie unwillkürlich auf Deutsch.

»Vollgeschissene Windeln«, antwortete der Junge in ihrer Muttersprache und drängte sie unsanft zur Seite. Alwa sah ihm hinterher. Er öffnete eine breite Tür am Ende des Ganges und dahinter flutete Tageslicht herein. Vermutlich standen dort die Müllcontainer. Alwa wusste nicht so recht, was sie tun sollte, und beschloss zu warten, bis er zurückkam. Ein lautes Scheppern und ein Zufallen der Tür kündigten schnell seine Rückkehr an.

Herrje, dachte Alwa und ein Schauer lief ihr über den Rücken. Sie kannte den Typ, sie hatte ihn irgendwo schon mal gesehen – und zwar bei keiner angenehmen Gelegenheit.

»Suchst du was?«, fragte er sie und sein Schweizer Akzent rief ihr in Erinnerung, wo sie ihm begegnet war. Am Flughafen in Auckland! Als sie seinen Rucksack für ihren gehalten hatte. Der Typ mit der Nussschokolade. Am liebsten hätte sie kehrtgemacht und wäre gegangen.

»Dann halt nicht«, sagte er und schob sich an ihr vorbei, von ihrem Schweigen offensichtlich genervt.

»Entschuldige, warte!«, rief sie ihm hinterher und er drehte sich zu ihr um. »Ich wollte fragen, ob ich hier mitarbeiten kann. Also, an wen muss ich mich wenden?«

Er musterte sie von oben bis unten, schien sie aber seinerseits nicht zu erkennen. Dann deutete er wortlos auf eine der zahlreichen Türen.

»Die Chefin kommt sicher bald ins Büro. Ich muss jetzt dringend beim Frühstückabräumen helfen.« Er lief am Ausgang vorbei bis zum anderen Ende des Ganges und verschwand hinter einer weiteren Glastür. Dahinter erspähte Alwa Tische, an denen zahlreiche Kinder saßen, vermutlich der Speisesaal. Ob er sie wirklich nicht erkannt hatte? Oder hatte sie sich doch getäuscht und er war es gar nicht?

Alwa entdeckte eine schmale Bank und wollte sich daraufsetzen. In diesem Moment näherten sich energische Schritte und schon erschien eine große, kräftige Blondine mit einem breiten, leuchtend rot geschminkten Mund. Sie sah Alwa, warf ihr einen kurzen Blick zu und sagte: »Ja?« Dann schloss sie die Tür zum Büro auf und gab Alwa mit einem Fingerzeig zu verstehen, ihr zu folgen.

Nachdem Alwa ihr Anliegen vorgebracht hatte, lehnte sich Svetlana Baumann – so hatte sie sich vorgestellt – in ihrem klobigen Bürostuhl zurück.

»Hast du so was schon mal gemacht?«, wollte sie wissen. Alwa berichtete von ihren Babysitting-Einsätzen, erwähnte die Biologie-AG für die fünften Klassen, die sie ein paar Jahre geleitet hatte, und baute ihre Au-pair-Erfahrung von ein paar Tagen ein wenig aus. Svetlana nickte, offensichtlich zufrieden. Sie tippte mit ihren roten, spitzen Fingernägeln auf die Schreibtischauflage, blickte zwischen ihrem Computerbildschirm und Alwa hin und her und lehnte sich dann zurück.

»Es ist so«, sagte sie. »Wir haben keinen Platz und wenig Geld. Andererseits könnten wir deine Mithilfe sehr gut gebrauchen. Kannst du dir vorstellen, gegen Kost und Logis bei uns mitzuarbeiten?«

»Natürlich«, erwiderte Alwa sofort.

»Wir können dich bei den beiden anderen Praktikanten im Zimmer unterbringen – es ist nicht luxuriös und ihr müsst etwas zusammenrücken.«

»Kein Problem.«

»Gut. Und wie lange willst du bleiben?«

»Drei Monate wären toll. Ich brauche am Ende eine Bestätigung, die muss ich für den Studiengang vorlegen, für den ich mich bewerben will.«

»Das sollte kein Problem sein.« Svetlana lächelte nun sehr freundlich. »Laurin und Tiffany werden dir alles zeigen. Sie müssten jetzt …« Sie sah kurz auf eine protzige goldene Armbanduhr. »… in der Küche sein. Sie erklären dir den Tagesablauf.« Im Aufstehen streckte sie ihre Hand grazil über den Schreibtisch und Alwa bekam nicht mehr als ein paar Finger zu fassen, als sie einschlug.

»Willkommen! Du wirst viel Arbeit haben – aber ich hoffe, auch viel Spaß. Die Kinder sind alle Engelchen.« Svetlana rauschte aus dem Büro.

Eine süßliche Duftwolke, kaum weniger atemberaubend als die der Windeln, blieb im Zimmer zurück.

»Na, dann schauen wir mal«, redete Alwa sich gut zu, schulterte ihren Rucksack und ging in den düsteren Flur. Irgendwo hier musste die Küche ja sein.

Nach zwei verschlossenen Türen und einer Besenkammer erwies sich die vierte als die richtige. Dampfschwaden schlugen ihr entgegen und es roch nach einer Mischung aus scharfen Putzmitteln, angebrannter Milch und aufgebackenem Brot. An einem Spülbecken mit anschließender langer Ablagefläche sah sie zwei Rücken. Ein Mann und eine Frau. Der Mann spülte, die Frau trocknete ab. Beide schwiegen.

»Excuse me«, sagte Alwa und ruckartig fuhren die Köpfe zu ihr herum. Sie war sich nun zu hundert Prozent sicher, dass der Typ der vom Flughafen war – allzu viele rothaarige Ed-Sheeran-Typen mit Schweizer Akzent würde es in Neuseeland vermutlich nicht geben. Dem Mädchen, etwa im ähnlichen Alter wie Alwa, war ihre Herkunft nur schwer anzusehen. Ob sie Neuseeländerin war? Sie war total aufgestylt, und obwohl sie mit dem Abwasch beschäftigt war, wirkten ihre blonden Locken wie frisch eingedreht und ihr Make-up war so perfekt, als würde sie sich gleich für *Germanys Next Top Model* bewerben. Mit ihrer megaschlanken Figur bekäme sie garantiert jede Woche ein Foto von Heidi.

»Hi, ich bin Alwa«, stellte sie sich auf Englisch vor. »Ich darf euch bei der Arbeit unterstützen.« Die Miene des Rothaarigen blieb unbeweglich – genauso mürrisch wie eben schon auf dem Gang. Das Mädchen dagegen verzog ihren leuchtend roten Mund zu einem breiten Lächeln.

»Hi«, sagte sie gedehnt. »Willkommen! Wir können hier jede weitere Hand gebrauchen.« Ihre hohe Stimme tat Alwa beinahe in den Ohren weh.

»Ich bin Tiffany, aber sag bitte Tiff zu mir. Und der freundliche Gentleman hier ist Laurin.« Loreen? Er hatte einen Mädchennamen?

»Laurin. Mit au«, korrigierte dieser umgehend auf Deutsch. »Hi nochmals.«

Dass diese Tiff aus den USA kam, war nicht zu überhören. Was sie hier in die neuseeländische Wildnis verschlagen hatte, konnte sich Alwa umso weniger vorstellen. Sie war nicht nur makellos geschminkt, sondern auch modisch gekleidet. Über ihren roten Sneakern, aus denen goldene Söckchen hervorlugten, trug sie eine enge schwarze, am Saum ausgefranste Jeans, die an den Knien und Oberschenkeln stylish eingerissen war. Darüber eine rot-weiß-karierte Bluse mit großzügigen Rüschen auf der Knopfleiste. Unter ihren Locken baumelten zwei riesige goldene Creolen. Sie passte tatsächlich eher auf einen Catwalk als an die Spüle eines Kinderheims. Ein Geschirrtuch flog auf Alwa zu und sie konnte es nur knapp auffangen, bevor es ihr ins Gesicht klatschte.

»Wäre cool, wenn du hier gleich weitermachst, dann kann ich nach den Kindern sehen«, sagte Laurin und schob sich an ihr vorbei in den Gang. Alwa lehnte ihren Rucksack gegen eine Wand und schlängelte sich an einem riesigen, altertümlich wirkenden Gasherd vorbei bis zu Tiff ans Spülbecken. Diese schenkte ihr ein aufmunterndes Lächeln, strich sich mit ihren vom Gummihandschuh ummantelten Fingern eine widerborstige Locke zur Seite und atmete tief ein.

»Ich bin echt froh, dass wir Unterstützung bekommen!«, sagte sie. »Also, ich meine … es ist toll hier, wirklich, die Arbeit mit den Kindern macht viel Spaß. Aber es ist eben auch … viel zu tun. Es gibt nicht mal einen Geschirrspüler.«

»Erzähl doch mal«, forderte Alwa sie auf. »Wie sieht euer Tagesablauf so aus?«

»Okay, also …«, fing Tiffany an. Und dann ratterte sie die einzelnen Punkte in so einer Geschwindigkeit runter, dass Alwa kaum mitkam. Spätestens um sechs Uhr wurde aufgestanden, Frühstück hergerichtet und gemeinsam mit den Kindern eingenommen. Diese wurden abwechselnd von Jonathan, dem Projektleiter, und Svetlana, seiner Frau, geweckt und durchs Badezimmer getrieben. Nach dem Frühstück fuhr Jonathan die Größeren in die Schule, während Svetlana bei den Kleineren blieb. Wenn die Küche fertig war, stießen die Praktikanten dazu und übernahmen die Betreuung der etwa zehn Kleinkinder. Svetlana zog sich zu Büroarbeiten und Ähnlichem zurück, während Jonathan auf dem Rückweg von der Schule fast täglich einkaufen ging. Gegen zehn kam eine Köchin, Tiff oder Laurin gingen ihr meistens zur Hand. Dann Mittagessen, Mittagsschlaf und Spielstunde, bis die Größeren aus der Schule kamen. Zwischendurch wieder Abwaschen, Aufräumen und irgendwann die Vorbereitungen fürs Abendessen. Zweimal die Woche kam eine Putzfrau, dazwischen mussten die Praktikanten anpacken. Dann die Kinder zum Schlafen fertig machen, Geschichten vorlesen und … »So ab neun haben wir dann Feierabend«, endete Tiffany. »Zumindest so lange, bis eins der Kinder schreit.«

»Und habt ihr auch mal … frei?«, wagte Alwa am Ende kaum zu fragen. »Am Wochenende oder so?«

»Laurin und ich haben das so gelöst, dass jeder von uns einen halben Tag am Wochenende etwas für sich unternehmen kann.«

»Einen halben Tag?«

»Ja, aber wenn du jetzt noch da bist, ginge ab und an vielleicht auch mal ein ganzer.«

Du wolltest es so, versuchte Alwa sich einzureden. Die Welt zu retten, macht nun mal Arbeit. Sie setzte ein Lächeln auf und hoffte, dass es zuversichtlich wirkte. Tiff sah sie mitleidig an.

»Du gewöhnst dich dran«, versprach sie. »Ich bin seit drei Wochen da, Laurin seit einer. Mir fällt es jeden Tag ein bisschen leichter. Und die Kinder … ach, die sind so süß! Na ja, fast alle zumindest. Nein, sie sind großartig! Ich bring dich zu ihnen, okay?«

Alwa nickte. Sie waren mit dem Abspülen und Aufräumen fertig und Tiffany zog die Gummihandschuhe aus. Leuchtend rot lackierte Fingernägel kamen darunter zum Vorschein.

Weil das Wetter frühlingshaft war, tummelten sich die Kinder im Garten. Die großen waren schon zur Schule fort und so wimmelte es von Knirpsen zwischen vielleicht eineinhalb und knapp fünf Jahren. Ein paar standen an der etwas windschiefen Schaukel an, auf der ein kleiner Junge eifrig schaukelte. Svetlana schubste ihn immer mal an, während sie nebenher auf ihr Smartphone blickte. Einige andere saßen in einem Sandkasten und hantierten mit Förmchen, Schäufelchen und Eimern. Laurin schwang mit einem größeren Mädchen ein Springseil, über das zwei Kinder zu hüpfen versuchten. Jedes Mal, wenn eines von ihnen es nicht schaffte, lachten beide lauthals. Alwa hatte den Eindruck, dass sich Laurins Miene angesichts dieses Schauspiels ein wenig aufgehellt hatte.

»Tiffy!«, schrie ein zierliches Mädchen mit vielen Sommersprossen und rannte auf Tiffany zu. Diese ging in die Hocke, fing das Mädchen auf und drehte sich mit ihm im Kreis. Ihr vom vielen Make-up fast maskenhafter Gesichtsausdruck wurde weicher und lebendiger. Sie setzte das Mädchen wieder ab.

»Puh, Fee, da wird mir ganz schwindelig!«, stöhnte sie.

»Komm«, sagte Fee und zog Tiffany mit sich fort zum Sandkasten. Alwa blickte ihnen nach, etwas unsicher, was sie nun tun sollte. Die Kinder schienen alle gut beschäftigt und friedlich.

»Laurin!«, rief Svetlana zu ihm hinüber. »Vielleicht zeigst du … der Neuen euer Zimmer? Kurz!«

Der Angesprochene nickte und kam aus dem Sandkasten auf sie zu. Ohne ein Wort ging er an Alwa vorbei und sie trabte ihm ergeben hinterher. Ein Ausbund an Charme war er nicht gerade, stellte sie fest und für eine Sekunde erschien Nils' strahlendes Lächeln vor ihrem inneren Auge. Vielleicht besser so, schoss es ihr durch den Kopf.

Sie holte rasch ihren Rucksack, der noch in der Küche stand, und folgte ihrem Kollegen. Er öffnete rechts und links Türen und wies hinein.

»Hier schlafen die großen Mädchen, dort die großen Jungen und da die Kleinen.« Hinter seinem Kopf erkannte sie winzige Zimmer voller dicht gedrängter Doppelstockbetten sowie schmale Spinde dazwischen. Nur die dunkelblauen Vorhänge mit Eulen und Füchsen und Hasen darauf ließen entfernt den Eindruck entstehen, dass es sich um ein Kinderzimmer handelte. Auf manchen Betten lagen Kuscheltiere, auf allen Schlafanzüge oder Nachthemden. Es wirkte zwar sauber, aber äußerst schlicht.

Am Ende des Gangs auf der linken Seite, dort wo es rechts zum Müllbereich ging, blieb Laurin stehen und öffnete die letzte Tür.

Als Alwa das Zimmer erblickte, zuckte sie unwillkürlich zusammen. Der Raum war sogar im Vergleich zu den Kinderzimmern winzig und mit einem Doppelstock- und einem Feldbett fast schon komplett ausgefüllt. Sie merkte, dass er sie musterte.

»Bist du auch so eine, oder?« Nur sein Schweizer Akzent verhinderte, dass er aggressiv klang.

»Was für eine?«

»Die sich nach einer Suite im Hilton sehnt?«

Alwa legte den Kopf zurück und lachte gen Decke. Sie würde

sich in der Kammer wie zu Hause fühlen. Bis sie 14 gewesen war, hatte sie mit Jella in einem winzigen Zimmer gewohnt und doch erschien ihr ihre Kindheit nach allem, was sie bisher hier gesehen hatte, als ausgesprochen großzügig.

»Passt schon«, sagte sie. »Ich find's heimelig!«

»Dann ist ja gut«, erwiderte er. »Willst du das untere oder das obere Bett?«

»Ich dachte, es ist nur noch eines frei?«

»Ja, aber wenn du lieber oben schläfst, dann würde ich es dir überlassen, oder?« Alwa versuchte, ihn nicht zu erstaunt anzuschauen. Sie hätte ehrlich gesagt nicht gedacht, dass er zu einer freundlichen Geste fähig war.

»Nein, bleib nur oben«, sagte sie.

»Okay«, antwortete er. »Wenn du dich eingerichtet hast, kannst du ja wieder raus in den Garten kommen.« Sie nickte ihm zu und nahm ihren Rucksack herunter. Sein Blick blieb daran hängen.

»Wir sind uns schon mal begegnet, oder?«, sagte er und seine Augen verfinsterten sich. »Ich wollte das nicht vor Tiffany fragen.«

»Ähm, ja«, gab sie zu. »Auckland. Flughafen.«

»Du warst die, wegen der ich meinen Anschlussflug nach Christchurch verpasst habe. Der nächste Flieger, in dem ich einen Platz ergattern konnte, ging erst acht Stunden später. Und ich musste in Christchurch übernachten, weil die Straßen hierher über Nacht noch gesperrt sind.«

»Oh Gott, echt? Das tut mir total leid!« Sie spürte, wie sich ihr Gesicht rot verfärbte. »Äh, da hast du was gut bei mir.« Sein Gesichtsausdruck war so undurchdringlich, dass sie nicht wusste, ob er sie gleich anschreien würde oder sich gerade dazu entschloss, nie wieder mit ihr zu sprechen.

»Tja, Shit happens, oder?«, sagte er und verließ den Raum.

Lektion 10: Schlafe, wann immer es möglich ist

🌐 keepcalm_Alwa
KAIKOURA, NEW ZEALAND

#geschafft #neuer_Alltag #Kochenputzenspielen Aufräumenwaschenzubettbringenundundundhelfen!

♥ Gefällt 92 Mal
20.10.

»*... und der Bär sagte: ›Nun schlaft, ihr Kinderlein, damit wir morgen alle zusammen die Honigbienen besuchen gehen können.‹* Und ich sage auch: Schlaft schön!«, beendete Alwa die Vorlesezeit.

»Aber wenn die Honigbienen die Bären stechen?«, fragte ein etwa vierjähriger Junge mit kurz geschorenem Haar und dunklen Maori-Augen.

»Die Bären haben ein so dickes Fell, da sticht keine Biene durch«, erklärte Alwa.

»Aber wenn die Bienen sie in die Zunge stechen? Da haben sie kein Fell«, beharrte der Kleine.

»Die sind doch Freunde, die Bienen und die Bären.« Alwa trat zu dem Jungen, der links vom Fenster im oberen Bett lag. Er fixierte sie ernst.

»Und wenn die sich streiten? Um den Honig?« Er musste Eric

sein, Tiff hatte sie schon vorgewarnt, dass er jeden Abend ein Theater aufführte, um nicht schlafen zu müssen. Ein paar der Jüngeren waren dagegen bereits während des Vorlesens weggenickt. Alwa senkte die Stimme und deckte Eric zu.

»Es gibt genug Honig für alle. Die brauchen nicht zu streiten.«

»Und wenn doch?«

»Dann kommt die Bienenkönigin und schlichtet den Streit.«

»Und wenn …«

»Eric! Schau, die anderen schlafen schon. Das solltest du auch tun.«

»Aber die Bienenkönigin …« Sein Satz wurde immer länger und komplizierter und seine Stimme dabei immer lauter und drängender und die Bettdecke rutschte in Richtung Knie. Alwa spürte, wie die Spannung ihres Geduldsfadens stark auf die Probe gestellt wurde. Gleich würde er reißen! Sie holte tief Luft – okay, der Tag war wirklich anstrengend gewesen, aber sie würde nicht schon am ersten Abend kapitulieren.

»Sch«, machte sie und griff nach Erics Hand. Sie war sich nicht sicher, ob das in Ordnung war, doch der Junge zog sie nicht weg. Sie streichelte seine kleine braune Hand, während er weiter redete und redete. Über die Bienen und die Bären und warum diese streiten könnten und was dazu führen könnte, dass der Streit immer schlimmer wurde, bis es zum Bärenbienenkrieg käme. Alwa bemerkte, dass er allmählich leiser sprach, langsamer, dass der Griff, mit dem er ihre Hand gepackt hielt, schwächer wurde und er tiefer in sein Kissen sank. Er gähnte und die Augen fielen ihm zu.

»… und durch die Stacheln … das Gift … alle tot«, war das Letzte, was er herausbrachte. Dann war er eingeschlafen. Vorsichtig entwand ihm Alwa ihre Hand und deckte ihn gut zu. Sie löschte das Licht, schlich aus dem Zimmer und lehnte sich aufatmend an die geschlossene Tür hinter sich.

Das war doch ganz gut gegangen. Sie hatte das Gefühl, dass Eric sich in den Schlaf reden musste, und solange er die anderen dabei nicht aufweckte, war das in Ordnung. Vielleicht war es für die Jüngeren sogar schön, wenn eine Stimme sie in ihre Träume begleitete.

»Schon fertig?« Tiff, die aus dem Zimmer der Größeren gegenüber kam, sah sie erstaunt an. Alwa lächelte und erzählte ihr, wie es mit Eric gelaufen war.

»Hey, großartig! Du bist ja eine richtige Kinderflüsterin! Glückwunsch!« Wenn sie weiter so laut redete, würde es nicht lange dauern, bis alle Kinder wieder aufwachten. »Komm, auch Lust auf eine Coke?«

»Oh yeah!«

Tiff holte aus einem kleinen Kühlschrank, der in eine Nische hinter dem Doppelstockbett gezwängt war und den Alwa noch gar nicht bemerkt hatte, zwei Dosen Cola Zero und wies sie an, ihr nach draußen zu folgen. Zwischen den Betten war eine schmale Tür, die direkt hinaus auf die Terrasse führte. Es war schon dunkel, aber an der Küstenlinie entlang warfen vereinzelte Lichter einen hellen Schein auf das Meer. Sie ließen sich in zwei Liegestühle fallen, die auf der Veranda standen, und Alwa streckte wohlig stöhnend die Arme über ihrem Kopf aus. Was für ein Tag!

Sie hatte den Eindruck, sie war ununterbrochen beschäftigt gewesen. Nach der Spielstunde draußen hatte sie einer quadratisch wirkenden Köchin – ebenso klein wie dick – beim Kochen geholfen. Sie hatte Salat geputzt, riesige Töpfe voll Wasser aufgesetzt und Nudeln darin gekocht und eine gefühlte Tonne Obst für Obstsalat geschnippelt. Die Köchin hatte die ganze Zeit über vor sich hin gesungen und Alwa außer für ein paar Anweisungen nicht weiter angesprochen. Eigentlich sah die Planung vor, dass die Praktikanten mit den Kindern das Essen einnahmen, aber sie waren nur damit beschäftigt gewesen, umgefallene Wasserbecher aufzurichten und die Pfützen wegzuwischen, Nudeln vom Boden und aus Haaren zu pflücken, Streitigkeiten zu schlichten und die allerkleinsten zu füttern. Alwa spürte jetzt, dass sie ziemlichen Kohldampf hatte – auch beim Abendessen war kaum Zeit gewesen, ein Käsebrot hinunterzuschlingen. Außerdem waren die Portionen knapp bemessen und Alwa wollte den Kindern keinesfalls etwas wegessen.

»Oh, warte, ich habe noch eine Tüte Chips von der Fahrt«, fiel Alwa ein und sie holte sie rasch aus ihrem Zimmer. Von Laurin war keine Spur zu sehen.

»Oh nein, für mich nicht«, winkte Tiff ab, als Alwa ihr die Tüte entgegenhielt. Sie prosteten sich mit der Coke zu, und obwohl dies nicht Alwas Lieblingsgetränk war, kam es einer Geschmacksexplosion gleich, als die kühle Flüssigkeit ihre Kehle hinunterlief. Sie hatte nicht geahnt, wie gut eine schlichte Cola – noch dazu ohne Zucker – schmecken konnte.

»Wo ist Laurin?«, wollte Alwa wissen. Tiffany zog die Schultern hoch.

»Das ist sein Geheimnis. Er verschwindet jeden Abend und kriecht meist erst ins Bett, wenn ich schon schlafe. Entweder er braucht Zeit für sich oder er hat – in der Rekordzeit von einer Woche – eine Frau aufgerissen.«

»Er wirkt nicht gerade so, als sei er frisch verliebt«, überlegte Alwa.

»Stimmt. Er ist ein ziemlich mürrischer Typ. Und wortkarg.« Tiffany nahm einen Schluck Cola und fasste dann kurz nach Alwas Handgelenk. »Ich freue mich sehr, dass du da bist!«

»Oh ja, ich bin auch froh, endlich hier gelandet zu sein. Der Beginn war eher holprig.« Und dann erzählte sie Tiff von ihren bisherigen Reiseetappen, ließ allerdings Nils aus. Tiff berichtete, dass sie das Projekt hier ohne Vermittlung gefunden hatte und alles problemlos abgelaufen sei. Jonathan hatte sie sogar in Christchurch vom Flughafen abgeholt.

»Apropos«, fiel Alwa jetzt erst auf. »Jonathan habe ich noch gar nicht kennengelernt.«

»Ja«, erklärte Tiff. »Er hat ab und an einen ›Christchurch-Tag‹, wie er das nennt. Dann macht er mehr Besorgungen als sonst üblich, trifft mögliche Sponsoren und erledigt irgendwelchen Verwaltungskram und so Sachen. Meist kommt er erst spät am Abend zurück, manchmal am nächsten Morgen. Er ist ganz in Ordnung. Svetlana ist ein bisschen … hm, anstrengend, er ist eher so der Kumpeltyp. Mit ihm hat sich sogar Mr Swiss Schweigsam schon mal länger unterhalten.«

»Wer?«

»Laurin.« Tiff kicherte in ihre Coladose. »Sehr viel mehr, als dass er aus der Schweiz kommt, weiß ich nicht über ihn. Ich dachte immer, europäische Männer seien alle Gentlemen, kultiviert und höflich, aber der entstammt vermutlich eher einer Linie von Bergbauern, die mit jeder Generation wortkarger wird. Oh, Achtung, da ist er.«

Tatsächlich sahen sie Laurin über die Treppe die Veranda betreten. Er kam langsam auf sie zu, und trotz der Dunkelheit, die nur durch ein funzeliges Licht über der Tür durchbrochen wurde, meinte Alwa, ihm anzusehen, dass er mit sich rang, ob er einfach so an ihnen vorbeigehen oder stehen bleiben sollte.

»Hi«, brachte er immerhin über die Lippen.

»Auch eine Coke?«, zwang ihn Tiff zum Anhalten. Ein Muskel zuckte in seinem Gesicht, er blickte von Tiff zu Alwa und wieder zurück.

»Ist schon spät«, antwortete er und verschwand nach drinnen. Tiff presste die Lippen aufeinander und öffnete die Hände. *Was habe ich dir gesagt?,* schien das zu heißen. Alwa zog die Augenbrauen hoch und grinste. Ein introvertierter Ed Sheeran und eine plauderfreudige Barbiepuppe – das würden spannende Wochen werden.

Tiff streckte sich und ließ ihre leere Coladose auf den Boden fallen, wo sie bis zur Brüstung kullerte und mit einem leisen Rascheln auf dem Grünstreifen vor der Terrasse verschwand.

»Aber er hat recht – wir sollten schlafen gehen, morgen früh heißt es bei den ersten Sonnenstrahlen wieder: Wacht auf! Die Arbeit wartet! Und wer weiß, wie die Nacht wird.«

»Eigentlich wollte ich noch einen Text für meinen Blog schreiben«, sagte Alwa. »Aber ich bin so müde …«

»Du hast einen Blog? Cool! Ich wollte das auch machen, aber nach zwei Einträgen konnte ich mich einfach nicht mehr aufraffen. Überhaupt fällt es mir hier sehr schwer, Kontakt mit meinen Freundinnen und der Familie zu halten. Mit der Zeitverschiebung und der vielen Arbeit ist das echt anstrengend!« Tiff hatte beim Abendessen erzählt, dass sie aus Boston kam, eine jüngere Schwester hatte, die noch bei den Eltern – sie: Immobilienmaklerin, er: Banker – lebte. Als Alwa gefragt hatte, was ihre Motivation für das Praktikum sei, hatte Tiff andächtig gesagt, sie wolle endlich etwas zurückgeben für all das Gute, das sie bisher in ihrem Leben erfahren hatte.

Nachdem Tiff in Richtung Schlafzimmer verschwunden war und sich Alwa ihr Tablet nach draußen geholt hatte, loggte sie sich in ihren Blog ein. Immerhin, so bemerkte sie, hatten eine ganze Menge Leute ihre bisherigen knappen Einträge gelesen und kommentiert. Bestimmt waren da auch einige Abonnenten ihres früheren Youtube-Kanals dabei, die nun hier ihr Leben weiterverfolgten. Sie überflog die Namen, von denen ihr etliche vertraut waren. Von Jella stammte der letzte Kommentar: *Hey, Sis, erzähl uns mehr! Endlich im Projekt angekommen? Hoffe, es geht dir gut, mein Schatz!! Wir vermissen dich schrecklich! Dickes Bussi!*

In ihrem Inneren zog sich etwas zusammen, stärker, als dass ihr Herz hätte dagegen anklopfen können. Dieses Etwas kletterte ihren Hals hinauf und wollte zu den Augen herauskommen, wollte sie überfluten. Sie schluckte und schluckte, aber schließlich gab sie dem Gefühl von Heimweh, von Erschöpfung und Müdigkeit, von Einsamkeit nach. Natürlich war sie hier nicht allein, natürlich lebte sie noch immer auf derselben Erdkugel wie ihre Liebsten daheim – aber dennoch fühlte sie sich wie ein außerirdisches Wesen in einer unbekannten Galaxie. Und um sie herum viele schwarze Löcher, in die sie hineinfallen könnte.

Mann, Alwa, bleib mal cool, versuchte sie sich einzureden. Wie war sie jetzt in diese Stimmung geraten? Mit Tiff war es nett gewesen. Der Tag anstrengend, aber okay. Oder sehnte sich einfach danach, dass irgendetwas mehr als nur nett und okay war? Vielleicht mal wieder beglückend und vertraut und selbstverständlich?

Ein lautes Schreien riss sie aus ihrer Melancholie, die Wirklichkeit zerrte sie zurück in ihre Arme. Mit einem Grummeln im Bauch sprang sie auf und lief, das Tablet vor den Oberkörper gepresst, in den düsteren Flur. Das Schreien kam aus dem Schlafraum der Kleinen. Die Tür war angelehnt und als sie sie öffnete, erkannte sie Laurins dunkle Gestalt an einem der hinteren Betten. Sie trat vorsichtig näher. Eric saß senkrecht im Bett und starrte geradeaus. Immerhin schrie er nicht mehr. Laurin streichelte seinen Rücken und summte dabei leise vor sich hin. Allmählich wich die Starre aus Erics Blick. Er schlang seine Arme um Laurins Hals und es schien, als wolle er ihn nie mehr loslassen. Vorsichtig schob Laurin den Jungen wieder in eine Schlafposition und löste seine Hände. Eric gab ein letztes Schluchzen von sich, während Laurin ihn behutsam zudeckte. Als er Alwa entdeckte, legte er einen Finger auf seine Lippen und so lautlos es ging, verließen sie das Schlafzimmer.

»Er hat fast jede Nacht Albträume«, erklärte Laurin im Flur. »Heute konnte ich ihn glücklicherweise schnell beruhigen und die anderen sind nicht aufgewacht. Da hatten wir schon ganz andere Nächte.« Obwohl er erst eine Woche da war, wirkte er, als habe er bereits eine große Routine im Umgang mit den Kindern entwickelt.

»Und weißt du, warum er solche Träume hat?«, wollte Alwa wissen. Laurin zuckte mit den Schultern.

»Jonathan hat mir erzählt, dass Erics Mutter eines der wenigen Todesopfer bei dem Erdbeben war. Da war er gerade zwei. Sein Vater war mit ihm und den vier älteren Geschwistern komplett überfordert. Sie haben ihre Wohnung verloren, hausten ewig in einer Garage. Eines Tages verschwand der Vater spurlos. Die beiden ältesten Geschwister wurden von einer Tante aufgenommen, Eric und seine große Schwester Pania sind vor ein paar Monaten dann hier gelandet. Eric fühlt sich hier wohl – aber nachts überfallen ihn offenbar immer wieder die Dämonen.« Während er redete, hatten sich seine Gesichtszüge zum ersten Mal, seit Alwa ihn kannte, entspannt. Seine Stimme hatte warm und mitfühlend geklungen. Vielleicht schlummerte hinter der mürrischen Fassade doch ein netter Mensch?

»Wir wechseln uns übrigens ab damit, wer nachts aufsteht, wenn ein Kind schreit. Nur wenn es mehrere sind, müssen wir alle ran. Das kam bisher aber kaum vor.«

»Und Svetlana und Jonathan? Wo sind die?«

»Oh – die!« Sie sah den Sarkasmus in seinem Gesichtsausdruck, sogar bei der spärlichen Beleuchtung. »Die schlafen auf der anderen Seite des Gebäudes. Die hören das nicht.«

»Na prima!« Alwa zog einen Flunsch.

»Heute Nacht bin ich dran. Also nicht erschrecken, wenn ich mal aus dem Bett klettere. Und jetzt muss ich schnell dorthin zurück, oder?!«

Lektion 11: Iss, sobald es etwas gibt!

KEEP CALM, ALWA, AND TRAVEL!
Mein Neuseeland-Reiseblog

Samstag, 27.10.

Kia ora! Hallo von der anderen Seite der Welt! Meine erste Woche hier im Projekt kam mir kaum länger vor als ein Fingerschnippen. Wahnsinn! Ob hier nicht nur das Wasser andersrum durch den Abfluss gurgelt (ihr wisst schon – südlich des Äquators und so), sondern die Minuten nur 40 Sekunden dauern? Jedenfalls stehe ich morgens beim ersten Sonnenstrahl auf (ich! Morgens! Heldenhaft, oder? ☺), und kaum habe ich mich drei Mal umgedreht, ist es wieder Abend und ich falle wie tot in mein Bett. Na ja, fallen geht nicht so richtig, weil ich mir dann den Kopf an dem oben drüber anstoße. Aber zum Umfallen müde bin ich tatsächlich. Egal, egal – was soll ich sagen: Es ist einfach großartig hier! Die Kinder sind total süß – ja, natürlich, sie schubsen und verschütten und kreischen und streiten sich wie alle Kinder dieser Welt, aber trotzdem: Ich bin total verliebt. In alle! Von den Projektleitern bekomme ich nicht so wahnsinnig viel mit, die haben ständig Organisatorisches am Hals, doch mit meinen beiden Mitpraktikanten ist es total okay. Also, mehr als okay, also sweet as, wie man hier sagt:

einfach cool! Nachdem ich heute Morgen beim Frühstück geholfen habe, habe ich den Rest des Tages frei: juchhu! Und ist es nicht nett, dass ich sofort an euch, meine Lieben daheim, denke und euch berichte, wie es mir geht? Einige wollten ja wissen, ob ich schon Wale gesehen habe. Leider nein – und ich weiß auch nicht, ob ich in nächster Zeit dazu komme, eine Tour zu machen. Aber egal, die laufen ... pardon, schwimmen ja nicht weg, die Wale. Heute wollte ich einfach mal durch Kaikoura bummeln – das kenne ich ja noch nicht wirklich. Einmal habe ich Jonathan in den hiesigen New-World-Supermarkt begleitet, doch außer Riesenpackungen Milch, Wheetabix, Sandwich-Toast und so Zeug habe ich nicht viel gesehen. Vielleicht kann ich mir im Ort wenigstens ein paar anständige Jandals kaufen ... ja, ja, das sind Sandalen. Ich glaube, die ziehen die hier sogar an, wenn sie heiraten. Wobei ... der echte Kiwi ... der läuft ja eh barfuß. Mein Schweizer Kollege Laurin hat sich schon gut angepasst. Hier im Haus und auf dem Gelände habe ich ihn noch nie mit Schuhen gesehen. Während Tiffy für jeden Wochentag ein anderes Paar Schuhe dabei...

»Alwa!«, hörte sie Svetlana bis hinaus auf die Terrasse schreien. »Wo bist du?«

Alwa ließ ihr Tablet sinken und überlegte, ob sie sich hinter der hohen Lehne des Korbstuhls, auf dem sie saß, verstecken sollte. Es war noch nicht mal eine Stunde her, dass sie allen unmissverständlich klargemacht hatte, dass sie den heutigen Tag tun und lassen würde, wozu sie Lust hatte. Aber vielleicht hatte Svetlana ja gar keinen Job für sie, sondern wollte ihr irgendetwas Gutes zukommen lassen?

»Ach, hier steckst du! Marika hat angerufen, sie ist krank. Du musst zusammen mit Laurin kochen. Oder willst du, dass die

Kinder hungern? Ihr könnt ja was Einfaches machen, Nudeln oder so.«

Das zum Thema »etwas Gutes tun«. Alwa verkniff sich ein Seufzen. In der einen Woche, die sie hier war, hatte sie schnell begriffen, dass es wenig Sinn hatte, mit Svetlana zu diskutieren. Man konnte sie mit Argumenten bombardieren, am Ende sagte sie immer: »Ich verstehe. Und jetzt geh und hilf.« Und man ging und half. Denn letztlich waren es die Kinder, die darunter litten, wenn Alwa sich vor einer Arbeit drückte.

Und wenn sie Svetlana fragen würde, warum sie nicht selbst half, dann hieße es garantiert: »Ich muss dringend den Flyer für die Spendenaufrufe fertig machen, sonst haben wir spätestens Mitte des nächsten Monats kein Geld mehr und werden allesamt auf die Straße geworfen.«

Also stand sie jetzt auf, speicherte im Gehen ihren Text ab und verstaute das Tablet in dem schmalen Spind im Flur, in dem sie einen Teil ihrer Habseligkeiten untergebracht hatte. Svetlana lief hüftschwingend vor ihr den Gang entlang und bog zackig in ihr Büro ab. So viel hatte Alwa schon mitbekommen: Finanziell stand es schlecht um das Projekt. Zwar gab es ein paar regelmäßige Förderer und recht überschaubare Zahlungen des Staates, aber das reichte bei Weitem nicht aus, um die Mietkosten, Strom, Wasser, Lebensmittel, Kleidung und alles andere zu bezahlen. Und so verbrachte Svetlana immer mehr Arbeitszeit damit, Gelder aufzutreiben. »Eine fette Erbschaft – das wäre mal was«, sagte sie mindestens drei Mal am Tag.

»Was soll ich machen?«, fragte Alwa, als sie zu Laurin in die Küche kam. Er stand inmitten von dampfenden Töpfen, in denen Nudeln im kochenden Wasser blubberten, und rührte eine Salatsoße an. Ein Spülbecken quoll beinahe über von gewaschenen Salatblättern.

»Kannst du die Tische decken, bitte?«

Sie nickte und rollte den Wagen, auf dem das Geschirr bereitstand, in den engen Speisesaal. Da Samstag war, nahmen auch die Schulkinder am Essen teil und die Mengen, die sie zubereiten mussten, waren größer als sonst. Immerhin konnte sie Erics große Schwester Pania, deren Freundin Minnie und zwei Jungs, die die zweite Klasse besuchten, bitten, ihr beim Decken zu helfen. Die Kinder hatten natürlich keine Lust, ihr Spiel draußen zu beenden, und blödelten eifrig herum. Sollte Alwa ihnen Einhalt gebieten? Oder sie gewähren lassen? Solange am Ende alle Teller und Gläser an der richtigen Stelle standen, war es bestimmt okay so. Doch die Jungs begannen mit Messern in der Hand, die Mädchen um die Tische zu jagen. Pania und Minnie quietschten und versuchten, den Jungen den Weg mit Stühlen zu versperren.

»Lasst das!«, schrie Alwa. Das ging nun doch zu weit. Aber die Kinder hörten nicht auf sie. »Stopp!« Sie wollte sich ihnen in den Weg stellen, da wechselten sie blitzschnell die Richtung. Alwa rannte ihnen hinterher, bemühte sich gleichzeitig, die Stühle wieder an ihre Plätze zu schieben, und bekam schließlich Finn, den kleineren der beiden Jungs, zu fassen.

»Hey, ihr …« Mist! Warum fiel ihr nicht so etwas wie »Rabauken« auf Englisch ein? »Hört auf! Sonst bekommt ihr nichts zu essen.« Ob das die richtige Erziehungsmethode war? Aber sie war inzwischen so genervt, weil die Kinder sie ignorierten, dass sie einfach das Erstbeste, was ihr in den Sinn kam, aussprach.

»Was geht hier vor?«, hörte sie da den tiefen Bass von Jonathan dröhnen. Augenblicklich hielten die Kinder inne, die Jungs legten die Messer auf die Tische, die Mädchen stellten die restlichen Stühle zurück.

»Kein Essen für euch heute Mittag – ihr habt Alwa gehört!«, sagte der Projektleiter. »Nehmt euch Besen aus dem Flurschrank und fegt eure Schlafräume durch. Auch den der Kleinen. Und später helft ihr beim Abtrocknen.«

Mit gesenkten Köpfen zogen die vier davon. Alwa sah ihnen mitleidig hinterher. War sie jetzt schuld daran, dass sie nichts zu essen bekamen? Vielleicht könnte sie ihnen nachher in der Küche etwas zustecken.

»Ich weiß, es schmerzt, sie so zu sehen«, erklärte Jonathan und seine Stimme klang kalt. »Aber sie müssen einfach lernen, sich zu benehmen, sonst kracht das hier alles zusammen.«

»Verstehe.« Nein, sie verstand nicht. Oder doch: Natürlich verstand sie. Aber ihnen das Mittagessen zu verweigern? »Vielleicht könnten sie wenigstens einen Teller Nudeln …«

»Es hat noch keinem geschadet, gelegentlich mal auf den Lunch zu verzichten. So haben die Kleinen etwas mehr.«

Alwa wusste inzwischen, dass Jonathan, was Diskussionen anging, ähnlich resistent war wie Svetlana. Auf den ersten Blick sah der Projektleiter wie ein gütiger Cowboy aus – braun gebrannt, ein lässiger Dreitagebart, intensive blaue Augen und ein kantiges Kinn – aber ständig brachte er die Sprache auf das fehlende Geld und erschlug damit alle Argumente.

Die Kinder sollten mehr frisches Obst bekommen – das war leider besonders teuer hier und wozu gab es Konserven?

Die größeren Jungs brauchten neue Turnschuhe – da könnten die Praktikanten doch mal eine Spendenaktion an der Grundschule von Kaikoura starten.

Das Waschpulver war alle – dann musste eben ohne gewaschen werden.

Aus dem Garten liefen nun die Kinder unter Tiffs Führung herein.

»Warum bist du hier?«, zischte sie Alwa im Vorbeigehen zu. »Du hast doch frei!«

»Die Köchin ist krank.«

Tiff verdrehte die Augen. »Merkwürdig, die ist oft am Wochenende krank. Aber nach dem Essen haust du ab. Wir kriegen das schon hin.«

Laurin kam mit einem weiteren Wagen, auf dem die dampfenden Nudeltöpfe und drei Salatschüsseln standen. Wie sie es gewohnt waren, stellten sich die Kinder in einer Schlange auf und streckten ihre Teller vor, um eine Kelle Essen zu bekommen. Alwa half, den Salat zu verteilen, während Tiff den Kleinen Lätzchen umband und sich dann zu ihnen setzte, um zu helfen, wo es nötig war. Alwa bemerkte, dass die Nudelmenge von Teller zu Teller weniger wurde. Laurin hatte die Lippen zusammengekniffen und man sah ihm an, dass es ihm unangenehm war, so knauserig bei der Verteilung sein zu müssen. Schließlich hatte jedes Kind wenigstens eine kleine Portion – für die Praktikanten war nichts übrig geblieben.

»Ich gehe nachher in die Stadt und besorge uns etwas«, versprach Alwa. »Vorausgesetzt, die Chefs haben nicht noch eine Aufgabe für mich.«

»Am besten, du gehst gleich«, schlug Tiff vor.

»Kommt ihr hier klar?«

Laurin und Tiffany nickten.

»Mir fällt gerade noch etwas ein«, hielt Laurin sie zurück. »Vielleicht kannst du mal schauen, ob du einen Flyer findest mit Terminen für das nächste Erdbebentraining. Ich habe den schon gesehen und nur nicht eingepackt. Die bieten hier so was regelmäßig an und es wäre sicher nicht schlecht, wenn wir lernen würden, wie wir uns verhalten sollen, wenn es tatsächlich mal bebt.«

»Okay, ich schau mal. Das wäre sicher vernünftig!« Ein Erdbeben, während sie hier waren? Darüber hatte Alwa noch nie nachgedacht. Aber natürlich hatte Laurin recht. Man konnte nie sicher sein. Und bestimmt würden Svetlana und Jonathan ihnen für einen so wichtigen Zweck freigeben.

Alwa schlich durch den Gang, um ihren kleinen Tagesrucksack und Geld zu holen. Warum kam sie sich wie ein Drückeberger vor? Sie war es, die trotz ihres freien Tages ausgeholfen hatte.

»Aber ich habe so Hunger«, hörte sie Finn zu seinem Freund Patrick sagen, als sie am Schlafraum der Jungen vorbeikam. Patrick antwortete nicht und hantierte ungeschickt mit Kehrblech und Schaufel. Und den Kindern würde sie auch etwas mitbringen.

Die Straße in Richtung Ortszentrum zog sich länger hin, als Alwa gedacht hatte, aber immerhin konnte sie am Strand entlanglaufen. Bis zum New-World-Supermarkt lag ein gutes Stück Weg vor ihr, andererseits war es herrlich, den Sand unter den Füßen zu spüren und das blaue Meer direkt vor der Nase zu haben. Die Sonne stach kräftig, und als sie den kleinen Kiosk am Bahnhof entdeckte, dessen netter Besitzer ihr neulich – war das wirklich erst eine gute Woche her? – so freundlich geholfen hatte, beschloss sie, sich dort einen Kaffee zu gönnen. Kaum hatte sie die Theke erreicht, kam schon Beluga angesprungen und begrüßte sie schwanzwedelnd. Auch Rewi war da und erkundigte sich gleich, wie es ihr bei *Children of Kaikoura* gefiel.

»Viel Arbeit, aber ansonsten toll!«, erzählte Alwa. Zum Kaffee bestellte sie ein Sandwich, weil ihr Magen inzwischen fürchterlich rumorte. Sie setzte sich in einen der Liegestühle, die Rewi rund um den Kiosk aufgebaut hatte. Von hier konnte sie das Meer betrachten – wie herrlich, dass es ständig in direkter Nähe lag. Es war viel los am Kiosk und Rewi hatte keine Zeit, sich länger mit Alwa zu unterhalten. Sie entdeckte in einem kleinen

Ständer mit Touristeninfos tatsächlich den Erdbebentrainingsflyer und steckte ihn ein. Dann biss sie zufrieden in ihr Sandwich, rührte im Kaffee, scrollte ein wenig durch Instagram und Facebook und schrieb ein paar Whatsapp-Nachrichten mit einem aktuellen Meeresfoto an ihre Mutter, ihre Schwester und die Freundinnen. Sie war froh, dass sie den Kontakt mit Daheim so einfach aufrechterhalten konnte.

Doch so richtige Entspannung setzte nicht ein: Sie musste an die vier hungernden Kinder denken, an Laurin und Tiff, die sie mit der vielen Arbeit allein ließ. Sie würde jetzt zum Supermarkt gehen, einkaufen und dann schleunigst wieder zurück. Ein Fahrrad wäre toll, überlegte sie. Damit wäre man viel schneller. Als sie ihr Geschirr an Rewis Theke brachte, prallte sie beinahe mit einer kleinen, korpulenten Frau zusammen.

»Marika!«, rief Alwa erstaunt. Die Köchin hatte zwei riesige Eistüten in der Hand und wirkte alles andere als krank. Prompt lief sie knallrot an.

»Hi«, quetschte sie verschämt hervor. Alwa wusste nicht, was sie sagen sollte. Manchmal spürte sie die Beschränkungen ihrer mangelnden Englischkenntnisse noch immer.

»Bitte verpfeif mich nicht!«, bat Marika sie. Ihr war wohl klar, dass sie Alwa nichts vorspielen konnte. Hinter der Köchin tauchte ein kleiner, beinah ebenso runder Junge auf und schmiegte sich an Marika. Sie reichte ihm eine der Eistüten. »Ich konnte Hemi nicht allein lassen. Meist ist er bei seinen Großeltern, aber die haben dieses Wochenende keine Zeit. Svetlana hat dafür kein Verständnis und mitbringen darf ich Hemi auch nicht. Sie hat Angst, dass er mich von der Arbeit abhält.«

»Aber wir hätten uns doch um ihn kümmern können«, schlug Alwa vor. Einerseits war sie sauer, weil Marika ihr den freien Tag versaut hatte – andererseits hatte sie selbst eine alleinerziehende

Mutter und wusste, wie schwierig es für diese oft gewesen war, den Alltag mit den Zwillingen zu organisieren.

»Ich habe das einmal gemacht – es war furchtbar. Irgendwer hat Hemi in der Toilette eingesperrt und ich habe ihn ewig gesucht. Weißt du … ich bin kurz davor zu kündigen. Ich habe mein Gehalt vom letzten Monat immer noch nicht bekommen und Svetlana vertröstet mich von Tag zu Tag. Vielleicht kann ich bald im Friseursalon meiner Cousine anfangen. Das wäre mir sowieso lieber. Aber bitte sag niemandem was davon.«

Alwa schluckte. Wenn die Köchin nicht mehr käme – wer sollte dann ihre Arbeit machen? Sie selbst etwa?

»Das kannst du nicht bringen«, flehte Alwa sie an, doch Marika wiegte nur unsicher den Kopf.

»Ich brauche das Geld – und wenn es nicht kommt? Was soll ich dann tun?« Tja, was sollte Alwa dazu sagen? Sie versprach, Stillschweigen zu bewahren, und verabschiedete sich.

Eine Stunde später verließ Alwa den New-World-Supermarkt. Ihr Tagesrucksack war prall gefüllt und in jeder Hand hielt sie zwei ebenso volle Tüten. Allzu häufig würde ihr Budget solche Extravaganzen nicht zulassen. Sie hatte fast 150 neuseeländische Dollar ausgegeben, beinahe 90 Euro, aber wenn sie die nächsten Tage überstehen wollte, dann sollte sie wenigstens etwas zu essen haben – und die anderen auch. Heute Abend, das hatte sie sich fest vorgenommen, würde sie Laurin und Tiff zu einem kleinen Dinner einladen, wenn die Kinder im Bett waren und von Jonathan und Svetlana nichts mehr zu sehen war.

Lektion 12: Schmink dir das Leben schön!

🌐 keepcalm_Alwa
KAIKOURA, NEW ZEALAND

#leckeressen #volle_Tüten #Picknicktime #Strandweg #immerwiedermeer #lovetheocean

---

♥ Gefällt 83 Mal
27.10.

Kleine bunte Tupfen hüpften über den Strandabschnitt vor dem Kinderheim. Alwa erkannte sie schon von Weitem. Ihr schmerzten die Finger von den schweren Einkaufstüten und sie war froh, endlich am Ziel zu sein. So wie es aussah, waren Tiff und Laurin mit den Kindern an den Strand gegangen. Die größeren tauchten die Fußspitzen immer wieder ins noch eiskalte Wasser und versuchten, sich gegenseitig nass zu spritzen. Die kleinen waren vertieft in das Buddeln von Löchern und Bauen von Sandburgen.

»Ich komm gleich!«, rief Alwa zu ihnen hinüber und hob kurz die schweren Einkaufstüten an. Wie gerne hätte sie sich jetzt auf die Terrasse in den Korbstuhl gesetzt und ein Nickerchen gehalten oder an ihrem Blog weitergeschrieben. Aber sie wollte ihre Kollegen nicht im Stich lassen. Im Haus war es völlig ruhig. Alwa ging in ihren Schlafraum und verstaute mühevoll den vielen

Proviant. Neben etwas Obst, das sie bald essen mussten, hatte sie vor allem haltbare Dinge gekauft, die ohne Kühlung auskamen: Kekse und Müsliriegel, Nüsse, Cracker, salamiartige Würstchen und Trockenobst. Sie steckte ein paar der Müsliriegel ein sowie eine große Tüte mit Süßigkeiten, die sie für die Kinder mitgebracht hatte. Dann schmierte sie sich mit *»Deet«* ein, einem Mittel, das angeblich gut gegen die vielen Sandfliegen half, die ab und an am Strand ihr Unwesen trieben, und machte sich wieder auf den Weg nach draußen. Kaum öffnete sie ihre Tür, hörte sie den Bass von Jonathan dröhnen. Sie verstand nicht genau, was er sagte, doch er klang wütend. Dann antwortete die schrille Stimme von Svetlana. Alwa blieb stehen. Sie wollte nicht lauschen, sollte einfach hinausgehen, aber wenn sie die Eingangstür nehmen würde, käme sie den beiden Streithähnen nur näher.

»Falls der Herr sich mal bequemen könnte, mehr hier zu sein, als seinen angeblichen Geschäften in Christchurch nachzugehen, dann gäbe es nicht so viel Ärger!«, schrie Svetlana und ihr österreichischer Akzent brach sich deutlicher Bahn als sonst.

»Und wenn die Lady weniger Wert auf frisch lackierte Fingernägel und ihr Make-up legen würde, ebenso!«, brüllte er zurück. »Vielleicht solltest du deinen Charme zur Abwechslung mal dazu einsetzen, Sponsoren zu finden. Und zwar nicht in der Bar vom *Great Dolphin,* wo nur abgebrannte Touristen rumlungern, sondern im Bürgermeisteramt. Aber dafür bist du dir ja zu fein.«

»Ach, der Held von Kaikoura spioniert mir hinterher, statt sich um sein Projekt zu kümmern.«

»Mein Projekt? Meins? Du hast doch behauptet, es sei die Erfüllung eines Traums, und wenn du schon keine eigenen Kinder kriegen kannst, bist du überglücklich, anderen zu helfen. Davon merke ich nichts, ehrlich gesagt!«

Ich auch nicht, dachte Alwa.

»Du …«, Svetlana schien die Luft wegzubleiben. »Na gut, dann fahre ich in Zukunft eben häufiger mit nach Christchurch und wickel dort mögliche Sponsoren um den Finger. Das hätte ich schon längst gemacht, aber du vertraust mir einfach nicht!«

»Ich vertraue dir gerne wieder, wenn sich das in schwarzen Zahlen auf dem Konto ausdrückt, das kannst du mir glauben!«

Alwa entschloss sich zum Rückzug. Dann würde sie eben über die Terrasse an den Strand gehen, obwohl sich die Tür zum Schlafraum von außen nicht abschließen ließ. Aber noch bevor sie sich zum Zimmer umgedreht hatte, kam Svetlana auf den Flur gerannt, die Augen schwarz verschmiert von verlaufenem Mascara.

»Belauschst du uns? Wehe, du sagst irgendwem etwas! Hau ab!«, rief sie ihr auf Deutsch zu und verschwand im Waschraum.

Sie hatten Pania und Minnie, Finn und Patrick beim Abendessen die doppelte Portion aufgetan – zwei labberige Sandwichscheiben mit Schinken anstelle von einer. Und mal wieder bei sich selbst gespart. Alwa war froh, dass sie Laurin und Tiff nachher zu einem kleinen Extradinner einladen konnte. Doch jetzt hieß es erst einmal, die Kinder ins Bett zu bekommen.

Laurin war schon im Schlafraum der großen Jungs mit ihnen beschäftigt.

»Und welches ist deine Lieblingsmannschaft?«, hörte sie Patrick fragen. Laurin gab ein sanftes, beinahe schnurrendes Lachen von sich. Obwohl sie dringend nach den Kleinen sehen musste, blieb sie stehen und lauschte neugierig.

»In der Schweiz wird kein Rugby gespielt«, erklärte er. »Wir spielen Fußball.«

»Tom Muller!«, krähte Finn fröhlich. Er klang überhaupt nicht müde.

»Thomas Müller«, verbesserte Laurin. »Aber der ist Deutscher. Wir haben Granit Xhaka!«

»Tschaka! Tschaka!«, riefen zahlreiche Jungs. Wie würde Laurin die nur bald zum Schlafen bringen?

»So, und jetzt legt euch hin. Nur wer viel schläft, kann ein richtiger Rugbyprofi werden.«

»Echt?«, hörte sie es aus mehreren Mündern.

»Na klar! Im Schlaf wachsen eure Muskeln, und wenn ihr morgen mit dem Ball losrennt, seid ihr bereits ein kleines bisschen schneller als heute. Vielleicht merkt ihr es nicht sofort, aber es ist so«.

»Werden wir jeden Tag schneller?«

»Wenn ihr genügend schlaft, schon!«

Alwa musste schmunzeln. Sie hatte längst bemerkt, dass die Jungs sich um Laurin scharten, wann immer es ging. Seine ruhige, unaufgeregte Art schien ihnen zu gefallen. Mehr noch: Sie spürten offensichtlich, dass sie ihm vertrauen konnten. Und sie hatten vermutlich recht: Auch wenn er oft etwas mürrisch wirkte, war er zuverlässig und fleißig. Ihr Blick fiel auf die offene Tür zum Schlafraum der Kleinen. Herrje, es war verdächtig still dort, hoffentlich hatten sie nicht wieder Unsinn ausgeheckt. Neulich war sie zum Vorlesen hereingekommen und da hatten alle Kopfkissen und Bettdecken in dem schmalen Gang zwischen den Betten gelegen und die Kinder hatten sich darunter versteckt. Alwa hatte mitgespielt und so getan, als sei sie über das Verschwinden der Jungen und Mädchen erschrocken. Das sich anschließende Geschrei war schnell von begeistert zu überdreht angewachsen und hatte sogar Svetlana aus ihrem Wohnbereich gelockt. Sie hatte Alwa natürlich gerügt und die Kinder ziemlich grob in ihre Betten gescheucht.

Heute dagegen lagen alle wie kleine Engelchen unter ihren

Decken. Das Herumspringen am Strand an diesem Nachmittag war anscheinend das reinste Schlafmittel gewesen und so war es sinnlos, zu einem Buch zu greifen, um vorzulesen. Als sie das Zimmer verließ, kam Laurin ebenfalls in den Gang. Da konnte ihre kleine Party ja bald losgehen. Eigentlich müsste doch auch Tiff inzwischen mit den größeren Mädchen fertig sein. Alwa steckte den Kopf durch die Tür. Die Mädchen lagen friedlich in ihren Betten, zum Teil lasen sie oder malten in die Freundschaftsbücher, die irgendein Spender vor ein paar Wochen an sie verteilt hatte. Von Tiff keine Spur.

Doch aus dem Waschraum war plötzlich ihr Kichern zu vernehmen. Ob sie von dort aus mit einer Freundin telefonierte? Oder mit einem Freund? Zu diesem Thema hatte sie sich bisher nicht geäußert. Na ja, ich ebenso wenig, überlegte Alwa. Es war einfach keine Zeit für intime Gespräche gewesen. Und so gut kannten sie sich ja auch gar nicht.

»Tiff, komm schon! Feierabend!«, rief sie in den Waschraum hinein.

»Gleich«, kam Tiffanys Stimme zurück. Wahrscheinlich hantierte sie wieder endlos mit Mascara und Concealer und Wimperntusche, Lippenstift und Rouge. Sie stand jeden Morgen eine Dreiviertelstunde früher auf als Alwa und Laurin, damit sie in Ruhe ihr Beautyprogramm abspulen konnte. Und auch zwischendurch griff sie immer wieder zu Puderdose und Lippenstift. Wenn Alwa schon eine Miniparty angekündigt hatte, dann musste sie sich jetzt wohl entsprechend vorbereiten. Alwa öffnete leicht genervt die Tür. Doch was sie dort erblickte, ließ ihren Ärger verpuffen und sie lachte lauthals los.

»Schön?«, fragte Minnie und strahlte ihr entgegen. Tiff hatte sie geschminkt – mit allem Drum und Dran! Und Minnie sah glücklich aus wie nie.

»Wunderschön«, erwiderte Alwa und meinte damit weniger die Schminke als vielmehr die leuchtenden Augen der Kleinen. »Aber jetzt? Willst du so ins Bett gehen?«

Minnie nickte. Alwa warf Tiff einen fragenden Blick zu. Es war ja wirklich süß gemeint, doch zum einen würde sie das Bettzeug völlig verdrecken, zum anderen wären die übrigen Mädels sicher total neidisch. Minnie war neben Pania die Älteste hier und schon am längsten da. Aber ob ihr jemand deshalb Sonderrechte einräumen würde?

»Kann sie sich nicht eine Weile mit zu uns setzen?«, fragte Tiff. »Bis die anderen eingeschlafen sind. Wir sagen einfach, sie hat Magenschmerzen und wir müssen ihr eine Bauchmassage verabreichen.«

»Au ja!« Minnie hüpfte vor dem Spiegel auf und ab und streckte sich selbst jedes Mal die Zunge heraus, wenn sie ihr Gesicht sah. Alwa verdrehte die Augen, hielt Minnie jedoch die Hand hin.

»Aber du bist lieb und nervst uns nicht, okay?« Das Mädchen klammerte sich regelrecht an ihr fest und unterdrückte nur mit Mühe ein Juchzen. »Und du, Tiff, sorgst für Schlafstimmung bei den Mädels. Wir gehen schon mal das Buffet vorbereiten. Komm, Minnie.«

Die Sonne schickte einen letzten Strahlengruß von den Hügeln hinter ihnen über das Meer. Alwa hatte sich noch immer nicht daran gewöhnt, dass es Ende Oktober jeden Abend ein bisschen länger hell war, anstatt dass es dunkler wurde, dass es tags immer wärmer war und überall Knospen aufplatzten und bunte Blüten zum Vorschein kamen.

Laurin hatte zunächst nichts zu Alwas Essenseinladung gesagt und sie hatte in Richtung Tiff die Augen verdreht. Was für ein Eigenbrötler, dieser Typ! Aber als Tiff angefangen hatte aufzuzählen, was sie alles Leckeres in Alwas Tüten gesehen hatte, war Laurins Gesichtsausdruck freundlicher geworden.

»Aber ich will dir nichts wegessen«, hatte er eingewandt.

»Mann, ich habe für uns zusammen eingekauft. Ich schaffe das gar nicht allein!«, hatte Alwa geantwortet. »Sieh es als Wiedergutmachung für die einkassierte Nussschokolade vom Flughafen.«

Umso mehr grinste sie jetzt, als sich Laurin mittlerweile zum dritten Mal seinen Teller mit Essen belud. Es schien, als sei er komplett ausgehungert. Tiff dagegen hielt sich ausschließlich ans Obst. »Ach, mir hat das Abendessen locker gereicht«, behauptete sie. »Aber, Alwa, es ist so super, dass du uns hier versorgst! *Totally awesome!*«

So herrlich der Blick von der Terrasse jetzt war – vor ihnen das in der Dunkelheit langsam verschwindende Meer, neben ihnen ein sich allmählich leerendes Tischchen voller Leckereien –, so unangenehm waren die Sandfliegen, die sich in der windstillen Dämmerung auf die Pirsch begaben. Alwa schmierte sich und Minnie mit dem Antimückenmittel ein, aber trotzdem nervten die Trauben von Viechern, die überall herumschwirrten. Laurin hatte sich in eine lange Hose und ein langärmliges Sweatshirt gepackt und um den Kopf so etwas wie einen Turban gewickelt. Nur Tiff tat so, als sei nichts. Doch immer wieder schlug sie plötzlich wild um sich, um die bösartigen Biester zu vertreiben. Minnie lachte lauthals über ihren merkwürdigen Tanz.

Endlich kam leichter Wind auf und die Fliegen verflüchtigten sich. Nun war es stockdunkel und Minnie mit ihrem inzwischen etwas verschmierten Make-up in Tiffs Armen eingeschlafen. Alwa spürte eine zufriedene Sattheit gepaart mit einer entspannten Schläfrigkeit. Tiff stand auf, schulterte das zarte Mädchen und trug es in Richtung seines Bettes. Wie Laurin blickte Alwa in den Sternenhimmel über ihnen.

»Ich glaube, ich habe noch nie so viele Sterne gesehen wie hier«, sagte sie irgendwann leise.

Im Himmel über München gab es nur einen Bruchteil dieser Menge.

»Oh, bei meinem Onkel war das auch so prächtig, oder?«, überlegte Laurin. Wenn sie allein waren, sprachen sie deutsch miteinander. Dabei hatte Alwa vor ein paar Nächten zum ersten Mal auf Englisch geträumt. »Aber der wohnt ja auch auf einer Alm, unterhalb vom Matterhorn«, erklärte er dann.

»Wieso hast du dich für dieses Praktikum entschieden?« Bisher war nie Zeit gewesen, ihn danach zu fragen. Und es war ja das erste Mal, dass er freiwillig seinen Abend mit Alwa und Tiff verbrachte.

»Ich wollte Psychologie in Zürich studieren, habe aber keinen Studienplatz bekommen. Der Andrang ist wie überall riesig. Da dachte ich, ich nutze die Zeit und lerne die Welt kennen.«

»Na ja, hier lernen wir ja nur einen ziemlich kleinen Flecken Welt kennen.«

»Stimmt.« Sein warmes Lachen streichelte Alwas Ohr. »Aber ich will später gerne mit Kindern arbeiten und fand es gut, das hier auszuprobieren.«

»Uff, sie schläft!« Mit diesen Worten kehrte Tiff von drinnen zurück und ließ sich in den Liegestuhl sinken, der neben den beiden Korbstühlen aufgestellt war.

»Das war süß von dir, dass du Minnie geschminkt hast«, sagte Alwa. »Sie hängt sehr an dir!«

Tiff trank einen Schluck aus ihrem Wasserglas, ehe sie antwortete. »Sie erinnert mich an meine Schwester, als diese etwa so alt war. Und sie liebte es auch, wenn ich sie geschminkt habe.«

»Vermisst du sie?«, fragte Alwa.

»Und wie!«, bestätigte Tiff. »Hätte ich nie für möglich gehalten.«

Alwa hielt Tiffany die Schale mit den Crackern sowie Wurst- und Käsewürfel hin, mit denen Tiff vorhin Minnie gefüttert hatte. Tiff wehrte ab. Sie aß wirklich so gut wie gar nichts, dachte Alwa. Und das, obwohl sie sowieso superschlank war. Laurin dagegen beugte sich zu Alwa und nahm ein paar Cracker und Wurststückchen. Genüsslich kaute er, während sie schweigend in die Nacht sahen. Sollte Alwa von ihren Beobachtungen des Tages berichten? Von ihrer Begegnung mit Marika? Dem Streit zwischen Svetlana und Jonathan?

»Habt ihr den Eindruck, es läuft hier ganz gut?«, fragte sie vorsichtig. »Mit dem Projekt, meine ich.«

»Oh, nein, ganz und gar nicht«, kam es beinahe synchron aus Tiffs und Laurins Mund. Es war, als habe Alwa eine Lawine losgetreten. Tiff berichtete, dass das Essen schon länger sehr knapp war. Als sie vor einem Monat hier ankam, hatte es immerhin noch drei, vier Mal die Woche frisches Obst und Gemüse gegeben. Inzwischen gab es das höchstens ein oder zwei Mal. Meist kamen Konserven zum Einsatz und immer war es zu wenig.

»Und ich habe auch schon von meinem Geld gesunde Sachen für die Kinder eingekauft, weil ich den Eindruck hatte, es reicht sonst nicht«, ergänzte Laurin.

»Und habt ihr Svetlana oder Jonathan mal darauf angesprochen?«

Tiff gab eine Art Schnauben von sich.

»Jonathan ist kaum greifbar und Svetlana sagt immer nur, wir sollen das Marikas Sache sein lassen, die bekäme das schon hin.«

»Tja, vermutlich nicht mehr lange«, sagte Alwa. Sie musste einfach erzählen, was sie heute erlebt hatte. Laurin und Tiff schüttelten sprachlos die Köpfe.

»Die Scheiße ist ja«, fasste Laurin zusammen, »weggehen

kommt nicht infrage – denn was passiert mit den Kindern, wenn wir auch nicht mehr da sind?«

»Vermutlich würde man sie auseinanderreißen und in irgendwelche Heime bringen, wo sie wieder von vorne anfangen müssten. Das wäre eine Katastrophe!« Täuschte Alwa sich oder standen Tiff Tränen in den Augen?

»Nimm nur Minnie«, sprach sie weiter. »Die Eltern waren beide drogenabhängig, sie wurde aus einer völlig verwahrlosten Wohnung befreit, war total abgemagert und echt verhaltensgestört. Das hat mir eine unserer Vorgängerinnen hier erzählt. Dann musste die Kleine erst in Pflegefamilien, die kamen mit ihr aber nicht klar und schließlich ist sie hier gelandet. Immerhin muss man Svetlana zugutehalten, dass sie es geschafft hat, aus Minnie ein einigermaßen fröhliches Kind zu machen. Manchmal bekommt sie noch Tobsuchtsanfälle, aber selbst in der kurzen Zeit, die ich hier bin, habe ich schon gemerkt, dass das immer seltener vorkommt. Wenn sie jetzt wieder woandershin muss … oh Gott, ich möchte nicht darüber nachdenken.«

»Hm«, Alwa überlegte. »Irgendwann wird der Laden zusammenkrachen. Finanziell sind sie doch am Ende – wenn sie schon Marika ihr Gehalt nicht mehr zahlen können, oder? Und zwischen Svetlana und Jonathan fliegen ja auch die Fetzen.«

»Oh ja, ihre Streitereien werden immer lauter«, bestätigte Laurin. »Ob man will oder nicht – man wird ungefragt zum Zeugen.«

»Aber kann man nicht die Öffentlichkeit auf diese ganzen Probleme aufmerksam machen? Es kann doch nicht sein, dass hier Kinder vor die Hunde gehen, während ringsum Touristen fröhlich Hunderte von Dollar fürs Walebeobachten und Delfinschwimmen ausgeben. Was ist das für eine perverse Welt?« Alwa spürte, wie sie sich in Rage redete. Ihr Herz schlug schneller und sie wippte nervös mit dem Fuß. Sie mochte sich gar nicht ausmalen, dass sie in wenigen Monaten nicht mehr hier wäre. Das hatte ihr niemand vorher gesagt: wie schwierig es werden würde, sich emotional nicht zu eng an die Kinder zu binden. Ausgerechnet an Kinder! Die nicht absichtlich nett oder nicht nett waren, um irgendetwas zu erreichen. Sondern die sich nach Aufmerksamkeit, nach Zuneigung, nach Geborgenheit sehnten. Sie, Alwa, würde irgendwann nach Deutschland zurückkehren, würde die Kinder zwar in ihrem Herzen behalten, aber einfach weiterleben wie vorher. Würde überschüttet werden mit all der Liebe ihrer Mutter, ihrer Schwester, ihrer Freundinnen, würde ein Studium beginnen und, egal was passierte, ihr Leben auf die Reihe bekommen. Und wüsste doch von den Kindern, die nicht mehr anonym waren, keine Fälle, sondern lebendige Wesen mit all ihren Eigenarten und Hoffnungen und Träumen, und die es schwer haben würden, irgendetwas davon zu verwirklichen, und das nur, weil sie das Pech hatten, in die falschen Familien hineingeboren zu sein.

»Das ist alles so ungerecht«, entfuhr es ihr mit zittriger Stimme. Sie ließ die Faust auf die Stuhllehne niedersausen und ignorierte den Schmerz im Ballen. Eine Hand legte sich sanft auf ihren Unterarm.

»Vielleicht können wir ja Leute finden, die sich für all das hier doch interessieren«, schlug Laurin vor und nahm seine Finger wieder fort.

»Bei der vielen Arbeit, die wir haben?«, mahnte Tiff. »Wie soll das denn gehen?«

»Keine Ahnung, aber wenn wir es nicht versuchen, wird sich nichts ändern«, erwiderte Alwa. »Vielleicht sollten wir als Erstes mit Svetlana sprechen.«

»Ob das was bringt?« Tiff nahm den letzten Schluck von ihrer Coke Zero und spielte nachdenklich mit der Dose herum. »Die will doch bloß, dass wir still sind und unsere Arbeit machen, mehr nicht. Na ja, ich geh jetzt jedenfalls schlafen. Die Nacht ist sicher wieder früh zu Ende. Schlaft schön!«

Sie stand auf und verschwand nach drinnen. Laurin hatte die Arme hinter dem Kopf gekreuzt und sah in den Sternenhimmel. Offensichtlich hatte er keine Lust, zu Bett zu gehen.

»Man denkt immer, Neuseeland hat keine Probleme – lauter nette Hobbits und bezauberndes Auenland und viele Schafe, von denen die Menschen leben«, überlegte er nun laut. »Dabei leidet ein Drittel aller Kinder unter Armut, habe ich neulich gelesen. Der Staat unternimmt nicht wirklich was, um ihnen zu helfen. Und die Zahl der Betroffenen steigt jedes Jahr deutlich.«

»Ich hab immer gedacht, ich fahre in die Welt, und wenn ich zurückkomme, habe ich wenigstens ein kleines bisschen dazu beigetragen, dass sie besser wird.« Alwa nahm sich den letzten Cracker und biss winzige Stückchen davon ab. »Aber – mein Gott – mir war nie klar, dass das alles so kompliziert ist. Ich denke jetzt schon mit Schrecken an den Tag, wenn ich den Kindern Lebewohl sagen muss.«

Laurin nickte. »Geht mir genauso. Andererseits hilft es, die eigenen Probleme zu relativieren. Mit einem Mal kommen einem Dinge, die einen früher fertiggemacht haben, total lächerlich vor, oder?«

»Ja, allerdings.« Wie gerne hätte sie ihn gefragt, welche Probleme er gehabt hatte, aber das traute sie sich nicht. Es war ja schon ein Fortschritt, sich mal zu unterhalten und nicht nur Informationen wie »Ich decke den Tisch« oder »Ich putze mit den Kindern Zähne« auszutauschen.

»Alles in allem bin ich froh, dass ich hier bin.« Er rutschte auf die Kante seines Stuhls vor. »Aber jetzt gehe ich auch mal schlafen.«

Er stand auf und streifte sie im Vorbeigehen. »Gute Nacht!«

Alwa überlief ein Schauer. Einen Moment lang bedauerte sie, dass er ging. Doch dann fiel ihr seit Tagen das erste Mal wieder dieser Nils ein. Es kam ihr wie ein unwirklicher Traum vor, dass sie ihn geküsst hatte. Einen letztlich wildfremden Typ! Und das, obwohl sie sich vor ihrer Abreise fest vorgenommen hatte, sich nicht zu verlieben. Es wäre doch schwierig, mit jemandem, der woanders lebte als sie, zusammen zu sein und Schmerz und Kummer wären vorprogrammiert. Zudem erinnerte sie sich noch lebhaft an die Erleichterung, als sie es nach Monaten des Überlegens, Abwägens und Hinauszögerns endlich geschafft hatte, sich von Yannis zu trennen.

Merkwürdig, dachte sie. Wieso war Yannis' Gesicht so verblasst? Als sei er nie mehr als ein Schatten gewesen. Ein Schatten, der sich jahrelang um ihr Herz gelegt und verhindert hatte, dass es so lebendig schlug wie jetzt. Jetzt, wo sie eine neue Aufgabe hatte und wo alle Menschen, die sie hier kennenlernte, nichts wussten von ihrer Vergangenheit – nichts von ihren Beziehungen, ihren Vorlieben, von ihren Ängsten und Fehlern. Wo sie einfach Alwa war, das Mädchen aus Deutschland, und keiner eine vorgefasste Meinung über sie hatte. War das nicht die absolute Freiheit? Sie konnte sich neu erfinden, wenn sie wollte. Niemand konnte überprüfen, ob das, was sie von sich zeigte, wahr oder gelogen war, falsch oder richtig. Etwas zog in ihrem Magen, kribbelte in ihren Fingerspitzen, so als stünde etwas Großartiges bevor, etwas, das sie in seiner Bedeutung nicht fassen, nicht ermessen konnte, das größer war als sie und alles um sie herum, etwas, das nur Gutes brachte, trotz aller Widrigkeiten. Es gab die Sterne über ihr, das Meer vor ihr, das Geräusch der Brandung um sie herum und den Duft von Freiheit, der tief in ihre Adern eindrang. Wenn es so wunderbare Dinge gab, dann würde sich der Rest auch finden.

Lektion 13:
Kotzen ist auch keine Lösung!

KEEP CALM, ALWA, AND TRAVEL!
Mein Neuseeland-Reiseblog

Sonntag, 28.10.

Hey an alle Lieblingsmenschen, heute habe ich mal was Besonderes für euch – ich will ja nicht immer nur von mir sprechen. Ich habe meine beiden »Kollegen*innen« für euch interviewt, damit ihr Tiff und Laurin besser kennenlernt. Los geht's:

ERZÄHLT MAL, IHR ZWEI – WOHER KOMMT IHR UND WIE SEID IHR HIERHERGEKOMMEN?

TIFF Erst mal gaaaaaanz liebe Grüße nach Germany! I LOVE GERMANY!! Ich komme aus Boston und habe im Sommer die Highschool beendet, und bevor ich im Frühling aufs College gehe, wollte ich gerne was tun, womit ich Menschen helfen kann. Tja, kaum hatte ich das Internet monatelang durchforstet, :-) bin ich hier gelandet. Und was soll ich sagen: IT'S JUST GREAT! I LOVE IT! BIG HUG TO YOU ALL!

LAURIN Ja, ich bin der Laurin und ich komme aus der Schweiz, aus Zürich. Ich habe auch meine Matura im Sommer gemacht und würde gerne im Bereich Kinder- und Jugendpsychiatrie arbeiten. Daher dachte ich, ein Praktikum bei so einem Projekt wäre sicher hilfreich. Und nach Neuseeland wollte ich schon immer mal. Ich wollte sehen, ob es hier wirklich wie in der Schweiz aussieht, wie immer alle behaupten. An manchen Stellen schon, finde ich.

UND WAS GEFÄLLT EUCH HIER BESONDERS GUT?

TIFF Ohhhh, die Kids sind SO CUTE! ABSOLUTELY AWESOME! Am liebsten würde ich die alle adoptieren! Aber auch meine beiden Mitpraktikanten – also ihr :-))) seid fantastisch! LOVE YOU ALL!

LAURIN Das Schicksal der Kinder zeigt mir sehr eindrücklich, wie privilegiert ich aufgewachsen bin und wie gut es mir geht. Dafür bin ich sehr dankbar! Und das Meer hier ist einfach der Wahnsinn! Das haben wir in der Schweiz nicht.

SO, LEIDER MÜSSEN WIR JETZT SCHNELL ZURÜCK AN DIE ARBEIT – GUT, DASS DIE SO SPASS MACHT!

Eric schlang seine Arme um ihren Hals. Sie spürte seinen Atem auf ihrer Wange, sah seinen kurz geschorenen Schädel direkt vor sich. Wenn er nur nicht so nach Erbrochenem und Urin gerochen hätte!

Sie hatte das Gefühl gehabt, höchstens eine Viertelstunde geschlafen zu haben, als der Schrei von Eric sie aus dem Schlaf gerissen hatte. Und weil sie den Nachmittag freigehabt hatte, lag es natürlich an ihr, sich um nächtliche Unruhe zu kümmern. Stöhnend war sie aufgestanden und wie in Trance in Richtung des Schlafraums der Kleinen getapert. Das, was sie vorfand, hatte sie allerdings sofort geweckt. Eric saß weinend in seinem Bett, neben dem sich eine Lache Erbrochenes ausbreitete. Schnell öffnete Alwa das Fenster. Auch die anderen Kinder waren zum Teil aufgewacht und wimmerten ein wenig. Gut, dass die allerkleinsten nichts mitbekamen und weiterschliefen. Möglichst leise hatte sie alle beruhigt und dann Eric aus seinem Bett geholt. Nun trug sie ihn in Richtung Badezimmer. Sein Schlafanzug war komplett verschmutzt und nass. Sie stellte ihn in die Wanne und wollte ihn abbrausen. Doch das Wasser wurde und wurde nicht wärmer. Eric jammerte ein wenig und hielt sich den Bauch. Dann keuchte er und ein zweiter Schwall Mageninhalt ergoss sich in die Badewanne. Alwa versuchte, durch den Mund zu atmen, aber der fiese Geruch ließ sie würgen. Beherrsch dich, befahl sie sich und reichte Eric seinen Zahnputzbecher mit Wasser, damit er wenigstens seinen Mund ausspülen konnte. Mit dem Duschkopf spülte sie die stinkende Flüssigkeit fort und half Eric dann, seinen Schlafanzug auszuziehen.

»Ist dir noch schlecht?«, fragte sie. Er riss seine Augen im blassen Gesicht weit auf, schüttelte den Kopf, sah sie aber weiter ängstlich an. Sie packte ihn in ein großes Badelaken und rubbelte ihn ab. Dabei legte er wieder die Arme um sie und kuschelte sich an sie.

»Meinst du, du kannst noch ein bisschen schlafen?« Er zuckte mit den Schultern, doch schließlich nickte er. Sie trug ihn zurück, merkte dann aber, dass sein Bett von Pipi durchweicht war. Und jetzt? Den ekligen Haufen auf dem Fußboden müsste sie auch schleunigst wegwischen. Oh Gott, fuhr es ihr durch den Kopf. Hoffentlich hatte er nichts Ansteckendes und bald würden alle hier kotzen. Was für ein Albtraum! Sie meinte, selbst schon ein Rumoren und Zwicken in ihrem Magen zu spüren. Sie setzte Eric auf die Betthälfte, die einigermaßen trocken war, und holte Eimer und Feudel, um die Lache wegzuwischen. Gut, dass nur ein kleines Nachtlicht brannte und sie nichts deutlich sehen konnte. Die anderen waren glücklicherweise alle wieder eingeschlafen. Sie zog sein Bett ab und warf die Bettwäsche in die Wäschekammer. Als sie fertig war, schloss sie das Fenster und nahm Eric mit in ihr Schlafzimmer. Sie konnte ihn unmöglich auf seiner nassen Matratze zurücklassen. Außerdem würde er die übrigen Kinder nicht aufwecken, sollte er sich noch einmal übergeben müssen. Aber Eric schien es wieder besser zu gehen und kaum lag er in Alwas Bett, schlief er ein. Sie legte sich neben ihn, hörte ihn leise und gleichmäßig atmen und lauschte gleichzeitig auf das Rauschen des Meeres, das durch das gekippte Fenster hineindrang. Es wirkte alles so friedlich. Allmählich entspannte sie sich und driftete in den Schlaf. Doch plötzlich fuhr sie erschrocken hoch. Hatte Eric sie eben getreten? Hatte er sich so wild bewegt, dass die Matratze sich plötzlich wie mit Luft gefüllt anfühlte? Oder war es Laurin über ihnen gewesen, der das Bett zum Schwanken gebracht hatte? Eric lag ruhig und von Laurin war nicht einmal das Atmen zu hören. Was hatte sie dann geweckt?

»Hast du's auch gemerkt?«, hörte sie da Tiff in der Dunkelheit flüstern.

»Ja. Was war das?«, fragte Alwa zurück.

»Ein leichtes Beben, vermute ich«, gab das Mädchen zurück. »Kommt hier immer wieder vor. Habe ich bereits ein paar Mal erlebt. Kein Grund zur Sorge.«

»Okay«, sagte Alwa, dankbar für die Aufklärung. »Schlaf gut!«

Tiff schien schon nichts mehr zu hören. Nur Alwa fand erst in ihre Träume zurück, als hinter den Fenstern bereits ein grauer Morgen dämmerte.

Erics Übelkeit war tatsächlich ein Vorbote gewesen. Irgendetwas am Essen des Vortags war den Kindern auf den Magen geschlagen – ob der Schinken für die Sandwiches schon verdorben gewesen war? Bis auf die Kleinen, die mit Brei gefüttert wurden, ging es allen schlecht – sie litten an Durchfall oder mussten sich wie Eric mehrmals übergeben. Alwa war froh, dass das Abendessen nicht für sie, Laurin und Tiff gereicht hatte – so konnten sie sich jetzt wenigstens um all die Kranken kümmern. Sogar Jonathan und Svetlana hatten eingesehen, dass sie sich nicht hinter irgendwelchen Bürojobs verstecken konnten, sondern mit anpacken mussten. Immerhin ging das warme Wasser wieder. Wie sich herausstellte, drehte Jonathan den Boiler nachts ab, um Strom zu sparen.

So verbrachten sie den Sonntag mit Wäschewaschen, Teekochen und Kinderköpfe über Eimer oder Kloschüsseln halten. Ständig mussten Betten neu bezogen, Zimmer, in denen ein Malheur passiert war, durchgewischt und nebenbei die Kleinen beaufsichtigt und beschäftigt werden, die erstaunt auf das wilde Treiben um sie herum blickten. Die Stimmung war angespannt, Svetlana sorgte mit ihrem penetranten Befehlston für zusätzlichen Stress – und das, obwohl Tiff, Laurin und Alwa so gut funktionierten, als hätten sie ihr Leben lang nichts anderes getan, als Katastrophen abzuwenden. Alwa war erstaunt, wie gut Tiff mit all dem Dreck und dem Gestank zurechtkam. Wie immer tipptopp aus dem Ei gepellt, wischte sie, ohne mit der getuschten Wimper zu zucken, Erbrochenes weg und reinigte die Toiletten.

»Wow, macht dir das gar nichts aus?«, fragte Alwa. Sie hatte in einem Badezimmerschränkchen einen Mundschutz gefunden und war glücklich, damit den derbsten Gestank abzumildern.

»Ach, ich habe das früher öfter mal gemacht. Mit der Zeit gewöhnt man sich dran«, kam die Antwort.

»Wieso das denn?« Jetzt wollte es Alwa genau wissen. »Hast du als Pflegekraft gejobbt?«

»So ähnlich.« Tiff grinste schief. »Meine Schwester war mal ziemlich krank. Da gehörte Kotzen phasenweise zum Alltag. Oh

Gott, nein, ich glaube, bei Minnie geht es schon wieder los.« Ehe Alwa weiter nachfragen konnte, rannte Tiff davon und schaffte es gerade noch, Minnie einen Eimer hinzuhalten.

Am späten Nachmittag war das Schlimmste überstanden. Die Kinder lagen matt in ihren Betten, tranken Tee und knabberten an Salzstangen und Zwieback, die Jonathan im Supermarkt geholt hatte. Gut, dass er sogar sonntags geöffnet hatte.

»Es hilft nichts«, fasste sich Alwa irgendwann ein Herz. »Wir müssen mit Svetlana reden – so kann das doch nicht weitergehen. Wenn das Essen so schlecht ist, dass die Kinder schon krank werden, ist das einfach inakzeptabel.« Laurin nickte zustimmend, nur Tiff hob abwehrend die Hände.

»Ich glaube, sie kann mich nicht leiden – es ist besser, ihr redet mit ihr.«

»Sie scheint niemanden von uns leiden zu können«, sagte Laurin. »Sie behandelt uns alle gleich unfreundlich. Aber darauf nehmen wir jetzt keine Rücksicht. Also, Alwa – sollen wir?«

Alwa nickte. Es war besser, wenn einer weiter nach den Kindern sah. Wenigstens mussten sie nicht großartig kochen – vielleicht später eine Suppe, aber das wäre schnell erledigt.

Sie hörten Svetlana schon vom Gang aus. Die Tür zu ihrem Büro war angelehnt. Sie telefonierte offensichtlich mit jemandem und hatte dabei ihren »Gurr-Ton« aufgesetzt, wie Laurin das so treffend nannte. Wenn sie so am Telefon sprach, meinte man, sie sei der netteste und liebevollste Mensch, den man sich nur vorstellen konnte. Sie warteten, bis es still wurde, und klopften dann an.

»Was gibt's?« Von Gesäusel keine Spur mehr.

»Wir möchten mit Ihnen reden.« Alwa war automatisch ins Deutsche und ins Siezen gefallen – das englische *You* verwischte alle Unterschiede, aber Alwa war sich sicher, dass sie die Projektleiterin nicht duzen wollte.

»Uns ist aufgefallen, dass es für die Kinder zu wenig und zu schlechtes Essen gibt. Außerdem ist uns zu Ohren gekommen …« Alwa schielte zu Laurin, der ihr bestätigend zunickte, »… dass Marika kündigt. Wir wollten wissen, wie Sie sich den Ablauf hier weiter vorstellen. Wir können die Köchin unmöglich ersetzen.« Sie hatte sich bemüht, ruhig zu sprechen und nur Fakten zu benennen. Doch Svetlana hatte dafür offensichtlich kein Ohr.

»Das ist so typisch für euch europäische Wohlstandsgören«, tobte sie los, sofort auf hundertachtzig. »Kaum wird es mal ein bisschen schwieriger, wird alles gleich infrage gestellt. Da müsst ihr eure kleinen Ärsche eben mal etwas zusammenkneifen und dann klappt es schon.«

»Es geht uns nicht um uns«, versuchte Laurin sie zu unterbrechen. »Es geht um die Kinder. Wir können sie einfach nicht adäquat versorgen, oder? Natürlich können wir mehr arbeiten, klar. Aber wenn beispielsweise nicht genug zu essen da ist, dann können wir leider auch keins herbeizaubern.«

»Meine Güte, es gibt einen kurzfristigen finanziellen Engpass. Und dass Marika kündigt, davon habe ich nichts gehört. Das hat sie schon oft angedroht, aber sie hat ja keine Alternative.«

Na toll, dachte Alwa, als ob das hieße, sie würde niemals gehen. Und offensichtlich hatte sie im Friseursalon ihrer Cousine durchaus eine Alternative gefunden.

»Ich weiß, es war ein anstrengender Tag«, immerhin senkte Svetlana ihre Stimme wieder auf normale Lautstärke. »Da liegen die Nerven schon mal blank. Aber ihr müsst euch keine Sorgen um die Kinder machen, so eine kleine Magenverstimmung kommt immer mal vor. Kein Grund zur Panik!«

»Haben Sie denn neue Sponsoren gefunden?« Laurin ließ nicht locker.

»Ich glaube nicht, dass ich euch diesbezüglich Rechenschaft

schuldig bin. Wisst ihr, es gibt hier so viele Weltverbesserer wie euch, dass ich auf euch nicht angewiesen bin. Es steht euch jederzeit frei zu gehen. Allerdings kann ich euch dann leider keine Bestätigung über eure Tätigkeit ausstellen, wenn ihr vor Ablauf der vereinbarten Zeit die Flinte ins Korn werft.«

Alwa war sprachlos. Das war ja das Allerletzte! Sie öffnete schon den Mund, obwohl sie nicht wusste, was sie sagen sollte, aber sie spürte, wie Laurin sie am Ärmel zog. Ohne ein weiteres Wort drehten sie sich um und verließen das Büro.

»Und jetzt?«, zischte Alwa, nachdem sie ein paar Schritte gegangen war. »Das hat ja gleich mal gar nichts gebracht.«

Laurin biss sich auf die Lippen und starrte grimmig vor sich hin.

»Ich hau ab, das lass ich mir nicht bieten«, knurrte er. Alwa durchfuhr ein Schreck und unwillkürlich packte sie ihn am Handgelenk.

»Nee, das kannst du nicht machen!« Sie musste zugeben, dass sie nicht nur seine Arbeitskraft vermissen würde. Seine ruhige Art, seine Zuverlässigkeit imponierten ihr mit jedem Tag mehr. Bei ihm kam sie sich sicher vor – solange er da war, konnte nichts Schlimmes passieren.

»Nein, natürlich gehe ich nicht.« Er bekam ein kleines Lächeln hin. »Ich lass euch doch nicht im Stich. Und die Kinder auch nicht. Aber mir geht es schon auf den Geist, dass Svetlana genau darauf spekuliert.«

»Und?« Nun kam ihnen Tiff aus Richtung Küche entgegen.

Beinahe synchron hoben Alwa und Laurin die Schultern und ließen sie kraftlos fallen. Tiff schob enttäuscht die Unterlippe vor.

»Habe ich mir gleich gedacht.«

Laurin erzählte ihr, was ihnen Svetlana an den Kopf geworfen hatte, und Tiff echauffierte sich darüber genauso wie sie.

»Mir hat dafür Jonathan in der Küche beim Suppekochen geholfen«, berichtete sie ihrerseits. »Er hat gesagt, es wäre nur ein kleiner Engpass und schon bald würde sich alles wieder beruhigen. Morgen habe er ein Gespräch mit einem neuen Sponsor in Christchurch und sei sehr zuversichtlich. Vielleicht gibt es sogar ein größeres Erbe für den Verein – hat er behauptet.«

»Das glaube ich erst, wenn hier mal anständiges Essen auf dem Tisch steht«, sagte Alwa. »Apropos – es ist gleich Abendbrotzeit. Mal sehen, ob unsere Lieblinge die Suppe bei sich behalten.«

Lektion 14:
Basteln kann Revolutionen anzetteln!

---

keepcalm_Alwa
KAIKOURA, NEW ZEALAND

Frauen! Männer! Ich brauche euch! Also, wenn ihr mal ein gutes Werk tun wollt – dann spendet doch unserem Projekt ein bisschen Geld! Leider gibt's hier nicht gerade dicke staatliche Zuschüsse und unsere Projektleiter Svetlana und Jonathan sind ständig auf der Suche nach Sponsoren. Vergesst mal Greenpeace oder das Rote Kreuz – auch Children of Kaikoura ist dankbar für jeden Cent!

#givehope #Spenden #Children_of_Kaikoura #tutgutes #Kiwimünze #NeuseelandDollar #youreawesome #thanx

---

♥ Gefällt 154 Mal

KOMMENTARE ANZEIGEN

MissDaisyhelps@keepcalm_Alwa: Da spende ich gerne!
UncleAlbertFund@keepcalm_Alwa: Klar unterstützen wir euch!

29.10.

Am Montagmorgen regnete es zwar in Strömen, aber das schmälerte die Stimmung im Haus nicht. Alle hatten durchgeschlafen und keiner war mehr krank.

Wie friedlich es war, nachdem die Großen zur Schule aufgebrochen waren, Tiff mit den Kleinen im Speisesaal malte und bastelte und Laurin und Alwa die Küche aufgeräumt hatten! Svetlana hatte sich kurz blicken lassen und mit deutlicher Genugtuung verkündet, Marika sei wieder gesund und käme selbstverständlich zur Arbeit. Alwa hatte sie kurz auf das Erdbebentraining angesprochen, aber Svetlana hatte sie rasch abgewimmelt. Für so etwas sei keine Zeit und es sei auch gar nicht nötig – übertrieben europäisches Sicherheitsdenken. Sie müsse nun mit Jonathan, sobald er von der Fahrt zur Schule zurück sei, nach Christchurch fahren und einen Sponsor bezirzen. Vermutlich hatte sie deshalb einen besonders tief dekolletierten Pullover gewählt, dessen Ausschnitt durch zahlreiche Pailletten noch zusätzlich betont wurde.

»Sollte klappen bei dem Outfit«, flüsterte Laurin Alwa zu, nachdem Svetlana sich umgedreht und auf roten, hochhackigen Pumps davongestakst war.

»Und falls nicht«, sagte Alwa, »ich habe mir heute Nacht was überlegt: Am Bahnhof gibt es einen Kiosk mit einem sehr netten jungen Besitzer. Wir könnten ihn fragen, ob er eine Spendenbüchse bei sich aufstellt und wir Flyer über das Projekt auslegen dürfen. Da kommen echt viele Menschen vorbei. Und vielleicht kennt er andere Laden- oder Restaurantbesitzer, bei denen wir das Gleiche machen könnten.«

»Ob das was bringt?« Tiff war zu ihnen hinübergekommen.

Warum war die Frau immer so negativ? Das nervte kolossal, spornte Alwa aber nur weiter an.

»Oder die Kinder könnten Bilder zeichnen, die wir dann auf

die Spendendosen kleben. Oder … wie wäre es, wenn wir die Großen etwas malen lassen und dann eine Auktion machen. Ein Frühlingsfest mit einer Auktion. Einen Tag der offenen Tür!«

»Wow, Alwa, du bist ja gar nicht zu bremsen!« Laurin schmunzelte. »Das Frühlingsfest steht aber unter dem Motto ›Bring your own food‹, oder?«

»Ja, klar. Und dann müssen wir Paten finden.« Alwa fühlte sich wie elektrisiert. Vielleicht konnten sie ja mithelfen, dass alles besser wurde. »Mal so zehn Dollar geben, bringt ja nicht viel. Hier gibt es so viele, die durch den Tourismus gut verdienen, die könnten doch Patenschaften für die Kinder übernehmen und jeden Monat … ich weiß nicht, fünfzig Dollar spenden oder so.«

»Ja, das ist super!« Laurin klang für seine Verhältnisse regelrecht aufgeregt. »Vielleicht können wir an Halloween irgendwas machen. Ist zwar bereits übermorgen, aber wenn wir spontan sind …«

»Seid ihr sicher, dass Svetlana das alles nicht schon ausprobiert hat und gescheitert ist?« War Tiff einfach nur eine schreckliche Bremse oder die Stimme der Vernunft? Alwa war plötzlich unsicher. Nur Laurin ließ sich nicht beirren.

»Soviel ich weiß, versuchen die immer nur in Christchurch ihr Glück. Da erreichen sie viel mehr Menschen, behaupten sie. Aber sag mal, Alwa«, fuhr er fort. »Du hast doch diesen Blog. Könnten wir den nicht nutzen? Was weiß ich, wir veröffentlichen lustige Anekdoten der Kinder, sodass die Paten miterleben, was hier alles passiert. Da wären sie den Kids sicher stärker verbunden.«

»Hey, coole Idee. So etwas wie mein Gespräch neulich mit Eric vorm Schlafengehen über die Bären und die Bienen. Das war so süß! Oder wie du mit den großen Jungs über Fußball und Rugby geredet hast …«

»Oder wie die Mädels auf Tiffs Schminktipps abfahren …«

Die Ideen prasselten so heftig wie der Regen draußen vor den Fenstern und sogar Tiff ließ sich allmählich mitreißen. Und weil die Kinder selbstvergessen und friedlich vor sich hin malten und bastelten, manche summten dabei leise, setzten sie sich in eine Ecke des Speisesaals und schrieben ihre Pläne auf. Sie mussten doch irgendetwas bewirken können!

Nach eineinhalb Stunden hatte Tiff auf Alwas Tablet einen erstaunlich professionell wirkenden Flyer für potenzielle Paten entworfen, Alwa hatte einige Texte produziert und Laurin Fotos gemacht, die atmosphärisch waren, die Kinder aber nicht ausstellten. Hier war eine kleine Hand mit einem Wachsmalstift darin zu sehen, dort, leicht unscharf, ein großer, lachender Kindermund oder mehrere Kinder von hinten, die sich gegenseitig dabei halfen, etwas zu trinken einzugießen.

Und sogar das Mittagessen fiel harmonisch aus. Jonathan hatten die Ereignisse vom Wochenende wohl doch nicht kaltgelassen und er hatte am Morgen vor der Abfahrt nach Christchurch etwas üppiger und gesünder eingekauft als in den letzten Wochen. Selbst Marika stand fröhlich in der Küche und sang laut beim Kochen. Offensichtlich war sie froh, dass sie schmackhaftere Gerichte zubereiten konnte.

Die Kinder aßen den magenschonenden Kartoffelbrei und das frische Gemüse mit großem Appetit und für Alwa, Laurin und Tiff blieb auch etwas übrig. Während die Kleinen ihren Mittagsschlaf hielten, recherchierte Tiff, wo sie im Ort den Flyer günstig ausdrucken und kopieren konnten. Alwa entdeckte in einem bisher wenig beachteten Schrank im Speisesaal, in dem hauptsächlich Bastelmaterialien aufgehoben wurden, etliche Utensilien zum Verkleiden. Sie begeisterte die beiden anderen mit der Idee, die Kinder an Halloween zu kostümieren, zu schminken und mit ihnen durch die Straßen zu ziehen. Dabei könnten sie nicht nur Süßigkeiten sammeln, sondern auch Flyer verteilen.

Sie waren zuversichtlich, die Projektleiter für ihre Pläne begeistern zu können, als Jonathan und Svetlana am späten Nachmittag aus Christchurch zurückkehrten.

»Da beweisen wir, dass wir keine verwöhnten Wohlstandsgören sind«, freute sich Alwa. Doch als sie, Laurin und Tiff das Büro betraten, drehten sich ihnen nicht zwei Gesichter zu, sondern gleich sechs. Um Jonathan und Svetlana standen drei Frauen und ein Mann, die in Aktenordnern blätterten und in den Computer starrten.

»Oh, hi«, begrüßte Jonathan sie freundlich. »Ihr kommt gerade recht. Wir wollten euch sowieso hierherbitten. Kommt nur rein!«

Svetlana hatte ein so unechtes Lächeln aufgesetzt, dass es Alwa beinahe schlecht wurde.

»Ja, wir haben uns gedacht, wo ihr doch so unter der Belastung hier zu leiden habt, holen wir uns ein paar weitere Helfer dazu. Das sind Utu und Donna …«, sie deutete zu einer der Frauen und dem Mann links von ihr. »Und das Nyree und Chelsea.«

Die vier hoben grüßend die Hand, beachteten die drei Praktikanten aber kaum. Laurin warf Alwa einen irritierten Blick zu. Er schien nicht sehr begeistert von den angeblichen Helfern zu sein. Und Alwa konnte seine Skepsis verstehen. Diese Leute wirkten einfach nicht so, wie man sich Menschen vorstellte, die mit Kindern arbeiteten. Vielleicht war das ein blödes Vorurteil, aber die drei Frauen sahen eher wie Bankerinnen aus in ihren dunklen Kostümen mit den hellen Strumpfhosen und den Absatzschuhen. Der Mann dagegen war nachlässig gekleidet und hätte ebenso gut Möbelpacker oder LKW-Fahrer sein können.

»Hi«, sagte Alwa und Laurin und Tiff fielen nur murmelnd ein. Alwa hatte den Eindruck, ihre Ablehnung den Neuankömmlingen gegenüber manifestierte sich bereits in diesem kleinen Wort.

»Ja, und wenn die vier schon so nett sind und uns für ein paar Tage aushelfen, da dachten wir uns, wir geben euch morgen einfach mal frei. Ihr könnt machen, was ihr wollt!« Alwa hatte die Einschränkung sehr wohl gehört – *für ein paar Tage*. Ob sich langfristig etwas änderte, war nicht gesagt.

»Toll«, fand Laurin als Erster die Sprache wieder. »Und während ihr fort wart, haben wir uns auch Gedanken gemacht.« Tiff übernahm und erläuterte ihre Ideen. Svetlanas Lächeln geriet immer mehr zur Maske, Jonathan schien nur mit halbem Ohr zuzuhören. Alwa war enttäuscht. Sie hatte gedacht, die Projektleiter würden sich über ihre vielen Einfälle freuen.

»Sehr schön«, sagte Svetlana zwar am Schluss, aber vermutlich nur, um sie möglichst schnell loszuwerden. »Macht mal, das klingt doch alles hübsch. Hauptsache, es kostet nicht allzu viel.«

»Ich habe übrigens mit Moana von *Whale-Experience* gesprochen. Sie ist bereit, euch morgen zu einem Whale-Watching-Trip mitzunehmen – zum Kinderpreis von 60 Dollar statt der üblichen 150. Natürlich nur, wenn ihr Lust habt.« Jonathan strahlte, als sei er der Weihnachtsmann persönlich. »Na, was sagt ihr?«

Sollten sie vor ihm auf die Knie fallen und ihm danken für seine Großzügigkeit? Andererseits – nachdem Alwa bisher keine Meeressäuger gesehen hatte, war das natürlich eine großartige Chance.

»Danke für das Angebot«, sagte Laurin diplomatisch. »Wir beraten uns kurz.«

»Ihr *beratet* euch! Na, dann hoffe ich, unsere Offerte findet eure wohlwollende Zustimmung.« Svetlana bekam den spöttischen Tonfall einfach nicht aus der Stimme.

Schnell verließen sie den Raum und gingen zurück zu den Kindern, die sich bereits fürs Abendessen im Speisesaal niederließen. Es sah nicht so aus, als würden die vier »Helfer« jetzt schon irgendwelche Aufgaben übernehmen.

»Ich fände so eine Waltour verlockend«, sagte Alwa. »Und angesichts der Ebbe in meiner Reisekasse könnte ich die Fahrt sonst nicht machen. 60 Dollar wären gerade noch zu verschmerzen.«

»Aber wenn ich seekrank werde?«, fragte Tiff.

»Also ich wäre dabei«, sagte Laurin. »Ich wollte schon immer mal so einen Pottwal sehen. Wer weiß, wann wir wieder die Chance bekommen.«

Alwa hielt einen ausgestreckten Daumen nach oben. Mit Laurin an der Seite diese eleganten Riesen beobachten … dieser Gedanke gefiel ihr.

»Na gut«, schloss sich Tiff an. »Allein will ich hier ja auch nicht herumhocken. Aber meint ihr, wir können die Kinder guten Gewissens zurücklassen?«

Alwa zuckte mit den Schultern.

»Einen Tag werden sie schon überstehen, oder?«, meinte Laurin. »Wir können ja nach der Tour im Ort noch Flyer kopieren. Und übermorgen werden sie mit uns bei der Halloween-Sause auf jeden Fall viel Spaß haben.«

Lektion 15:
Schau hin, wenn der Wal kommt!

🌐 keepcalm_Alwa

KAIKOURA, NEW ZEALAND

#whalewatching #loveseaanimals #endlich #boattrip #onboard #Kotztüte #Übelkeit

---

♥ Gefällt 187 Mal

30.10.

Tiffanys Schrei übertönte beinahe das Tosen der Wellen. Eine Woge hatte sie volle Breitseite getroffen und das Wasser rann ihr vom Scheitel bis zur Sohle. Unter den Augen verlief ihr Mascara schwarz, ihre ehemals perfekte Föhnwelle hing schlapp über die Schultern hinunter. Dennoch wirkte sie nicht besonders unglücklich.

»Was für ein Abenteuer!«, schrie sie gegen den Wind und klammerte sich an der Reling fest.

»Ach, unsere Miss *Awful* gibt heute die Miss *Awesome«,* zischte Laurin grinsend Alwa zu, die dicht neben ihm an Deck des dunkelblauen Katamarans saß. Alwa lachte lauthals über Laurins Bemerkung. Es stimmte schon, so furchtbar Tiff sonst immer alles fand, so genial fand sie es auf dem Boot. Alwa hatte vermutet, dass Tiff die meiste Zeit in der Passagierkabine zubringen würde, einen Spuckbeutel in Reichweite. Doch im Gegenteil: Trotz des windigen und regnerischen Wetters hatte sie sich sofort zur Reling an der Spitze des Bootes begeben, während sich Laurin und Alwa auf dem oberen Deck nach vorne gesetzt hatten. Käme ein Wal, wären sie zwar etwas weiter weg, aber dafür war es hier nicht so nass. Und nun war es Alwa, die mit einem Spuckbeutel liebäugelte. Seit einer Viertelstunde etwa spürte sie ein zunehmendes Grummeln im Magen. Sie versuchte, es zu ignorieren, und tat, als sei nichts.

Der Katamaran mit ungefähr 35 Leuten an Bord fuhr schon gut eineinhalb Stunden aufs offene Meer hinaus. Eine eindrucksvolle Filmpräsentation hatte gezeigt, dass sich vor Kaikoura im Ozean eine riesige Unterwasserschlucht erstreckte, die über einen Kilometer in die Tiefe ragte und den perfekten Lebensraum für die Wale und viele andere Meerestiere darstellte. Alwa wollte sich gar nicht so genau vorstellen, wie weit es unter ihr hinunterging. Die Nähe zu Laurin fühlte sich gut an – sie kam sich nicht ganz so winzig vor angesichts der gigantischen Ausmaße der Naturgewalten um sie herum. Bisher hatten sie außer einer schwimmenden Pelzrobbe keine Meeressäuger gesehen – weder eine Delfinschule noch einen Pott- oder Buckelwal. Angeblich standen die Chancen sehr gut, welche zu entdecken, andererseits erklärte der Tourguide, dass Wale bis zu einer Stunde tauchten, und wenn man Pech hatte, erwischte man sie eben gerade nicht. Aber Alwa war guter Hoffnung, dass sie eines der riesigen Tiere zu Gesicht bekommen würden.

»Geht's dir gut?«, fragte Laurin nun und sah sie prüfend an. »Du siehst blass aus, oder?«

Offensichtlich war das mulmige Gefühl in ihrem Magen schon so weit gediehen, dass man es ihr mittlerweile ansah. Vielleicht hätte sie nicht nur einen Apfel frühstücken sollen, aber da sie um halb sieben aufgebrochen waren, um die erste Tour mitzumachen, hatte sie keinen Hunger verspürt. Wieder hob eine Welle das Schiff mehr als einen Meter in die Höhe und ließ es jenseits des Kamms hinunterrutschen.

»Ist dir nicht schlecht?«, fragte sie Laurin. Der schüttelte den Kopf.

»Ich bin leidenschaftlicher Achterbahnfahrer«, gab er zu. »Das hier ist eher so ein sanftes Schunkeln für mich. Vielleicht hättest du eine von Tiffs Tabletten nehmen sollen.«

»Ich habe so eine ähnliche schon mal probiert und schreckliche Kopfschmerzen davon bekommen. Ich dachte, so schlimm wird es nicht.«

Laurin stand auf, verschwand kurz und kam bald darauf mit einer Wasserflasche zurück.

»Hier, trink was. Und am besten, du fixierst die Horizontlinie.« Alwa folgte seinen Ratschlägen, aber sie musste zugeben, dass sie sich dennoch immer schlechter fühlte.

»Sollen wir reingehen? Weiter unten ist das Boot stabiler.«

»Hier ist die Luft frischer«, brachte Alwa hervor.

»Ladies and Gentlemen«, hörten sie den Tourguide über den Außenlautsprecher. »Der Funkverkehr hat uns einen Pottwal in wenigen Minuten Entfernung gemeldet. Wir erhöhen die Geschwindigkeit und mit etwas Glück ist es dann gleich so weit. Also, Augen geradeaus und halten Sie Ihre Kameras bereit!«

Unten jubelte Tiff und beugte sich noch weiter über die Reling. Alwa spürte vor allem im Magen, wie das Boot die Geschwindigkeit erhöhte. Automatisch griff sie nach Laurins Oberschenkel und krallte sich daran fest. Er legte seine Hand auf ihren Rücken und streichelte sie. Sie versuchte, ihm ein Lächeln zuzuwerfen, doch sein Blick war auf die Meeresoberfläche geheftet. Was für eine beneidenswert gesunde Gesichtsfarbe er hatte! Der Wind zerzauste sein rotes Haar, das im Grau ringsherum regelrecht leuchtete. Plötzlich sprang er auf.

»Da!«, rief er und trat wie die anderen näher an die Reling. In diesem Moment schoss Alwa Spucke in den Mund und sie spürte, wie sich ihre Kehle zusammenzog.

»Shit«, brachte sie noch heraus und drängte an den Passagieren neben ihr zur seitlichen Reling, möglichst weit nach hinten. Ausgerechnet jetzt! Welcher Gott war ihr so feindlich gesinnt? Der Wind wehte ihr die Haare ins Gesicht, sie konnte kaum etwas erkennen, aber das war egal – sie musste jetzt den Mund öffnen und dem Würgen nachgeben.

»Ist schon gut, ist gleich vorbei. Fühlst dich bestimmt bald besser«, hörte sie da Laurins Stimme und sie merkte, wie er ihre Haare nach hinten strich und sie festhielt. Unter ihr klatschte ihr Mageninhalt auf die Wasseroberfläche und sie war froh, dass niemand etwas mitbekam, weil alle Passagiere an der Vorderseite des Bootes versammelt waren. Sie hörte »Ahs« und »Ohs« und aufgeregte Rufe, aber sie war nicht in der Lage, in diese Richtung zu schauen. Noch einmal zog sich ihr Magen zusammen und sie erbrach sich erneut. Anschließend hatte sie allerdings das Gefühl, sie sei von etwas befreit. Sie richtete sich auf, wischte sich Tränen aus den Augen und nahm die Wasserflasche und das Taschentuch, die Laurin ihr hinhielt. Sie trank und wusch den Mund ab, während er ihr aufmerksam dabei zusah.

»Ne, oder?«, stieß sie hervor. »Wegen meiner Kotzerei hast du den Wal verpasst?«

Er hob die Schultern und hielt den Kopf schief.

»Ehe du über Bord gehst, verzichte ich auch mal auf einen Wal. Eventuell kommt ja noch einer.«

Ihr stiegen gleich wieder Tränen in die Augen. Vielleicht lag es nur an dem wunden Gefühl in ihrer Kehle und dass sie sich so aufgeweicht vorkam, aber am liebsten wäre sie ihm um den Hals gefallen. Ihr hatte es so gutgetan, nicht allein hier zu stehen und dem Spektakel den Rücken zu kehren, gleichzeitig hatte sie ein schlechtes Gewissen, dass er ihretwegen den Wal verpasst hatte.

»Es ergibt sich noch mal eine Gelegenheit, oder?«, sagte er leichthin. »Tiff hat bestimmt ein paar tolle Aufnahmen gemacht.« Auch auf dem Weg zurück legte er seine Hand auf ihren Rücken. Sie war sich sicher, würde sie nur leicht schwanken, er würde sie halten.

Tiff war mittlerweile aufs Oberdeck gekommen und sah Alwa und Laurin verwundert an.

»Wo wart ihr? Mein Gott, war das geil! Die Fluke! Wie das Vieh die auf die Wasseroberfläche gedonnert hat! Wahnsinn! Ich hätte so eine Tour schon viel früher machen sollen!« Sie war kaum zu bremsen, bemitleidete zwischendurch Alwa und Laurin, aber schnell war sie wieder bei Begeisterungsausrufen.

Auch wenn Alwa noch etwas wackelig zumute war, fühlte sie sich besser. Sie setzten sich nach drinnen, wo es ruhiger und vor allem wärmer war. Laurin organisierte ein nacktes Sandwich für Alwa – nur das Brot, weil er meinte, das würde ihrem Magen sicher guttun. Von Tiff ließ sie sich eine Tablette gegen Seekrankheit geben, denn sie waren bestimmt noch einmal eineinhalb Stunden unterwegs.

»Schaut«, sagte Tiff und holte ihr Smartphone hervor. »Ich habe ganz viele Fotos gemacht!« Sie klickte die Galerie an und hielt Alwa und Laurin die Aufnahmen hin. Sie blickten gemeinsam auf das kleine Display und Laurin wischte Bild um Bild weiter. Sie konnten nicht anders – sie mussten einfach lauthals lachen.

»Was ist?«, fragte Tiff irritiert. Laurin schob ihr das Handy hinüber und sie betrachtete die Fotos. Alle waren komplett unscharf. Man sah nur eine graue Fläche, in der irgendetwas Dunkleres schwamm. Öfter verdeckte ein Finger das Motiv und Tiff hatte am Ende – wohl aus Versehen – den Selfiemodus eingestellt und man sah ihr verschwommenes Gesicht dicht vor der Linse.

»Schade«, bedauerte Alwa. »Nicht mal ein Foto vom Wal.«

»Hätte sich Laurin für den Wal entschieden anstatt für dich, könntest du ihn dir jetzt anschauen«, blaffte Tiffany und Alwa zuckte irritiert zurück. Wieso war Tiff so grantig? Laurin hatte Alwa doch nur beigestanden. Was konnte Tiff dagegen haben?

Zu allem Überfluss verkündete der Tourguide nun, dass sie den Rückweg antreten würden – heute sei auf ihrer Route mit keinem weiteren Wal zu rechnen.

Alwa stützte ihren Kopf in die Hände und sah hinaus auf die trübe Wasserfläche hinter dem verspritzten Fenster. Ob das noch etwas werden würde mit ihr und den Walen?

Gegen Mittag waren sie zurück in Kaikoura und Alwa brauchte einige Zeit, bis das schwankende Gefühl verschwand, das sie vom Boot an Land mitnahm. Den anderen ging es wohl ähnlich, aber da ihnen nicht schlecht gewesen war, passten sie sich rascher an die ebene Erde an. Alwa fiel das leichte Erdbeben vom Wochenende ein – wie schrecklich musste es sein, so etwas in größerem Ausmaß zu erleben. Ein Schwanken dort, wo man sonst festen Boden unter sich vermutete, musste verstörend sein.

Tiff und Laurin wollten gleich in den New-World-Supermarkt, der ein Kopiergerät anbot, aber Alwa bat darum, dass sie zuerst etwas aßen. Ihr Magen hatte sich so weit beruhigt, dass sie Hunger verspürte, und Kopfschmerzen hatte sie von Tiffs Tablette auch nicht bekommen.

Da der Bootsanleger in der Nähe von Rewis Kiosk lag, gingen sie dorthin. Alwa sah, dass Tiff ein wenig die Nase rümpfte, als sie sich dem kleinen Verkaufsstand näherten. Vermutlich wäre sie lieber in eins der schicken Touri-Cafés gegangen, aber Alwa lotste sie unauffällig zu dem netten Kioskbesitzer. Und spätestens als Beluga seine dunkle Schnauze um die Ecke schob, war Tiff offensichtlich mehr als einverstanden mit Alwas Wahl. Sie knuddelte und herzte den Hund, der sich schwanzwedelnd in ihre Hand schmiegte und ein verliebtes Quieken von sich gab. So ganz ohne Schminke, mit zerknitterten Klamotten und zerzausten Haaren sah Tiff endlich mal wie eine normale junge Frau aus und nicht mehr wie eine Barbiepuppe. Wie konnte sie Tiff nur dazu bringen, sich öfter mal so natürlich zu geben? So war sie richtig hübsch – etwas zu dünn vielleicht, aber dennoch mit einer großen Ausstrahlung.

»Oh, ich vermisse meine Fanny so sehr«, seufzte Tiff, während sich Alwa und Laurin an den winzigen Tisch vor dem Kiosk setzten. »Sie sieht Beluga total ähnlich. Ich habe sie vor zwei Jahren bekommen, da war sie ein winziger Welpe und sie hat mir so geholfen …«

»Hi, folks«, unterbrach Rewi, der nun zu ihnen getreten war. Er freute sich, Alwa wiederzusehen, und sah belustigt auf Tiff, die Beluga gar nicht oft genug herzen konnte.

»Der hat ja ein Glück heute!«, kommentierte er augenzwinkernd und nahm die Bestellung auf.

Kurz darauf kehrte er mit drei Limonaden, zwei dick belegten Sandwiches und einem Obstsalat zurück, auf die sie sich gierig stürzten. Als Alwa Rewi fragte, ob er sich vorstellen könne, ein paar Werbeflyer für das Kinderheim auszulegen, verfinsterte sich sein sonst so freundlicher Blick ein wenig.

»Oh sorry«, sagte er und sah beim Reden Hilfe suchend nach

oben. »Das ist schwierig. Meine Auslage ist so eng, da habe ich echt keinen Platz.«

»Kein kleines bisschen?« Alwa wollte sich nicht sofort geschlagen geben. »Du hast doch auch Werbeflyer von *Whale-Experience* ausliegen.«

»Das ist etwas anderes«, erwiderte er. »Das ist eine Maori-Company. Wir helfen uns gegenseitig.«

»Aber bei uns geht es um ein Kinderprojekt.« Tiffany zog die Augenbrauen hoch und sah Rewi verständnislos an.

Rewi ging in die Hocke und kraulte Beluga, der unter Tiffs Stuhl lag, am Bauch.

»Versteht mich nicht falsch – ich finde es super, dass ihr euch für die Kinder engagiert, und die brauchen euch sicher dringend. Aber was Jonathan und Svetlana angeht ... die haben schon so manchen hier im Ort verärgert. Ich will keine Gerüchte verbreiten, doch soweit ich das mitbekommen habe, sind die wahnsinnig geldgeil und clever, wenn es darum geht, Spenden aufzutreiben.«

»Aber das müssen sie«, unterbrach Laurin. »Sie schaffen es kaum, die laufenden Kosten zu bezahlen.«

Rewi wiegte den Kopf. »Das sehen einige Leute anders. Es gibt keine Beweise – nur Mutmaßungen, dass nicht alles Geld bei den Kindern ankommt. Keine Ahnung, aber ich will mich da lieber raushalten. Tut mir leid.«

»Echt?« Alwa war fassungslos. Wenn das tatsächlich stimmen würde! Wie konnten Menschen so fies sein, Kinder, die von ihnen abhängig waren, die so Schlimmes erlebt hatten, so mies zu behandeln?

»Aber wenn man nichts beweisen kann, sollte man mit Anschuldigungen vorsichtig sein«, sagte Tiff. »Vielleicht ist es manchen in Kaikoura unangenehm, dass da ein Paar von auswärts kommt und den hiesigen Kindern hilft, während der Rest der Bevölkerung nichts tut.«

Rewi stand auf und hob abwehrend die Hände.

»Nein, das kann ich mir nicht vorstellen. Nach dem Beben damals gab es eine große Solidaritätswelle für alle Opfer – hier hilft jeder jedem. Die meisten Kinder im Projekt stammen eher aus dem Umland, nicht direkt aus dem Ort. Ich weiß nicht, ob sie nicht Verwandte gehabt hätten, die sie hätten betreuen können. Auch über solche Themen haben sich Jonathan und Svetlana nie offen geäußert.«

»Aber warum untersucht dann die Stadtverwaltung das Projekt nicht näher?«, wollte Alwa wissen.

»Das haben sie versucht. Es kam nichts dabei heraus.«

»Vielleicht, weil nichts zu finden war.« Tiff sah Rewi herausfordernd an. Alwa legte ihr besänftigend eine Hand auf den Arm.

»Egal, wir werden das hier und jetzt nicht klären können und ich steh nicht auf Verschwörungstheorien. Für uns ist es am wichtigsten, dass wir weiter für die Kinder da sind, oder?« Laurin und Tiff nickten zustimmend.

»Darauf gebe ich euch einen Kaffee aus, okay?«, bot Rewi an. Laurin und Alwa nickten begeistert, während Tiff den Kopf schüttelte.

»Lieber ein Wasser«, sagte sie und löffelte aus ihrem Obstsalat, den sie kaum angerührt hatte, ein kleines Stückchen Apfel heraus. »Für dich, Beluga.«

Der Kopierer spuckte zwar fleißig Flyer um Flyer aus, aber dennoch war ihre Stimmung verhalten. Rewis Andeutungen schwirrten ihnen allen dreien durch die Köpfe, stellte Alwa mit einem Blick auf die ernsten Gesichter von Laurin und Tiff fest.

»Ich habe kein gutes Gefühl dabei, die Flyer zu verteilen«,

formulierte Alwa ihre Sorge. »Was, wenn uns die Leute deshalb anfeinden und uns Geldmacherei vorwerfen?«

»Aber wir sind nur die Praktikanten«, meinte Tiff. »Und wenn wir die Kinder dabeihaben, morgen bei der Halloweenparade, dann sehen die Menschen genau, wem das Geld zugutekommt.«

»Oder sie glauben, wir benutzen die Kids, um mehr Spenden zu bekommen«, warf Laurin ein. Er nahm die Kopien aus dem Schacht und klopfte mit ihnen auf die Tischplatte, sodass sie ordentlich übereinanderlagen. Sie gingen zu einer der Schneidemaschinen hinüber, an der sie die DIN-A4-großen Blätter in der Mitte zerschneiden konnten. Laurin schob Stapel um Stapel in die Maschine, schnitt sie entzwei und Alwa nahm sie entgegen, um sie zu bündeln.

»Die sehen toll aus«, sagte sie versöhnlich. Sicher war Tiff ein wenig eingeschnappt, weil sie glaubte, niemand würdigte ihre Gestaltungsarbeit.

»Wir versuchen es einfach morgen und dann schauen wir weiter«, schlug Alwa vor.

An der Kasse legten sie ihr Geld zusammen. Svetlana hatte sie gebeten, die Kopierkosten vorzustrecken, sie würden sie später zurückbekommen. Alwa sah mit Schrecken, wie ihre finanziellen Vorräte schrumpften und schrumpften. So etwas wie die Waltour – auch wenn sie günstiger als üblich war – konnte sie sich nicht allzu oft leisten. Sie würde sich nach dem Praktikum unbedingt eine Stelle suchen müssen, wo sie Geld verdiente, bevor sie ein wenig herumreisen konnte. Das Leben in Neuseeland war teurer, als sie gedacht hatte.

»Oh, ihr engagiert euch für *Children of Kaikoura?«,* fragte die Frau an der Kasse. Sie schob ihre golden gerahmte Lesebrille auf die Nase und betrachtete die Flyer. »Na, viel Erfolg auch. Passt auf euch auf!«

»Wir sind dort Praktikanten. Und mit den Kindern ist es so toll!«, schwärmte Tiff los.

»Das glaube ich.« Die Kassiererin musterte sie alle drei mit einem mitleidigen Blick. »Ich weiß nicht, wie die immer wieder jemanden finden, der die ganze Arbeit für sie tut. Lasst mich raten – Geld bekommt ihr keins für eure Mühe, oder?«

»Nein, aber Kost und Logis«, erklärte Alwa. »Das ist schon in Ordnung.«

»Verstehe«, die Frau zuckte mit den Schultern. »Ist ja gut, wenn wenigstens die jungen Menschen so enthusiastisch sind …« Und dann wandte sie sich wieder ihrer Kasse zu, offensichtlich nicht bereit, ihre Worte näher zu erklären.

»Tiff!«, schrie Minnie, kaum hatten sie die Stufen zur Eingangstür erklommen.

»Alwa!«, rief Eric genauso laut und die beiden Kinder veranstalteten auf der langen Veranda ein Wettrennen, wer sich zuerst in Alwas oder Tiffs Arme werfen konnte.

»Und wer begrüßt mich?«, fragte Laurin, grinste aber amüsiert dabei.

»Ich!«, rief Finn und stürzte sich auf Laurin.

Alwa hielt Eric unter den Armen gut fest und schleuderte ihn im Kreis herum. Der kleine Junge juchzte vor Vergnügen und konnte gar nicht genug bekommen. Doch Alwa wurde schnell schwindelig und mit Grausen dachte sie an ihre Übelkeit auf dem Boot. Sie kniete sich hin, Eric kletterte auf ihren Schoß und schmiegte sich an sie.

»Wir haben euch vermisst. Wo wart ihr?«, fragte er und sah sie mit seinen dunklen Augen ernst an.

»Wir sind mit dem Boot gefahren und haben versucht, Wale anzuschauen.«

»Au toll! Will auch Wale sehen!«

»Bestimmt, wenn du größer bist.« Sie stellte ihn vor sich auf den Boden. »Und was habt ihr heute gemacht? Wie war's mit Chelsea und Donna und den anderen?«

Eric verzog den Mund.

»Doof. Wir mussten die ganze Zeit …«

»Kinder, Abendessen!«, rief Svetlana da von der Tür. Als habe sie Alwas Frage gehört, packte sie Eric am Oberarm und zog ihn nach drinnen.

»Aber … aber …«, wehrte sich Eric erfolglos.

»Komm, es gibt was Leckeres«, versuchte Svetlana, ihn abzulenken. Schon verschwanden sie im Flur. Auch Minnie und Finn folgten der Chefin.

»Minnie wirkte bedrückt«, stellte Tiff fest. »Hat aber nichts erzählt. Und Finn?«

Laurin schüttelte den Kopf. »Ich sollte ihm schon wieder Schweizer Fußballspieler aufzählen. Dabei interessiere ich mich doch gar nicht für Fußball.«

Alwa lachte und er lachte zurück. Seine braunen Augen leuchteten warm in der Abendsonne und sie hätte am liebsten die Hand ausgestreckt und jede einzelne seiner Sommersprossen rings um die Nase berührt. Irgendwie wirkte er gelöster, lockerer, nicht mehr so mürrisch. Ob er vielleicht gerne mit ihnen hier zusammen war? Mit ihr, Alwa?

»Träumerin, komm«, schreckte er sie aus ihren Gedanken. Sie fuhr hoch. Gut, dass er nicht hinter ihre Stirn gucken konnte. Sie wollte ja gar nicht über ihn nachdenken. Ihr ging es doch gut so, wie es war. Wenn sie sich an niemanden band, konnte sie auch nicht enttäuscht werden. Aber irgendwie … sie musste zugeben, dass Laurin öfter durch ihre Gehirnwindungen streunte, als ihr lieb war.

»Was hast du denn zu seufzen?«, fragte er nun. Sie hatte geseufzt? Sie spürte, dass sie knallrot anlief.

»In jedem Fall ist es schön zu sehen, dass du nicht mehr so leichenblass bist wie auf dem Boot«, neckte er sie. Sie kniff ihn in die Seite. Er zuckte zurück und lachte leicht gequält.

»Hör auf«, rief er, doch das reizte sie nur, ihn weiter zu kitzeln. Sie versuchte, seine Taille zu erreichen, aber er sprang vor ihr herum und packte schließlich ihre Unterarme mit beiden Händen. Ganz dicht stand er vor ihr. Er roch nach Meer und Wind, ein kleines bisschen verschwitzt, doch nicht unangenehm, und seine Hände hielten sie zwar fest umklammert, aber nicht schmerzhaft. Er wich ihrem Blick nicht aus und ihre Nasen kamen sich nah.

»Wir sollten jetzt mal beim Abendessen helfen«, schaltete sich Tiff ein. Tiff – die hatte Alwa völlig vergessen. Laurin zog sie kurz so dicht an sich, dass sich ihre Oberkörper berührten. Schließlich ließ er sie los, zwinkerte ihr zu und klatschte in die Hände.

»Na, dann geht's wieder los mit dem Frondienst.«

Lektion 16: Herzrasen bringt dich auch nicht schneller ans Ziel!

🌐 keepcalm_Alwa

KAIKOURA, NEW ZEALAND

#Nachtdienst #schlafkindleinschlaf
#keinEntkommen #gääääähn

♥ Gefällt 113 Mal

KOMMENTAR ANZEIGEN

Jella_loves_cake@keepcalm_Alwa: Augen auf bei der Berufswahl! Lol!

Tuber_Franzi@keepcalm_Alwa: Guter Stoff für ein neues Video! Der dunkle Gang sieht richtig gruselig aus ... gibt's neuseeländische Geister?

30.10.

»Oh, nein, bitte, das kann doch nicht wahr sein!« Alwa lehnte sich erschöpft an die Tür des Schlafraums für die Jüngeren. Sie war diese Nacht schon zwei Mal aufgestanden. Eric hatte wieder Albträume gehabt, davon war Fee aufgewacht, eine von den Allerjüngsten, und es hatte ewig gedauert, sie zu beruhigen. Kaum lag Alwa wieder im Bett, war es ein weiteres Mal losgegangen. Diesmal hatte Bobby, der seit einer Woche auch nachts keine Windeln mehr wollte, ins Bett gepinkelt. Gerade hatte sie sein Bettzeug, so leise es ging, ausgewechselt und ihn wieder zum Schlafen gebracht, als plötzlich von gegenüber, aus dem Jungsschlafraum, ein deutliches Wimmern zu hören war. Eigentlich wäre es Laurin gewesen, der hätte nachschauen müssen – aber wenn sie schon mal hier war, musste er ja nicht auch noch aufstehen.

Von diesen angeblichen Helfern fürs Projekt war seit kurz nach dem Abendessen nichts mehr zu sehen gewesen. Sie hatten mitgeholfen, die Kinder beim Zähneputzen zu beaufsichtigen, aber den dreckigen Speisesaal und die Küche hatten sie Alwa, Laurin und Tiff überlassen. Kaum war Alwa in ihr Schlafzimmer gegangen, hatte sie draußen Stimmen gehört und dann war ein Auto weggefahren. Sie war nicht traurig, falls dies die Abreise von Donna, Chelsea, Nyree und Utu anzeigte. Alle vier hatten – für Neuseeländer untypisch – sehr unfreundlich und harsch mit den Kindern gesprochen. Zu Alwa und ihren Mitpraktikanten hatten sie keinerlei Kontakt gesucht. Alwa konnte sich keinen Reim darauf machen, was die ganze Aktion bedeutete.

Im Schlafraum der Jungen war es stickig und Alwa öffnete ein Fenster. Dann entdeckte sie Patrick, der schluchzte, das Gesicht zur Wand gedreht. Alwa versuchte, all ihre Geduld, all ihre Fürsorge zusammenzukratzen. Patrick gehörte zu den eher anstrengenden Kindern – fordernd, oft frech und alles musste man ihm x-mal sagen, bevor er gehorchte. Aber wie er hier so weinend lag … Sie trat an sein Bett und berührte ihn vorsichtig an der Schulter. Er fuhr zusammen und ließ einen Schrei los.

»Sch«, machte Alwa. »Ich bin's nur. Was ist denn los?« Als er sie erkannte, drehte er sich zu ihr und klammerte sich an ihr fest.

»Bestimmt hast du nur geträumt«, flüsterte sie. »Alles ist gut.« Er schüttelte den Kopf und weinte stärker als zuvor.

»Komm, wir gehen mal was trinken«, schlug sie vor, auch in

der Hoffnung, sie würden so die anderen nicht wecken. Patrick kletterte schnell aus dem Bett und fasste nach ihrer Hand, als sie den Raum verließen. Alwa führte ihn ins Bad, füllte seinen Zahnputzbecher mit Wasser und gab es ihm. In kleinen Schlucken trank er alles leer. Dann stierte er ausdruckslos auf die kalten Fliesen. Auch wenn er sich beruhigt hatte, etwas bedrückte ihn. Alwa ließ sich auf die Kante der Badewanne sinken und zog ihn zu sich.

»Was ist denn los?«, fragte sie vorsichtig und strich ihm sein verwuscheltes Haar aus der Stirn.

»Alles okay?«, hörte sie Laurins Stimme da von der Tür und zuckte unwillkürlich zusammen. Sie nickte ihm zu.

»Ich habe einen Schrei gehört, da dachte ich, ich schau lieber mal.« Er rieb sich die Augen.

»Geh ruhig wieder schlafen«, sagte Alwa. Nein, bleib bei mir, dachte sie gleichzeitig.

»Laurin«, flüsterte Patrick und streckte seine schmale Kinderhand nach ihm aus. Laurin kam näher, kniete sich vor ihn. Auch er war verwuschelt, seine Augen voller Schlaf, und Alwa spürte eine Welle von Zärtlichkeit über sich hinwegschwappen, die sie beinahe mitgerissen hätte. Sie kraulte Patricks Rücken und berührte dabei plötzlich Laurins Finger. Kurz sahen sie sich an, aber da begann Patrick zu sprechen.

»Das war blöd heute«, sagte er. Seine Stimme klang fest und laut. Als habe er sich entschlossen, dass Weinen nichts brachte und er reden musste.

»Was?«, fragte Laurin.

»Die Frauen und der Mann. Warum wart ihr nicht da?«

Noch ehe sie erklären konnten, dass sie einen freien Tag gehabt hatten, fuhr Patrick schon fort. »Wir mussten die ganze Zeit so doofe Sachen machen und die haben uns gefilmt. Und Fotos gemacht.«

»Was für Sachen?« Bei Alwa gingen die Alarmglocken an. Hatten sie nur freigehabt, damit sie aus dem Weg waren und nicht sehen konnten, was im Projekt passierte?

»Na, so blöde Spiele.«

»Haben sie euch … angefasst?« Laurin hatte sichtlich Mühe, leise zu sprechen. Patrick schüttelte den Kopf.

»Ich musste ständig Pania auf der Schaukel anschubsen und wir sollten dabei laut lachen. Und ein Lied singen! Ich sing doch kein Lied beim Schaukelschubsen!«

Alwa atmete hörbar aus. Okay, sie hatten den Kindern scheinbar nichts wirklich Schlimmes angetan.

»Und dann haben sie ein paar von uns Essen hingestellt. Ganz tolles. Mit Kuchen und Eis und Hähnchen. Mit so richtig brauner Haut. Das hat sooo gut gerochen!«

»War es lecker?« Laurin warf Alma ein Lächeln zu. So schrecklich klang das jetzt nicht.

»Wir durften es nicht essen. Die haben Fotos gemacht. Wir sollten wieder so doll lachen. Und dann haben sie das Essen mitgenommen und selbst gegessen. Minnie hat's gesehen. Das waren blöde Schweine.«

Er kreuzte die Arme vor der Brust und stierte frustriert vor sich hin. Alwa strich ihm übers Haar.

»Das klingt wirklich blöd.«

»Böse. Böse war das. Ich hätte so gerne von dem Hühnchen gegessen. Wenigstens die Haut. Ein kleines bisschen davon.« Ihm stiegen erneut Tränen in die Augen. »Ihr dürft jetzt nicht mehr weggehen, ja?«

Alwa streifte wieder Laurins Hand, als sie über den Rücken des Jungen strich. Er zog sie nicht zurück. Sie nickten beide und langsam beruhigte sich Patrick. Offensichtlich hatte es ihm gutgetan, sich seinen Kummer von der Seele zu reden.

Alwa wartete im Flur, bis Laurin aus dem Schlafraum der Jungs kam, wo Patrick endlich wieder eingeschlafen war.

»Der Ärmste«, flüsterte sie und Laurin nickte. »Was haben die da heute nur gemacht?«

»Ich vermute mal, sie haben Material für einen Werbefilm oder die Homepage gesammelt, auf der alles nach heiler Welt und glücklichen Kindern aussah. Und die Hosenanzugdamen haben die erstklassigen Erzieherinnen gegeben. Wahrscheinlich, um bisherige Geldgeber zufriedenzustellen. Und neuen kann man das als Vision verkaufen, wie es sein könnte, wenn mehr Geld da wäre.«

»Klingt so.«

Alwa lehnte sich an die rau verputzte Wand und starrte auf den Streifen Mondlicht, der durch die Eingangstür in den Gang fiel. »Ist es nicht völlig pervers, dass Menschen Kinder ausnutzen, um sich selbst zu bereichern?«

»Absolut. Wenn das wirklich so ist – dann ist es geradezu ekelerregend«, stimmte Laurin zu. Er stand so dicht neben ihr, dass sie seinen Atem auf ihrer Schulter spürte. Sie fuhr sich über die Oberarme, in ihrem dünnen Spaghettiträger-Top fror sie langsam.

»Wir müssen etwas unternehmen.« Er sah sie ernst an. Sie nickte, musste aber plötzlich grinsen.

»Was ist?«, fragte er.

»Na ja, was wird das hier? Ein Agententhriller? Brechen wir jetzt in das Büro ein und suchen nach Beweisen? Und dann erwischt uns Jonathan und du setzt ihn mit ein paar kräftigen Judotritten schachmatt, während ich den Computer hacke?«

»Ich kann Taekwondo«, gestand er grinsend. »Aber kannst du Computer hacken?«

»Nein«, gab Alwa zu. »Ach, Mist. Wir können doch nicht so tun, als wäre nichts. Das geht alles auf Kosten der Kinder.«

»Du hast recht. Aber manchmal hilft es, eine Nacht drüber zu schlafen.«

»Willst du kneifen?«

»Nein, ich bin nur müde. Und du siehst auch nicht gerade danach aus, als ob du jetzt noch im Flickflack über den Gang hüpfen willst.« Obwohl es dunkel um sie herum war, bemerkte sie ein kleines Grübchen, das sich rechts von seinem Mundwinkel gebildet hatte. Ihre Fingerspitzen zuckten. Sie legte die Hand auf die Wand neben sich. Sie sahen sich an. Schwiegen. Ließen nur ihre Augen sprechen. So dunkel war das Braun seiner Iris gar nicht. Eher … wie Bernstein. Und seine Lippen … fein geschwungen und immer leicht nach oben weisend. Mit kleinen Rissen darin, wie sie erkannte. Denn sein Mund war plötzlich dicht vor ihrem. Sie sah seine Augen nur noch verschwommen. Ihr Herz pochte so schnell und so laut wie der Außenbordmotor auf dem Boot am Morgen.

»Hey, könnt ihr mal eure Flurparty unterbrechen und aufhören, so einen Lärm zu machen«, hörten sie da Tiffs Stimme hinter sich. Laurin zuckte zurück und Alwa blickte betreten zu Boden. Scheiße. Was für ein mieses Timing! Und außerdem waren sie doch megaleise gewesen – vor allem die letzte Minute.

Laurin drehte sich um, fuhr ganz kurz über Alwas Unterarm und ging zurück zum Schlafraum. In dessen Tür lehnte Tiff, die wie ein Wesen von einem anderen Stern aussah, da sie so etwas wie eine Schutzhaube um den Kopf trug. Vermutlich, um ihre Haarpracht in Form zu halten, nachdem sie den freien Abend damit verbracht hatte, ihren Schopf mit einem Glätteisen in Form zu bringen.

Wie eine Gouvernante wartete sie in der Tür, bis auch Alwa an ihr vorbei ins Zimmer gegangen war. Tiffs Gesicht brachte nur ein Gefühl zum Ausdruck: Missbilligung!

Schnell deckte Alwa sich zu. Über ihr drehte sich Laurin hin und her, bis er die richtige Schlafposition gefunden hatte. Wie gerne, zu gerne, wäre sie einfach zu ihm nach oben gekrabbelt. Direkt unter seine Bettdecke. Aber das traute sie sich dann doch nicht.

Lektion 17:
Hüte dich vor Monsterbissen!

🌐 keepcalm_Alwa

KAIKOURA, NEW ZEALAND

#happyhalloween #barfuß_Gespenster #süßesodersaures #halloweenparade #Frühling #Springtime_Halloween

---

♥ Gefällt 199 Mal

31.10.

Blut klebte unter ihrer Nase, an ihrem Mundwinkel, sogar an einem Ohr. Nur ihre Haare saßen noch immer perfekt.

»Tiff«, Alwa rannte von der Schlafzimmertür das kurze Stück bis zum Badezimmer, »oh Gott, was ist passiert?«

Die Verletzte lächelte auf verstörende Weise. Schließlich grinste sie breit, fingerte etwas Tiefrotes aus einer kleinen Dose in ihren Händen und schmierte es sich an die Schläfe. Kunstblut! Das war alles Kunstblut!

»Du blöde Kuh!«, schrie Alwa. Erschöpft lehnte sie sich an die Wand. Sie hatte den Rest der Nacht beinahe kein Auge mehr zugetan, die Müdigkeit lastete auf ihr wie ein riesiger Pottwal.

»Reg dich nicht auf«, erwiderte Tiff. »Ich hab nur schon mal für heute Nachmittag geübt. Die Jungs fahren doch voll auf solche Verletzungen ab.«

»Wenn dich die Kleinen so sehen, fangen sie allesamt zu heulen an«, versuchte Alwa ihr klarzumachen. »Es ist zwar Halloween, aber wir sollten kein Kettensägenmassaker nachstellen. Ich dachte eher an Vampirzähne und Hexenwarzen.«

»Langweilig.« Tiff verdrehte die Augen. Ob sie mit ihrem abweisenden Verhalten deutlich machen wollte, dass ihr die Beobachtungen der letzten Nacht nicht passten? Sie ließ Alwa stehen, ging zurück ins Bad und Alwa hörte den Wasserhahn rauschen. Offenbar wusch sie sich das Kunstblut ab.

Alwa beeilte sich, in den Speisesaal zu kommen, wo Laurin die Kinder beim Frühstücken beaufsichtigte. Ihr Herz klopfte stärker, als sie es sich eingestehen wollte. Immer wieder hatte sie seine Augen vor sich gesehen, die Form seines Mundes. In kurzen Träumen, aus denen sie schnell aufgefahren war, hatte sie diese Lippen berührt, aber jeweils nur so lange, dass es sich wie das Flügelstreifen eines Schmetterlings angefühlt hatte.

Er blickte sofort zur Tür, als sie diese öffnete, und sein müder Blick wurde von einem vorsichtigen Lächeln erhellt. Für sie war dieses Lächeln so strahlend wie der Sonnenaufgang über dem Meer, den man hinter ihm durch die Terrassentür erahnen konnte. Sie wäre so gerne zu ihm hinübergelaufen, hätte ihn umarmt, ihn an sich gezogen. Doch da rief schon Eric nach ihr, Fee vermatschte ihren Frühstücksbrei neben der Schüssel und Finn warf seinen Kakaobecher um. Keine Zeit für Romantik!

Sie trat an den Servierwagen, auf dem immer Schwamm- und Geschirrtücher bereitlagen, um Sauereien wegzuwischen. Als sie sich umdrehte, stand Laurin direkt vor ihr.

»Guten Morgen«, sagte er auf Deutsch und seine Blicke ließen vermuten, dass er ähnliche Gedanken wie sie selbst hatte. »Gut geschlafen?« Sie schüttelte nur den Kopf, spürte aber, wie ihr Lächeln immer breiter wurde.

»Nicht schlimm«, antwortete sie, und als er ihren Arm berührte, durchfuhr sie ein Schauer. Schnell schlüpfte sie an ihm vorbei und beseitigte Finns kleines Malheur. Ihr war nicht danach, mit den Kindern zu schimpfen oder sie anzutreiben, weil sie zur Schule mussten. Das rosafarbene Sonnenaufgangslicht gab ihre Stimmung eins zu eins wieder. Nicht mal Tiff mit ihrem Kunstblut konnte daran etwas ändern.

»Guten Morgen!«, rief diese nun quer durch den Raum, als sie – frisch geschminkt und makellos schön – hereinkam. »Wisst ihr, Kinder, was heute für ein Tag ist?«

»Halloween!«, riefen Minnie und Pania wie aus einem Mund, rissen die Augen auf, hielten ihre Finger wie Krallen und kreischten laut los. Fee begann zu weinen und Alwa beugte sich zu ihr hinunter, um sie zu beruhigen. Warum fing Tiff am Morgen schon an, davon zu sprechen? Sie hatten gestern ausgemacht, sie würden die Kinder mit der Teilnahme an der Halloweenparade erst am Nachmittag überraschen. Sonst wäre es wie an Weihnachten – vor lauter Vorfreude auf das große Ereignis wären alle den ganzen Tag über völlig aufgedreht. Außerdem hatten sie Svetlana und Jonathan noch gar nicht um Erlaubnis bitten können.

»Und wer will sich heute Nachmittag von uns gruselig schminken und verkleiden lassen?«, machte Tiff unbeirrt weiter. Laurin runzelte missbilligend die Stirn.

»Iiiiich!«, schrien alle Kinder durcheinander und Tiff reckte wie ein siegreicher Boxer eine Faust in die Höhe.

»Hör auf«, zischte Laurin Tiff zu, doch sie beachtete ihn nicht weiter. War sie eifersüchtig, weil sie spürte, dass sich zwischen Laurin und Alwa etwas entwickelte? Aber warum ließ sie das an den Kindern aus? Was, wenn Svetlana die Teilnahme am Umzug verbot? Wenn sie nicht wollte, dass sie Halloween feierten? Es stand ja nicht mal ein Deko-Kürbis oder Ähnliches herum. Außerdem brauchten sie mindestens zwei Autos, um die Kinder ins Zentrum zu fahren. Zu Fuß war der Weg zu weit.

Alwa war froh, dass es Zeit war, die Großen zum Zähneputzen zu schicken. Jonathan war in der Tür erschienen und hatte mit dem Autoschlüssel auf seine Armbanduhr geklopft. Natürlich dauerte im Bad alles viel länger als üblich, da die Kinder sich ausmalten, wie sie sich am Nachmittag verkleiden würden.

»Und ich gehe als Zombie-Superman«, sagte Patrick und trommelte sich auf die Brust. Die Schrecken der Nacht und des gestrigen Tages hatte er offensichtlich vergessen.

»Und ich als Geister-Zombie-Supersuperman«, versuchte Finn, ihn zu übertrumpfen. Er benutzte die Zahnbürste als Laserschwert und stach seinem Freund beinahe ins Auge.

»Schluss jetzt«, ermahnte Alwa. »Erst mal beweist ihr, dass ihr Mathe-Supermänner seid, okay?«

»Okay«, gaben die beiden nach, aber kaum hatte Alwa ihnen den Rücken zugekehrt, prahlten sie schon wieder mit ihren Monster-Superkräften, statt das Zähneputzen zu beenden.

Alwa war froh, als die Schulkinder in Jonathans Kleinbus davonfuhren. Heute war Laurin mitgefahren, um Jonathan auf dem Rückweg beim Einkaufen zu helfen.

»Blöde Kuh«, hörte Alwa hinter sich Tiffs Stimme und fuhr erschrocken herum. Weswegen war Tiff denn jetzt schon wieder sauer auf sie?

»Was?«, fragte Alwa. Tiff verdrehte die Augen.

»Nicht du. Svetlana. Sie will natürlich nicht, dass wir zur Parade gehen.«

Alwa rümpfte die Nase.

»Wir wollten doch zusammen fragen.«

»Meinst du, dann wäre die Antwort eine andere? Weil Laurin sie um seinen Charme-Finger gewickelt hätte? Wohl kaum!« Heute Morgen war das Schnippischsein zu Tiffs Lebensmotto mutiert. Alwa stöhnte.

»Und jetzt?«

»Machen wir trotzdem mit. Wir packen die Kinder in den Bus und fahren rüber. Müssen wir halt shutteln. Die zwei sind heute Nachmittag sowieso nicht da.«

»Und wenn sie mit dem Bus fort sind? Außerdem haben wir keinen Schlüssel.«

»Du vielleicht nicht.« Tiff hob triumphierend einen Finger, an dem ein Autoschlüssel baumelte.

»Wo hast du den denn her?«

Tiff grinste zufrieden. »Na ja, als mich Svetlana weggeschickt hat, klingelte ihr Telefon. Sie hat sich zum Fenster gedreht und war sofort in das Gespräch vertieft. Sie hat irgendwem bestätigt, dass sie mit Jonathan zu einer furchtbar wichtigen Halloweenparty am Nachmittag in Christchurch kommt – und da fahren sie immer mit dem PKW hin, nie mit dem Bus. Und dieser Ersatzschlüssel hier hängt ja an der Pinnwand neben der Tür. Im Vorbeigehen habe ich einfach zugegriffen. Das merkt sie garantiert nicht. Nenn mich Heldin, okay?«

Alwa musste lachen. Solche Dreistigkeiten hätte sie Tiff gar nicht zugetraut.

»Super, Heldin! Na gut, dann ziehen wir das durch! Du hast beim Frühstück ja sowieso schon Fakten geschaffen.«

»Allerdings.« Tiff winkte mit dem Autoschlüssel, drehte sich um und ging hüftwackelnd Richtung Speisesaal, wo dringend das Frühstücksgeschirr abgeräumt werden musste.

»Ich will auch ein böses Monsterzombieungeheuer sein«, hörte Alwa Eric neben sich. »Mit ganz viel Blut!«

Sie streichelte ihm über den Kopf, aber da packte er ihren Arm und biss herzhaft hinein.

»Aua!«, rief sie, mehr erschrocken als vor Schmerz.

»Ich bin ein Monster, ich bin ein Monster«, trällerte der kleine Kerl und sprang über den Flur davon.

Lektion 18:
Auch Saures kann süß sein!

🌐 keepcalm_Alwa

KAIKOURA, NEW ZEALAND

#halloween_massaker #justkidding #gleichgehtslos #MinnieMouse&Gruselclown #Vampire_Me

---

♥ Gefällt 134 Mal

31.10.

Das Badezimmer sah aus wie nach einem Massaker. Überall war rote Farbe verspritzt, der Spiegel mit Schminke verschmiert und Toilettenpapier lag über den Boden verteilt. Tiff hatte die Kinder im Akkord geschminkt – die kleinen hatten nur ein paar Vampirzähne und ein Spinnennetz auf die Wange gemalt bekommen, bei den größeren hatte es schon nach *echten* Verletzungen aussehen dürfen. Vor allem die Jungs liebten es, übel zugerichtet herumzulaufen. Hier ein blaues Auge, dort eine blutige Nase und dazu viele schwarz geschminkte Zähne, was so wirkte, als hätten sie Lücken im Mund. Sich selbst hatte Tiff eine große rote Schleife mit weißen Punkten ins Haar gebunden und darüber ein paar schwarze Papp-Mauseohren angebracht. Auf den ersten Blick sah sie wie Minnie Mouse aus, aber rot geränderte Augen und künstliche Blutspuren um Mund und Nase zerstörten den niedlichen Eindruck. Laurin war von ihr – ganz sanft – in einen Horrorclown verwandelt worden. Dank seiner roten Haare, die er ausnahmsweise offen trug, genügte die Schminke in seinem Gesicht als Kostüm. Alwa hätte sich am liebsten gar nicht verkleidet, aber schließlich hatte sie ein großes Stück schwarzen Stoff, das sie im Bastelregal gefunden hatte, als Umhang umgebunden und sich mit Plastik-Fangzähnen in einen Vampir verwandeln lassen. Die Kinder hatten gequietscht vor wohligem Schauer, als sie ihre drei Betreuer gesehen hatten.

»Wer fährt?«, fragte Alwa nun, als sie die erste Hälfte der Kinder in den Bus gepackt hatten. Wie erwartet, waren Jonathan und Svetlana in ihrem PKW davongefahren, kaum dass Jonathan mit den Großen aus der Schule zurückgekommen war.

»Ich habe keinen Führerschein«, gestand Laurin. »Ich bin zwei Mal durchgefallen – dann hatte ich keine Lust mehr.«

»Ich bin noch nie mit so einem großen Wagen gefahren«, zierte sich Tiff. Alwa seufzte und klemmte sich hinter das Steuer. Sie nahm jetzt Tiff mit, die auf die erste Gruppe Kinder aufpassen würde, bis Alwa mit Laurin und den übrigen nach einer weiteren Fahrt zu ihnen stoßen würde. Sie ließ den Motor an, legte den Gang ein und fuhr vorsichtig los. Der riesige SUV der Familie Green fiel ihr ein – ein Erlebnis, das gefühlt Jahre her war – und nicht erst weniger als einen Monat. Komm schon, Alwa, mit deren Monsterkarre bist du auch zurechtgekommen, sprach sie sich selbst Mut zu. Sie erinnerte sich sogar rechtzeitig daran, dass sie auf der linken Straßenseite fahren musste. Die Kinder hinten krähten durcheinander, sangen, lachten und malten sich aus, welche Unmengen von Süßigkeiten sie in ihren Tüten einsammeln würden.

Eine halbe Stunde später war es geschafft: Alle Kinder, Tiff, Laurin und Alwa standen am Rand der Hauptstraße und starrten fasziniert auf die Gestalten, die an ihnen vorbeizogen, tanzten und mit Lollis um sich warfen.

»Süßes oder Saures!«, kreischten die Kinder – *»Trick or treat!«* –, wenn sie eine Horror-Ballerina, einen Zombie-Robin-Hood oder einen blutverschmierten Engel mit Süßigkeiten auf sich zukommen sahen. Die kleineren drückten sich eng an Alwa, Laurin und Tiff und betrachteten das Treiben etwas skeptisch. Bobby und Fee hatten Zuflucht auf Alwas und Laurins Arm gefunden, entspannten sich aber zusehends.

Als die Parade vorbei war, wollten die Kinder unbedingt in die Cafés und Restaurants entlang der Straße laufen und dort um weitere Süßigkeiten betteln. Eine gute Gelegenheit, um ein paar Spendenflyer loszuwerden, schlug Alwa vor.

In den Bars drängten sich verkleidete Menschen, es wimmelte von Kürbissen und Gespenstergirlanden und in den Essensvitrinen lagen fürchterlich aussehende Dinge: bluttriefende Augäpfel – in Wahrheit Litschis in rotem Wackelpudding, abgehackte Finger – nichts weiter als kleine Würstchen mit einer Mandel als Nagel darin – oder quietschoranger Süßkartoffelkuchen in Gehirnform, auf dem schokoladige Spinnen herumkrabbelten.

Kaum jemand schenkte den Flyern Beachtung, die sie verteilten. Irgendwann steckten sie nur noch dünne Stapel in die Postkartenhalter, die in fast jeder Kneipe an der Wand hingen.

Als Alwa bemerkte, dass die Kleinsten müde dreinschauten und einige zu quengeln anfingen, mahnte sie zum Aufbruch. Mit Mühe gelang es ihnen, die Großen einzufangen und zum Rückweg zu bewegen. Deren Tüten waren schon prallvoll mit Süßem, aber sie bekamen einfach nicht genug. Ständig riefen sie: *»Trick or treat!«*, und die Erwachsenen kamen ihrer Aufforderung willig nach. Auch Tiff wäre offensichtlich gerne weitergezogen, hatte sie für ihr Minnie-Mouse-Outfit doch so manch flirtenden Blick von Gruselsanitätern oder Grafen Dracula geerntet.

Alwa fiel jetzt erst auf, dass Tiff mit ihr oder Laurin nur das absolut Nötigste gesprochen hatte. War sie immer noch sauer? Den ganzen Tag hatte sich Alwa bemüht, sich nicht auf Laurin zu konzentrieren. Und sie musste zugeben: Es war ihr schwergefallen. Am liebsten hätte sie ihn ständig berührt, sich mit ihm in eine stille Ecke zurückgezogen, wo sie dort hätten weitermachen können, wo sie gestern Nacht gestört worden waren. Zwischendurch war sie unsicher geworden, ob er ihr aus dem Weg ging. Vielleicht war das letzte Nacht für ihn nur eine kurze Laune gewesen, ein spontaner Impuls. Aber im Auto vorhin hatten sie im gleichen Moment den Gurt in den Verschluss geschoben und dabei hatten sich ihre Hände berührt und Alwa meinte, sie hätte Funken stieben gesehen. Einen Moment lang hatten sich ihre Blicke aneinander festgesogen und Alwa war sich sicher – da war irgendetwas zwischen ihnen. Etwas Warmes, Tiefes. Nur wann würde der Zeitpunkt kommen, sich damit auseinanderzusetzen?

Sie waren fast am Wagen angelangt, den sie in einer Seitenstraße am Strand geparkt hatten, als Minnie rief: »Schaut, ein Wolkenzombie!« Alle Köpfe reckten sich hinauf. Über dem Horizont stand am graublauen Abendhimmel eine einzelne Wolke. Sie schimmerte in Regenbogenfarben, oben rosa, unten hellgelb, und hatte beinahe die Form eines Totenkopfes.

»Sieht aus wie ein Nordlicht«, stellte Tiff fest. »Merkwürdig.«

Ein Schauer überlief Alwa, doch sie konnte nicht sagen, warum. Was stimmte nicht mit dieser Wolke? Obwohl sie wunderschön aussah, hatte sie etwas Bedrohliches.

»Will heim!«, rief Eric und Alwa strich ihm beruhigend über den Kopf.

»Na, kommt, da ist schon das Auto«, sagte Laurin und die Kinder stürmten darauf zu. Pania und Minnie drängten an ihnen vorbei und Laurin wurde gegen Alwa geschubst. Irritiert sah sie fort von der merkwürdigen Wolke, sah Laurin dicht neben sich und dann spürte sie seine Hand, die ihre umschloss.

In zwei Fahrten shuttelten sie die Kinder zurück zum Heim. Tiff begleitete die kleinen, die zum Teil schon im Auto einschliefen, während Laurin mit den großen auf die zweite Fuhre wartete. Alwa spürte auf dem Rückweg in die Stadt, wie sich ihr Bauch anspannte. Die Finger auf dem Lenkrad waren so feucht, dass sie Angst hatte abzurutschen. Und dennoch fühlte sich die Aufregung, die von ihr Besitz ergriff, gut an. Sobald die Kinder nachher im Bett waren, musste sie versuchen, Laurin allein zu erwischen. Ja, Tiff tat ihr leid – bestimmt kam sie sich ausgestoßen vor, abgeschoben. Aber … ja, was eigentlich? War sie verliebt? Oder war einfach dieses Kribbeln in der Magengegend so verlockend, dass sie dem Gefühl nachgehen – nachgeben musste? Sicher würde ihr mit Laurin nicht noch einmal so etwas passieren wie mit Nils. Laurin war viel ernsthafter. Er hatte oft eine leicht melancholische Ausstrahlung und Alwa fühlte sich einfach gut, wenn sie es schaffte, ihn fröhlich zu stimmen. Sein Lächeln war dann so weich, so zart, zum Dahinschmelzen. Und sie brannte darauf zu erfahren, was sich für ein Mensch hinter seinem verhaltenen Blick verbarg. Da schlummerte etwas in ihm, sie konnte es nicht benennen … als sei ein Teil von ihm eingemauert, als suche er nach einem geeigneten Werkzeug, um sich zu befreien. Und vielleicht war sie ja das Werkzeug – oder konnte ihm zumindest zeigen, wie man es benutzte.

Als sie ihn mit den Kindern am Straßenrand warten sah, erschienen ihr all ihre Überlegungen plötzlich lächerlich. Laurin veranstaltete mit den großen ein Wetthüpfen und, passend zu seinem Clowns-Outfit, scheiterte er grandios. Er nahm unglaublich viel Schwung zum Springen, um dann etwa zehn Zentimeter hinter dem Startpunkt zu landen. Die Jungs und Mädchen schüttelten sich vor Lachen. Laurins Schminke war mittlerweile verschmiert und rote Locken klebten ihm in der Stirn.

Alwa hupte und die Meute stieg ausgelassen palavernd in den Bus ein. Laurin war ein wenig außer Atem, aber er wirkte ebenfalls fröhlich.

»Was ist?«, fragte er, den Kopf schief gelegt. Alwa merkte erst jetzt, dass sie ihn wohl ziemlich intensiv angestarrt hatte.

»Nichts.« Sie lächelte und fuhr los. »Du sahst nur so … entspannt aus.«

Augenblicklich wurde seine Miene ernster. Als habe sie ihn bei etwas Verbotenem ertappt.

»Steht dir«, fügte sie hinzu. Er drehte sich rasch zu den Kindern herum und wies Patrick an, sich von Finns Süßigkeitentüte fernzuhalten. Patrick tat, als wisse er gar nicht, wovon Laurin sprach, aber auch Alwa hatte im Rückspiegel bemerkt, dass Patrick seine Finger nach Finns Schatz ausgestreckt hatte.

Hatte sie sich zu weit vorgewagt? Aber Laurin war es doch gewesen, der vorhin nach ihrer Hand gegriffen hatte.

»Lust auf einen Strandspaziergang später?«, zischte er in ihr Ohr, während sie den Kindern dabei halfen, aus dem Bus zu klettern. Sie nickte kurz, aber energisch, drehte sich zu ihm und da war er wieder: dieser Blick, in dem sie noch lieber versank als in den sanften Wellen des Ozeans.

Lektion 19:
Küssen kann Erdbeben verursachen!

Laurinreist

KAIKOURA, NEW ZEALAND

Na gut, dann versuche ich es also auch mal mit einem Instagram-Account. Und dann gleich ein Selfie ... verrückt, diese Schweizer!

#oceanbynight #SitzplatzamOzean #schönsteAussicht #küssewieerdbeben #selfieamateur

---

♥ Gefällt 1 Mal

KOMMENTAR ANZEIGEN

keepcalm_Alwa@Laurinreist: Schönstes Bild ever! Gerade dieses Schiefe und Unscharfe macht es unvergleichlich! Will never forget ♥

31.10.

Es schien ein Naturgesetz zu sein. Wenn man es besonders eilig hatte, ging alles viel langsamer als sonst. Alwa seufzte erleichtert, als sie endlich die Tür zum Schlafraum der Kleinen schloss. Obwohl – oder vermutlich gerade *weil* – die Kinder todmüde waren, hatte das Einschlafen länger als üblich gedauert. Ständig gab es Bettdecken zurechtzuziehen, wehleidiges Flehen, noch eine

Seite weiterzulesen – eine einzige nur –, und Ärmchen, die sich fest um ihren Hals geschlungen hatten und nicht loslassen wollten. Hoffentlich, betete Alwa, war Tiff mit den großen Mädels beschäftigt, sodass sie unauffällig mit Laurin an den Strand gehen konnte. Es war okay, redete sie sich ein – sie war für die Kinder zuständig und nicht für Tiffs Wohlergehen. Die war schließlich schon alt genug und konnte auf sich selbst aufpassen.

»Hey«, hörte sie Laurins Stimme vom anderen Ende des Flurs. Er hatte kurz geduscht und rubbelte seine nassen Haare mit einem Handtuch ab. Sie lief auf ihn zu, meinte, die letzten Schritte zu schweben, und dann stand sie vor ihm und sie sahen einander an und keiner sagte ein Wort. Er griff wie selbstverständlich nach ihrer Hand und sie wandten sich zur Tür.

»Ähm, habt ihr gesehen, ob Svetlana und Jonathan schon zurück sind?«, hörten sie da Tiffs Stimme. Ziemlich dicht hinter sich. Augenblicklich ließen sie einander los und fuhren herum.

»Nein«, brachte Alwa heraus.

»Lassen die uns über Nacht mit den Kindern allein? Frechheit, echt!« Tiff schien nervös zu sein und im fahlen Flurlicht sah sie abgespannt aus, ungeschminkt, wie sie inzwischen war. Ihre Wangen wirkten regelrecht eingefallen. Kein Wunder, dachte Alwa unwillkürlich. Sie isst ja so gut wie nie!

»Sonst kümmern sie sich ja nachts auch nicht«, erwiderte Laurin. Lag eine Spur Ärger in seiner Stimme?

»Ich finde das gruselig … so ganz allein hier …«

Du hast ja uns, hätte Alwa beinahe gesagt, aber das wäre der reinste Hohn gewesen – sie wollten ja gerade fort, fort von ihr.

»Wir räumen noch ein paar Sachen aus dem Bus. Also, wir putzen ihn etwas. Die Kinder haben mit dem Süßkram furchtbar rumgeschmiert«, versuchte Laurin, Tiff abzuwimmeln. »Außerdem merkt Jonathan dann nichts.«

»Ich kann helfen.«

»Einer sollte hierbleiben. Falls es Geschrei gibt.« Alwa traute sich kaum, bei ihren Worten Tiff anzuschauen. Die hatte garantiert längst gemerkt, dass Laurin und sie sie loswerden wollten. Entsprechend herausfordernd sah das Mädchen Alwa nun an.

»Dann bleib doch du hier«, sagte Tiff und die Worte glitten wie Eiswürfel aus ihrem Mund.

Laurin griff in die Hosentasche, fischte ein Haargummi heraus und band sich seinen Pferdeschwanz. Dann stemmte er die Arme in die Hüften und holte tief Luft.

»Es tut mir leid, Tiffany, aber Alwa und ich möchten gerne etwas Zeit miteinander verbringen. Allein. Okay?«

Tiffs Augenbrauen fuhren nach oben, sie warf Alwa einen abschätzigen Blick zu, dann drehte sie sich um und marschierte schnellen Schrittes auf ihren Schlafraum zu. Sie reckte den Kopf sehr hoch und versuchte wohl, majestätisch wie die Queen selbst einherzuschreiten. Doch viel eher wirkte sie wie ein General, der geschlagen aus der Schlacht von dannen zieht.

»Wir sind nicht lange unterwegs!«, rief Alwa ihr hinterher, spürte aber, wie lahm ihre Ankündigung klang.

»Wer weiß?« Laurin sah Tiff mit zusammengepressten Lippen hinterher. Der Zauber des Momentes vorhin war komplett verflogen und Alwa kam es seltsam vor, wieder nach Laurins Hand zu greifen. Schweigend gingen sie nebeneinanderher nach draußen, ein Stück die Straße entlang, kletterten über ein paar kleine Felsblöcke bis zu einer Bank direkt am Wasser. Sie waren noch immer in Ruf- und Sichtweite des Hauses. Kein Grund also, sich mies zu fühlen. Oder? Als Alwa zurückblickte, kam ihr die Natursteinmauer unterhalb des Gebäudes mit der steilen sandfarbenen Gesteinsfläche darüber wie eine Klagemauer vor – eine Klagemauer, in der sich Tiffs vorwurfsvoller, verletzter Blick zu spiegeln schien.

»Müssen wir jetzt ein schlechtes Gewissen haben?«, fragte Alwa. »Ich meine, wir sind ihr doch keine Rechenschaft schuldig, oder?«

»Nein, wir haben die Kinder versorgt, wir sind unseren Pflichten nachgekommen. Und in den letzten zwei Nächten sind wir aufgestanden, wenn es Probleme gab. Sie ist sowieso dran, oder?«

»Aber irgendwie tut sie mir leid. Sie fühlt sich bestimmt total ausgestoßen. Das ist eine saublöde Situation.«

Laurin legte eine Hand auf Alwas Oberarm und ein wonniges Rieseln durchlief ihren Körper.

»Du hast recht – aber wenn wir jetzt weiter über sie reden, dann haben wir sie quasi doch mit hierhergenommen. Und ehrlich gesagt wollte ich … na ja, mal … mit dir allein sein.« Sie erkannte es im Dunkeln nicht genau, aber Alwa hatte den Eindruck, seine Wagen waren von roter Farbe überzogen.

»Ja«, flüsterte sie und rückte näher an ihn heran. »Und ich mit dir.« Sie grinsten beide und sein Gesicht kam immer näher. Er stupste mit seiner Nase an ihre, sie stupste zurück. Sie kicherten, blickten rasch beiseite, ganz kurz nur, und dann berührten sich ihre Lippen. Weiche Haut, die leicht nachgab, aber nicht auswich. Seine Lippen wanderten umher, über die Linie ihres Mundes, vorsichtig, über die Wangen bis zu den Augen, die sie schnell schloss. Sie hüpften über ihre Lider, spazierten auf der anderen Seite wieder nach unten, die Nase entlang und endeten auf ihrem Mund. Pressten sich nun stärker fest, ließen sie nicht los und dann spürte sie seine Zungenspitze und sie ließ ihn hineinschlüpfen und das Gefühl kam einem Erdbeben gleich. Es schien, als wüchsen ihre Lippen aneinander fest und ihr Kopf bebte, ihr Körper bebte, einfach alles um sie herum, sie wusste nicht mehr, wo oben und unten war. Einen solchen Kuss hatte sie in ihrem Leben noch nicht bekommen.

Sie hatte keine Ahnung, wie viel Zeit vergangen war, als sie endlich nach Luft schnappten. Seine Augen wichen ihrem Blick nicht aus und sie umfasste seine Hände so fest, als wolle sie sie nie wieder loslassen. Dieser Kuss war wie das Hinabsinken in dunkelste Tiefen, warm und wohlig und unendlich und alles andere verschlingend.

»Wow«, entfuhr es ihr. Wie konnte ein grimmiger Schweizer so gut küssen? Beinahe hätte sie gefragt, wo er das denn gelernt hatte.

Er grinste und sah so vergnügt aus, wie sie ihn nie zuvor gesehen hatte. Am liebsten hätte sie ihn gleich wieder geküsst, doch sie hatte Angst, dass das zweite Mal nur eine Enttäuschung sein konnte nach diesem fulminanten Anfang. Da legte er seinen Arm um ihre Schulter, sodass sie darin gebettet lag, sicher und bequem, und er küsste sie erneut. Mit einer so unglaublichen Sanftheit und Stärke gleichzeitig, für die auf der Kusserdbeben-Richterskala gar kein Wert mehr zu finden gewesen wäre. Alwa schob alle Gedanken beiseite und ging ganz auf in diesem Moment, in seiner Berührung, in seiner Nähe. Sie konnte sich nicht vorstellen, jemals in ihrem Leben wieder etwas anderes tun zu wollen, als ihn zu küssen.

In einer Pause – ihre Lippen brannten schon – sagte er: »Ich wollte das eigentlich gar nicht.«

»Was?«

»Ans andere Ende der Welt kommen, um ein Mädchen zu küssen. Um dich zu küssen.«

»Ich wollte das auch nicht«, gestand sie. »Das Wort ›Herz‹ hat sich bei mir in letzter Zeit hauptsächlich auf ›Schmerz‹ gereimt.«

»Oh ja!« Sein Lachen glich dem Schnurren einer Katze, die an einem warmen Kachelofen vor sich hin träumte. »Genau das! Und ich habe überhaupt keine Lust, dass es so weitergeht.«

»Muss es ja nicht.«

»Meinetwegen nicht.«

»Meinetwegen auch nicht.«

Sie sahen einander an und Alwa wurde bewusst, wie das Plätschern der Wellen ihren Worten Gewicht verlieh, wie das Wasser ihre Botschaft aufnahm und für immer abspeicherte. Das hier war keine Urlaubslaune, kein Flirt, kein Geplänkel. Das hier war vollkommener Ernst. Jetzt und für immer. Für immer – so ein Unsinn! Aber wenn es sich doch so anfühlte? Im Moment für immer – dessen war sie sich sicher.

Als er sie losließ und sie sich wieder aufrecht neben ihn setzte, spürte sie, wie kalt ihr war, wie sie am ganzen Körper zitterte. Ohne dass sie etwas sagen musste, zog er sie schnell an sich, rieb über ihre Oberarme, verschwand mit seiner Nase in ihrem Haar.

»Hm, du riechst so gut«, flüsterte er. »So süß und salzig gleichzeitig. Kalt und warm. Verwegen und zurückhaltend. Eine einmalige Mischung.«

Zu ihrer Überraschung griff er nach seinem Handy und knipste ein Selfie von ihnen beiden.

»Manche Momente müssen einfach verewigt werden, oder?«, erklärte er und tippte auf seinem Display herum.

»Sag bloß ...« Alwa sah ihm über die Schulter. Er hatte tatsächlich einen Instagram-Account eingerichtet. »Ich dachte, du stehst nicht auf dieses ständige Posten.« Laurin lächelte sie verschmitzt an.

»Du bist die Einzige, die mir folgen darf. Alle anderen müssen draußen bleiben.« Er grinste nun so breit, als habe er dank eines gerissenen Coups einen Diamanten geklaut. Alwa lachte laut los, blieb an seinem Blick hängen und ihre Lippen fanden einander erneut.

Sie wusste nicht, wie lange sie auf der grünen Bank gesessen hatten, aber als der Vollmond über der Bucht aufstieg und es noch kälter wurde, traten sie den Rückweg an. Er legte den Arm um ihre Schulter, sie ihren um seine Hüfte. Wie gut sie auch größenmäßig zusammenpassten, dachte Alwa verwundert. War sie wirklich am Ende der Welt fündig geworden – bei der Nicht-Suche nach einem Traumprinzen? Im Moment fühlte es sich danach an.

Sie überquerten die Straße, als Laurin stehen blieb.

»Schau, da oben«, sagte er nur. Alwa blickte hinauf. Hinter dem Haus, jenseits der Klippe, funkelte es am Himmel mit einem Mal ganz hell.

»Wetterleuchten?«

»Aber ganz schön krasses.«

»Vielleicht gibt es ein Gewitter.«

»Vermutlich. Ist doch aber merkwürdig, dass das Leuchten so lange anhält, oder?« Alwa nickte ratlos. Wahrscheinlich bemühte sich der Himmel nur um den passenden Ausdruck zu ihren Gefühlen. Sie streckte sich zu Laurin hoch und küsste ihn auf die Wange. Sofort fanden sich ihre Lippen und Alwa überlegte einen Augenblick, wie das wohl gerade aussah, wenn man von oben auf sie herabschaute: zwei Frischverliebte mitten auf der leeren Straße, hinter ihnen das mondbeschienene Meer, vor ihnen tanzende Lichter – eine Szene wie in einem kitschigen Hollywoodfilm.

Bevor sie die Eingangstür aufzogen, hielt er sie einen Moment zurück.

»Kriegen wir das hin?«

»Was meinst du?«

»Die Arbeit. Die Kinder. Tiff. Du und ich …«

Sie nickte.

»Der Tag gehört der Arbeit. Der Abend uns. Und Tiff sich selbst. Und wir werden hier ja auch nicht ewig beschäftigt sein, oder?«

»Der Termin auf meinem Rückflugticket ist offen«, bestätigte er. »Darf ich dir jetzt schon Gute Nacht sagen?« Er lächelte und küsste sie noch einmal sehr lange. »Muss ja bis morgen reichen.«

Auf Zehenspitzen schlichen sie kurz darauf in ihr Schlafzimmer. Ach, hätte doch einer von ihnen ein Einzelzimmer, dachte Alwa. Wie viel einfacher wäre alles!

»Tiff?«, hörte sie da Laurin neben sich. Er packte Alwas Arm. »Ich glaube, sie ist weg, oder?«

Alwa schaltete das Licht an, kniff die Augen im hellen Licht zusammen. Tatsächlich – Tiffs Bett war leer und sah zudem völlig unberührt aus.

»Vielleicht ist sie in einem der Kinderzimmer?«

Schnell eilten sie über den Flur, öffneten vorsichtig eine Tür nach der anderen. Alwa konnte nicht sagen, warum – sie wusste, dass Tiff in keinem Raum war.

»Nichts!« Laurin kratzte sich am Kopf. »Ob sie noch ausgegangen ist?«

Alwas Blick fiel auf die Uhr über der Badezimmertür.

»Es ist schon nach elf. Ich kann mir nicht vorstellen, dass sie so spät allein unterwegs ist.«

Zur Sicherheit checkten sie die Küche, den Speisesaal und sogar Svetlanas Büro, das abgeschlossen war. Auch der Bus stand unberührt vor dem Eingang. Von Jonathans und Svetlanas PKW war noch immer nichts zu sehen. Sie kämen in dieser Nacht wohl tatsächlich nicht wieder.

Sie gingen an die Straße vor, liefen ein paar Hundert Meter in beide Richtungen, erkannten jedoch nur, dass die Lichter des *Great Dolphin*-Restaurants und der *Kaikoura-Bar* bereits gelöscht waren.

»Jetzt warten wir ein wenig und dann gehe ich sie suchen, oder?«, schlug Laurin vor. Alwa nickte. Sie setzten sich auf die kleine Treppe vor der Eingangstür und behielten die Straße im Blick. Alwa hatte ihr Handy mit nach draußen genommen und nachdem Tiff auf einen Anruf nicht reagierte, schrieb Alwa ihr eine Whatsapp-Nachricht, sie solle sich so schnell wie möglich melden – oder noch besser: heimkommen.

Als es zwölf war, stand Laurin auf und klatschte in die Hände.

»Okay«, sagte er. »Ich geh sie suchen. Nicht dass sie auf eine blöde Idee kommt und wir haben nichts unternommen.«

»Soll ich dich nicht begleiten? Dann können wir den Bus nehmen.«

Er schüttelte den Kopf.

»Irgendwer muss bei den Kindern bleiben. Ausgerechnet heute – wo Svetlana und Jonathan nicht da sind. Die Frau hat echt Nerven!«

»Soll ich besser fahren?«

»Ich weiß nicht. Also, nichts gegen deine Fahrkünste – aber wenn sie irgendwo abseits der Straßen unterwegs ist? Mir ist unwohl dabei, wenn du dich allein durchs Gebüsch schlägst.«

»Okay.« Eigentlich war sie erleichtert, dass sie nicht losmusste.

»Vermutlich ist sie gar nicht weit gekommen. Und ich bin ein guter Läufer. Jahrelanges Bergwandern trainiert ungemein.«

»Komm bald zurück«, sagte Alwa und zog ihn an sich. »Hast du dein Handy?«

Er nickte, küsste sie und dann winkte er ihr noch einmal zu, bevor er um die Straßenkurve verschwand.

Warum fühlte es sich so an, als würde sie ihn nie wiedersehen?

Lektion 20: Wenn's wackelt – lauf!

🌐 keepcalm_Alwa
KAIKOURA, NEW ZEALAND

#runaway #keepcalm #moonlightovertheocean #Wetterleuchten

♥ Gefällt 214 Mal
01.11.

Sie hatte das Gefühl, die Stille flutete allmählich das gesamte Gebäude. Bewegungsunfähig saß sie im Gang und starrte auf die Uhr über der Badezimmertür. Laurin war erst zwanzig Minuten fort, aber es kam ihr vor wie eine Ewigkeit. Am liebsten hätte sie ihn angerufen, wäre per Handy mit ihm in Kontakt geblieben, doch das kam ihr kindisch vor. Außerdem würde es ihn sicher behindern, wenn er das Smartphone ans Ohr halten müsste. Tiff, diese Schlange! Das hätte Alwa ihr nicht zugetraut, dass sie so reagierte! Die ganze Zeit war sie fast schleimig freundlich gewesen, aber kaum hatte sie gemerkt, dass zwischen Alwa und Laurin etwas lief, hatte sie auf Kratzbürste umgeschaltet. Wäre sie selbst cool geblieben? Vermutlich war Tiff verletzt, weil sie ausgeschlossen wurde, überlegte Alma. Sollte sie Jella anrufen und ihr alles erzählen? Einerseits sorgte sie sich, andererseits spürte sie so eine aufregende Leichtigkeit, so eine prall gefüllte Lebendigkeit, die irgendwo in ihrer Körpermitte saß. Was, wenn Tiff irgendetwas richtig Blödes, Unüberlegtes gemacht hatte? Sich in Gefahr gebracht? Alwa fielen die flirtenden Blicke der Halloween-Maskierten ein – ob Tiff ein heimliches Date hatte? Aber das hätte sie ihnen doch sagen können … Oder wollte sie Laurin und Alwa bestrafen? Oh Mann, warum konnte es nicht einfach mal unkompliziert schön sein? Gab es da eine Macht, eine Instanz, die das Glück von Alwa Pistor aus München fernhalten wollte?

Sie nahm ihr Handy aus der Hosentasche und klickte Jellas Nummer an. In Deutschland war es gerade Mittagszeit. Unvorstellbar. Sie starrte auf das Display, aber nichts geschah. Keine Funkverbindung. Mist! Sie versuchte, über Whatsapp online zu telefonieren, aber auch das misslang. Offensichtlich funktionierte das Internet ebenso wenig. Sie stand auf und lief unruhig den Flur auf und ab. Nicht einmal Laurin würde sie so erreichen können.

Nachdem sie sich mit einem kurzen Blick in die Schlafzimmer vergewissert hatte, dass die Kinder alle schliefen, ging sie hinaus auf die Veranda. Das Gefühl, dort Laurins – oder Tiffs – Rückkehr ein paar Sekunden früher zu bemerken als im Haus, hatte etwas Tröstliches. Dennoch lief sie unruhig auf der Veranda hin und her.

Endlich – ihr war schon fürchterlich kalt – hörte sie ein Knacken. Sie drehte sich schnell um, konnte jedoch in der Dunkelheit nichts erkennen.

»Laurin?«, rief sie.

»Ich bin's«, hörte sie Tiff sagen.

»Mann, Tiff!«, begrüßte Alwa sie. Zorn kochte in ihr hoch, aber gleichzeitig auch Erleichterung. »Wo warst du?«

»Hab einen Spaziergang gemacht.« Tiff wollte sich an ihr vorbei nach drinnen drängen. »Ist das verboten?«

»Laurin ist extra los, um dich zu suchen. Was sollte das?«

»Darf ich meine Freizeit nicht so verbringen, wie ich will?«

Alwa hätte sie am liebsten angeschrien, sorgte sich aber um die schlafenden Kinder.

»Du hättest einen Zettel hinlegen können. Wir haben uns Sorgen gemacht!«

»Mich wundert, dass ihr überhaupt bemerkt habt, dass ich fort war. Lief der Abend nicht so wie erhofft?« Tiff zeigte ein arrogantes Lächeln.

Alwa richtete sich groß auf, wischte mit den Händen über ihre Oberschenkel und holte tief Luft.

»Nur weil du …«, fing sie an, aber da begann die Erde zu beben.

Die Stufen unter ihren Füßen wirkten auf einmal wie schaukelnde Schiffsplanken, der Korbstuhl auf der Veranda rutschte in ihre Richtung und ringsum war mit einem Mal alles hell. Der Himmel schien von Millionen Lichtern erhellt zu sein, kräftiger Wind war aufgekommen und die Lampe im Flur, die sie durch die gläserne Eingangstür erkannte, schwankte wild hin und her.

»Ein Erdbeben!«, schrie Tiff und riss die Augen weit auf.

»Laurin!«, rief Alwa und sah sich panisch um. Nirgends war er zu entdecken. Aus dem Haus hörten sie nun die ersten Schreie der Kinder und Tiff packte Alwa am Arm.

»Wir müssen sie rausbringen, sofort!« Sie rannten los, rissen die Schlafzimmertüren auf und mussten sich dabei gegen die Bewegungen der Erde stemmen. Wie bei einem Unfall lief jegliches Geschehen wie in Zeitlupe ab. Alwa sah die verstörten Blicke der Mädchen, riss Bettdecken zur Seite, hob Kinder aus den oberen Betten und scheuchte alle vor sich her ins Freie. Tiff hatte die Jungs geholt und ebenfalls hinausgetrieben.

»Rührt euch nicht vom Fleck!«, hatte sie den Großen zugerufen, aber die standen sowieso schockstarr auf dem Rasen und klammerten sich aneinander fest. Noch immer fühlte es sich an, als habe ein Riese die Erde gepackt und schüttelte sie in einem Würfelbecher durch. Verdammt, warum hatten sie nicht auf dieses Erdbebentraining bestanden? Nun mussten sie zusehen, wie sie zurechtkamen. Alwa hoffte inständig, dass ihr Bauchgefühl ihr die richtigen Impulse eingab.

Rasch rannten Alwa und Tiff zu den Kleinen, die alle weinten. Jede von ihnen nahm zwei auf den Arm, die, die laufen konnten, trieben sie vor sich her. Um sie herum knirschte und knarzte es bedrohlich. Als verschöben sich die Wände gegeneinander. Endlich waren sie draußen.

»Wohin?«, schrie Tiff. Alwa zeigte in Richtung des Ortes.

»Auf jeden Fall dorthin – weg vom Meer.«

Als sie dies sagte, spürte Alwa zum ersten Mal richtig Angst in sich aufsteigen. Bis eben hatte sie einfach funktioniert, aber nun kamen ihr die Bilder von Tsunamis in den Sinn, die oft auf Erdbeben folgten. Immerhin hatte sich die Erde mittlerweile beruhigt und das Meer lag spiegelglatt.

»Schau«, stotterte Tiff und wies nach rechts, auf den Bereich des Speisesaals. Dort war das Dach nach unten gesackt und schickte sich an, die Mauern darunter zum Einsturz zu bringen.

»Durchzählen«, befahl Alwa und versuchte, die Kindergruppe zu erfassen.

»19, Scheiße!«, stellte Tiff fest.

»Eric«, schrie da Pania. »Mein Bruder!«

»Wo ist Eric?« Alwa blickte sich panisch um. Alle heulten, manche deuteten in Richtung Haus, und ehe sie weiter nachdachte, rannte Alwa ins Gebäude zurück. Im Flur war der Holzboden an manchen Stellen schon aufgerissen, hatten die Dielen nachgegeben und waren nach oben weggebrochen. Überhaupt schien alles plötzlich schief zu sein und Alwa konnte im Dunkeln zudem wenig erkennen. Endlich erreichte sie das Schlafzimmer der Jüngsten.

»Eric!«, schrie sie, aber es kam keine Antwort. Der Raum schien leer zu sein. Sie bückte sich und spähte unter die Betten. Und da – im hintersten Eck – erkannte sie ein kleines Bündel.

»Eric, komm«, rief sie und streckte ihre Hand nach ihm aus. Sie spürte, wie die Erde erneut zu beben anfing. Eric wimmerte und krümmte sich noch mehr zusammen. Endlich erwischte sie einen Zipfel seiner Schlafanzughose und zog ihn zu sich her.

»Nein, nein!«, schrie er und krallte sich am Bettpfosten fest.

»Lass los!« Alwa musste sich ebenfalls festhalten, sonst wäre sie weggerutscht. Das ganze Haus knarrte und quietschte und sie meinte zu hören, dass in der Nähe irgendetwas laut scheppernd zu Boden krachte. »Wir müssen raus hier!« Sie schaffte es, seine Finger zu lösen, und klemmte ihn sich unter den Arm. Er zappelte, schlug mit Armen und Beinen gegen Bettgestelle, aber schließlich erreichten sie den Flur. Doch der Weg zum Eingang war abgeschnitten. Ein großer Teil des Daches ragte herunter – bereit, jeden Moment komplett hinabzufallen. Alwa wandte sich um, presste Eric eng an sich und lief in Richtung ihres Schlafzimmers. Sie hoffte, über die Terrassentür hinauszukommen.

Weil die Stöße aufgehört hatten, kam sie schnell dorthin. In ihrem Zimmer fiel ihr Blick auf ihre Tagesrucksäcke – sie raffte ihren eigenen, Tiffs und Laurins zusammen, hoffte, dass wenigstens ihre nötigsten Habseligkeiten dort drin waren, und schaffte es, die Terrassentür zu öffnen. Endlich! Raus hier!

Das Donnern hinter ihnen ließ sie ahnen, dass es der letzte Moment gewesen war hinauszukommen. Als sie sich umdrehte, gaben die Außenmauern gerade nach und die linke Hälfte des Hauses sank in sich zusammen.

»Beeilt euch!«, hörte sie Tiff von der Straße her rufen. Direkt vor dem Gebäude hatte sich der Asphalt gut einen halben Meter tief aufgetan und schwarze Brocken kullerten übereinander. Tiff hatte die übrigen Kinder mittlerweile schon ein Stück stadteinwärts getrieben. Einige der größeren wie Patrick, Finn und Minnie halfen, die kleinen zu tragen, die nicht so schnell laufen konnten.

»Eric!«, schrie nun Pania und rannte auf Alwa und ihren Bruder zu.

»Bleib stehen!«, rief Alwa. Mit dem Kind und den Rucksäcken kam sie nur langsam voran und nun musste sie die tiefe, mindestens einen Meter breite Kluft in der Straße überqueren.

»Eric!«, schrie Pania panisch weiter und der Junge hatte wieder zu weinen begonnen. Er streckte seine Arme in Panias Richtung und brachte Alwa aus dem Gleichgewicht. Sie hatte es fast geschafft, das Loch zu überspringen, aber mit dem Fuß blieb sie an einem Teerbrocken hängen und spürte, wie der Boden unter ihren Füßen wegrutschte. Im Fallen drehte sie sich auf den Rücken – wie sie das hinbekam, war ihr ein vollkommenes Rätsel – und so landete sie halb auf der Abbruchkante, halb auf den Rucksäcken und hielt Eric tapfer über sich. Ein greller Schmerz fuhr in ihren Rücken, quetschte ihr die Luft ab und sie brachte nicht einmal den Schrei heraus, der so dringend hinauswollte. Der Junge kletterte über sie hinweg nach oben und Pania zog ihn an den Armen aus dem Erdspalt.

»Etwas passiert?«, rief Tiff hinüber, blieb aber bei den Kindern. »Schnell, beeilt euch!« Ihre Stimme überschlug sich fast und sie wies mit dem Arm nach oben. Alwa folgte ihrem Blick. Was sie sah, ließ ihr Blut in den Adern gefrieren.

Die Klippe oberhalb des Hauses schien ins Rutschen zu geraten. In der Mitte war sie in zwei Hälften geteilt und schon donnerten Sand, Schlamm, kleine Steine und Büsche in die Tiefe.

»Schnell!«, kreischte irgendwer gegen das immer lauter werdende Rumoren der Naturgewalt. Alwa drehte sich trotz des unerträglichen Schmerzes endlich herum und versuchte, sich an den Asphaltbrocken hochzustemmen. Der geborstene Teer schnitt ihr in die Finger, das Donnern der Schuttlawine kam immer näher. Sie holte so tief Luft, wie sie konnte – Tränen traten ihr dabei in die Augen –, und dann schwang sie sich hoch, wie von einem Katapult angetrieben. Es gelang ihr, sich an der Straßenkante hochzudrücken, sich aus den Knien abzustemmen und wie bei einem Hundert-Meter-Lauf loszusprinten. Sie zerrte zwei Kinder mit sich, die sie bewegungsunfähig mit offenen Augen und Mündern anstarrten, rannte, rannte, rannte, ignorierte das Seitenstechen, den Luftmangel und ihren vom Sturz schmerzenden Rücken. Weg hier, weg hier, weg hier, hämmerte es in ihrem Kopf und sie verbot sich strikt die Buchstabenfolge L A U R I N.

Nach ein paar Hundert Metern wurden sie langsamer, der Staub in der Luft nahm ihnen das letzte bisschen Atem und sogar die größeren Kinder schafften kaum noch einen Schritt vorwärts.

Mittlerweile wimmelte es um sie herum von Menschen, jeder schien auf die Straße geflüchtet zu sein. Alwa nahm wahr, dass irgendwer Decken um die schmalen Kinderschultern legte und ein anderer Wasserflaschen verteilte. Auch hier waren Straßenlaternen abgerissen, Hausdächer hingen schief und der Asphalt war an manchen Stellen aufgeplatzt – aber längst nicht so massiv wie vor dem Heim. In der Ferne hörte sie Sirenen heulen, und als sie zurückblickte in die Richtung, aus der sie gekommen waren, sah sie trotz der Dunkelheit eine riesige Staubwolke aufsteigen. Bis hinunter ans Meer kollerten Gesteinsbrocken über eine Schlammlawine hinweg, die sich ins Tal ergossen hatte. Von ihrem Haus – da war sich Alwa sicher – war nichts mehr übrig.

Alwa ließ die Rucksäcke fallen, sank auf die Knie und setzte sich schließlich mitten auf den Boden. Der Schmerz in ihrem Rücken durchfuhr sie, als habe sie jemand in eine Nähmaschine eingespannt und malträtiere sie nun mit spitzen Nadeln. Irgendwer tätschelte ihre Schultern, woraufhin sie einen Schrei losließ. Sie bekam eine Wasserflasche in die Hand gedrückt und trank gierig, spülte damit den Staub und den Geschmack nach Zerstörung aus ihrem Mund.

»Alles okay?«, hörte sie eine Stimme und einen Moment lang dachte sie, es wäre Laurins. Doch als sie hinaufsah, blickte sie in das Gesicht eines Feuerwehrmanns. Er half ihr auf und sie spürte, wie die Tränen ihre Wangen hinunterrannen.

»Laurin«, flüsterte sie, wiederholte seinen Namen unaufhörlich. »Laurin.« Als könne diese Beschwörung ihn zurückbringen. Der Feuerwehrmann griff nach ihrem Rucksack und führte Alwa zu einem Krankenwagen, neben dem schon ein paar Kinder saßen. Sie sah Blut aus aufgerissenen Schienbeinen tropfen und Wundkompressen, die sich auf aufgeschürfte Ellenbogen legten. Doch keines der Kinder schien ernsthaft verletzt zu sein. Widerstandslos ließ sie sich auf eine Trage legen, stöhnte aber auf, als ihr Rücken die Unterlage berührte. Eine Sanitäterin wies sie an, sich zur Seite zu drehen, und tastete behutsam ihre Rückseite ab. Oh Gott, wie das schmerzte. Als stecke ein Dolch zwischen ihren Rippen. Vielleicht steckte er auch in ihrem Herzen.

»Wir nehmen sie mit«, hörte sie die Sanitäterin sagen und wollte schreien: *Nein, nein, lasst mich. Ich muss Laurin suchen! Laurin!* Doch da schlossen sich schon die Türen des Krankenwagens und er fuhr los. Fort, fort … oh Gott, wohin brachten sie sie? Was war mit den Kindern? Sie konnte sie doch unmöglich zurücklassen!

»Die Kinder«, stammelte sie, unfähig, einen ganzen Satz zu bilden.

»Schon okay, wir kümmern uns«, hörte sie die Sanitäterin. »Alles wird wieder gut. Keine Sorge.«

Lektion 21: Vertraue den Ärzten – aber nicht zu lange!

🌐 keepcalm_Alwa,
KAIKOURA, NEW ZEALAND

Hey @all, wollte nur kurz durchgeben: Mir geht es so weit gut, habe ein paar geprellte Rippen durch einen Sturz, aber ansonsten ist mit mir alles in Ordnung. Soweit ich weiß, sind auch die Kinder in Sicherheit. Ziemliches Chaos hier, ich hoffe, ich finde Laurin und Tiff bald wieder. Melde mich! Passt auf euch auf!

#earthquake #überlebt #nixpassiert #vermisst #Laurin #Tiff #meldet euch! #Rippenaua #KrankenhausKaikoura

♥ Gefällt 277 Mal
30 KOMMENTARE ANZEIGEN

01.11.

Geräusche: Wellenschlagen. Kinderschreie. Vogelgezwitscher. Geruch: Putzmittel. Medikamente. Geschmack: bitter. Morastig. Gefühl: kratzig. Eng. Da war wieder dieser Schmerz. Mit einem Ruck riss Alwa die Augen auf. Das Sonnenlicht ließ sie die Lider schnell wieder schließen. Neuer Versuch, vorsichtig, ganz langsam, anblinzeln gegen den frischen Tag. Dicht vor ihr ein Fenster, dahinter – von oben nach unten – blauer Himmel, wenige Wolken, die schneebedeckte Kette der Kaikoura Ranges, Baumwipfel, der Turm eines Klettergerüstes – daher vermutlich die Kinderschreie –, das strahlende Weiß einer Bettdecke. Ihrer Bettdecke. Neben ihr ein metallisches Nachtkästchen, an dessen Fuß ihr Rucksack. Das Zimmer war winzig wie eine Abstellkammer. Außer ihr war niemand hier.

Wie war sie hierhergekommen? Die Tür des Krankenzimmers, in dem sie lag – etwas anderes konnte es nicht sein – wurde aufgerissen.

»Guten Morgen, gut geschlafen?«, zwitscherte eine junge Asiatin in hellblauem Kittel. »Die Schlaftabletten haben dir bestimmt geholfen.« Alwa starrte sie irritiert an. Die Krankenschwester schien ihre Verwirrung zu bemerken und trat dicht an Alwas Bett. In den Händen hielt sie ein Tablett mit einem Frühstück darauf.

»Keine Sorge«, sagte sie. »Es ist nur eine Rippenprellung – sehr schmerzhaft, aber das heilt von allein wieder. Wir haben dich heute Nacht noch geröntgt – es ist nichts gebrochen. Schau, hier sind Schmerztabletten, die du im Laufe des Tages nehmen kannst.«

Alwa war unfähig, etwas zu sagen.

»Am besten, du hältst hier ein wenig Bettruhe, dann wirst du schneller wieder gesund.«

»Aber …«, stotterte Alwa und wusste plötzlich, dass sie nicht liegen bleiben konnte, dass sie sofort losmusste – losmusste, um ihn zu suchen.

»Laurin«, brachte sie mühsam hervor. Die Schwester drückte ihr eine Schnabeltasse in die Hand und Alwa nahm sie dankbar. Doch schon die Bewegung des Arms zum Mund bereitete ihr wieder Schmerzen. Sie stöhnte auf. Die Schwester nahm ihr die Tasse ab und hielt sie ihr an die Lippen. Gierig trank sie das kalte Wasser.

»Wo sind die Kinder? Geht es allen gut? Was ist mit dem Heim?« Plötzlich sprudelten die Worte aus ihr heraus.

»Das weiß ich nicht genau«, antwortete Lin. Alwa hatte ihr Namensschild entdeckt und starrte auf die beruhigend geraden Linien der Buchstaben. Lin. Wie eine Abkürzung von Laurin.

»Ich muss sofort weiter – das ganze Krankenhaus ist voll mit Verletzten. Glücklicherweise ist niemand schwer verwundet – aber es gab durch das Beben viele Knochenbrüche, Gehirnerschütterungen und solche Sachen. Nachher sieht ein Arzt nach dir. Musst du auf die Toilette? Dann helfe ich dir kurz beim Aufstehen.«

Fünf Minuten später ließ sich Alwa wieder in die weiße Bettwäsche sinken. Wie anstrengend und schmerzhaft es sein konnte, ein Badezimmer aufzusuchen! Immerhin schaffte sie es, ihren Rucksack zu sich hochzuangeln. Erleichtert entdeckte sie, dass zumindest ihre wichtigsten persönlichen Dinge darin waren: Geld und Papiere, Flugticket, Tablet, Handy und Ladegerät. Sie schaltete das Smartphone ein. Strom hatte es noch. Schnell postete sie ein Foto von sich im Krankenbett. Das Victory-Zeichen passte nicht ganz zu ihrem müden Gesichtsausdruck, aber sie wollte unbedingt Zuversicht vermitteln. Immerhin fand sie einen Schokoriegel, den sie seit der Busfahrt von Picton nach Kaikoura in ihrem Rucksack vergessen hatte. Das karge Frühstück – ein labbriges Toastbrot, eine dünne Scheibe Käse – hatte ihr erst richtig Hunger gemacht. Während sie die Schokolade aufaß, tippte sie mit zittrigen Fingern auf ihrem Handy herum. Das Netz funktionierte wieder. Sieben Anrufe aus Deutschland hatte sie verpasst – vermutlich war dort in den Medien über das Beben berichtet worden. Sie schickte eine kurze Whatsapp-Nachricht an ihre Mutter, Jella, Franzi und Mai und erklärte, ihr ginge es so weit gut, sie würde sich später melden. Dann wählte sie Tiffs Handynummer – aber sie hörte nur die Mitteilung, sie sei derzeit nicht erreichbar. Minutenlang starrte sie auf Laurins Kontakt. Wie groß war die Chance, dass er sich mit fester, fröhlicher Stimme meldete? So groß wie die, dass es in Neuseeland zu Weihnachten Schnee gab. Dennoch berührte sie das grüne Hörersymbol. Nichts geschah. Die Leitung war tot.

Alwa rief seinen Instagram-Account auf. Kaum vorstellbar, dass es erst wenige Stunden her war, seit er ihn erstellt hatte. Seit sie sich geküsst hatten. Regungslos starrte sie auf das verschwommene, dunkle Selfie, das er von ihnen beiden am Abend zuvor gemacht hatte. Außer diesem Bild gab es keine weiteren Aktivitäten auf seinem Account. Sie wollte sich nicht ausmalen, was das zu bedeuten hatte.

Sie musste raus hier. Sie konnte nicht tatenlos im Krankenhaus liegen, während er irgendwo dort draußen war. Während sie nicht wusste, was mit den Kindern geschehen war, was mit Tiff.

Entschlossen schob sie die Decke von sich und schwang die Beine über die Bettkante. Sie presste die Faust auf die Lippen – der Schmerz war beinahe unerträglich. Aber nur beinahe. Sie blieb sitzen, atmete gleichmäßig und versuchte dann aufzustehen. Weil sie diesmal darauf vorbereitet war, wie sehr es wehtun würde, ging es gleich besser. Ihre Kleidung vom Vortag entdeckte sie auf einem Stuhl, der vor ihr Bett gequetscht worden war. Sie biss die Zähne zusammen, griff danach und bewegte sich vorsichtig in Richtung Badezimmer. Das Laufen selbst fiel ihr nicht so schwer – solange sie den Oberkörper ruhig hielt. Im Bad nahm sie eine weitere der Schmerztabletten ein, die übrigen steckte sie in die Hosentasche ihrer Jeans. Es würde schon gehen!

Doch sie war vom Anziehen so erschöpft, als habe sie hundert Jahre auf dem Buckel. Ihre Klamotten waren völlig verschmutzt, die Jeans eingerissen – aber immer noch besser, als im Krankenhaus-Flügelhemd herumzulaufen. Sie lehnte sich kurz an den Waschbeckenrand. Sie musste unbedingt herausfinden, was mit den Kindern war. Oh Gott – sie sah wieder diese Gerölllawine auf sich zukommen und meinte, das Donnern in den Ohren zu hören. Sie ließ kaltes Wasser über ihre Handgelenke laufen und beruhigte sich langsam. Dann stand sie auf und holte ihren Rucksack. Sie schaffte es nicht, ihn auf ihren Rücken zu hieven, und trug ihn daher in der Hand.

Vorsichtig ging sie, Schritt vor Schritt setzend, durch den Flur.

»Hey, wo willst du hin?«, hörte sie Lin empört hinter sich. Alwa drehte sich um.

»Ich kann hier nicht bleiben. Ich muss die anderen suchen. Mir geht es gut.« Sie versuchte, alle Kraft, die ihr verblieben war, in ihre Stimme zu legen. Lin betrachtete sie skeptisch.

»Warte wenigstens kurz! Ich hole Dr. Bartleby. Du musst unterschreiben, dass du auf eigene Verantwortung gehst.« Sie deutete auf ein offen stehendes Arztzimmer.

Dr. Bartleby ließ nicht lange auf sich warten und hatte großes Verständnis für Alwa, nachdem sie ihm von ihren Sorgen erzählt hatte. Und er wusste, dass die Kinder des Heims die Nacht in der Turnhalle der Kaikoura High School verbracht hatten. Was mit ihnen passieren würde, war ihm allerdings nicht bekannt. Er ließ Alwa ein Formular unterschreiben, mit dem sie sich selbst aus dem Krankenhaus entließ, und brachte es sogar fertig, ein Notarztfahrzeug zu organisieren, das Alwa zur Turnhalle fuhr.

Es war nicht einmal Mittagszeit, als sie vor dem hellbeigen Flachbau der örtlichen Schule stand. Hier war von den Verwüstungen der Nacht nichts zu sehen. Offensichtlich hatte das Beben in den höher gelegenen Gebieten des Ortes keinen großen Schaden angerichtet – während viele Gebäude direkt an der

Küstenlinie erheblich beschädigt waren. Die Straßen, die ans Meer hinunterführten, waren alle gesperrt.

Doch rings um die Schule wirkte es friedlich – die weiten grünen Rasenflächen, sanfte Hügel dahinter und in der Ferne das Blöken von Schafen. Oder waren das die Kinder, die auf dem Sportplatz herumliefen?

So schnell es ihre Schmerzen zuließen, gelangte Alwa zum Sekretariat der Schule, erklärte, wer sie war, und wurde von einer gleichermaßen molligen wie freundlichen Frau zur Turnhalle gebracht. Dort standen Feldbetten mit Schlafsäcken darauf, weiter hinten waren Bänke und Tische aufgestellt worden. Die Kinder, erklärte die Frau, waren mit zwei Betreuerinnen tatsächlich draußen. Hoffentlich war eine davon Tiff.

»Alwa!« rief es da schon von der Außentür her und Minnie raste auf sie zu. Alwa konnte gerade noch verhindern, dass ihr das Mädchen in die Arme sprang. Sie legte ihre Hand auf Minnies Schulter und ging mit ihr hinaus. Langsam setzte die Wirkung der Schmerzmittel ein und sie fühlte sich besser als am Morgen.

Es verging keine Minute, bis sich alle Kinder um Alwa versammelt hatten. Tiff entdeckte Alwa allerdings nicht. Die Betreuerinnen waren zwei Schülerinnen aus den höheren Klassen, etwas jünger als Alwa. Eine war groß und sah sehr sportlich aus, die andere wirkte gedrungen und verhuscht. Sie veranstalteten mit den Kindern gerade ein Picknick auf der Wiese. Drei große Decken, Schalen mit Essen und Getränkeflaschen lagen herum.

»Hi, ich bin Alwa. Ich habe im Heim ein Praktikum gemacht«, stellte sich Alwa vor. »Wie geht es den Kindern?«

»Hi, ich bin Jessica, das ist April«, antwortete das sportlich aussehende Mädchen. »Im Moment ganz gut, glaube ich. Sie haben sich ziemlich übers Essen hergemacht – vor allem die Süßigkeiten waren sofort aufgefuttert.«

»Erzählen sie von letzter Nacht?«

»Die Kleinen nicht, aber die Größeren schon. Sie haben uns vor allem ständig gefragt, wo du, eine Tiff und eine Loreen sind. Waren das die beiden anderen Praktikantinnen?«

Obwohl ihr nicht danach zumute war, lächelte Alwa.

»Loreen heißt Laurin und er ist Schweizer. Ja, wir waren alle drei dort. Ich bin erst mal so wahnsinnig froh, dass keines der Kinder verletzt ist.«

Mittlerweile war Fee auf ihren Schoß gekrabbelt und trotz der Schmerzen, die das verursachte, hielt Alwa das kleine Mädchen ganz fest und kraulte ihren Nacken. Fee kuschelte sich an sie und sah sie aus ihren großen dunklen Augen ernst an.

»Die sind so süß!«, sagte nun April. »Hoffentlich finden sie bald wieder ein neues Zuhause.«

»Ihr habt nicht mitbekommen, ob die beiden Projektleiter ausfindig gemacht werden konnten, oder?« Alwa wäre nicht überrascht gewesen, wenn Svetlana und Jonathan sich nicht mehr blicken ließen.

Die beiden Mädchen schüttelten die Köpfe.

Alwa fühlte sich, als ob der Boden wieder unter ihr schwankte. Oder war das ein ganz reales Nachbeben? Doch alle anderen schienen nichts zu spüren und die größeren Kinder tollten fröhlich über den Rasen und setzten ein Kricketspiel fort, das sie vermutlich fürs Essen unterbrochen hatten. Finn jubelte, als es ihm gelang, den bunten Holzball mit nur einem Schlag durch eines der kleinen Tore zu bugsieren. Wie gut, dass die Kinder sich so schnell ablenken ließen, dass sie nicht wussten oder gleich wieder vergaßen, wie unklar ihre Zukunft war.

»Alles okay?«, Jessica legte eine Hand auf Alwas Schulter. »Möchtest du etwas essen? Wir haben Sandwiches übrig.« Alwa nickte dankbar und April reichte ihr einen Teller.

»Wir bringen die Kleinen kurz rein und versuchen, sie zum Mittagsschlaf in der Turnhalle hinzulegen, okay?«, sagte Jessica. Alwa wollte aufspringen und helfen, doch die Schmerzen hielten sie zurück.

»Ruh dich aus«, empfahl April. Sie wollte Fee aus Alwas Armen nehmen, aber die Kleine klammerte sich an Alwa fest. Erst als sie versprach, nicht fortzugehen, während Fee schlief, ließ sich das Mädchen fortlocken.

»Spielst du mit?« Patrick und Finn kamen auf sie zugelaufen. »Bitte!«

»Wisst ihr, ich habe mich gestern Nacht ein bisschen verletzt – ist nicht schlimm, aber es tut im Moment weh.«

»Sollen wir dich massieren?«, bot Finn an und streckte schon die Arme nach ihr aus.

»Nein, das ist lieb! Am besten heilt es, wenn man ruhig im Gras sitzt.« Die Jungs ließen sich neben sie plumpsen.

»Das war so …«, Patrick sah in den Himmel, als hoffe er, dort die richtigen Worte zu finden. »Wie das gewackelt hat! Ich meine, es wackelt ja manchmal, aber so doll … das war echt krass. Und schau mal …« Er deutete auf ein großes Pflaster an seinem Ellenbogen. »Ich bin auch schrecklich verletzt!«

»Du Ärmster!« Alwa streichelte über seinen Unterarm.

»Ja, ich auch«, fiel Finn ein und brachte sein verbundenes Knie in Alwas Blickfeld. »Aber ich hab nicht geweint! Ist nur aufgeschürft oder so. In unserem Zimmer sind alle Sachen durcheinandergepurzelt.« Er rollte sich auf den Rücken und strampelte mit Händen und Füßen. Ein leibhaftig gewordenes Erdbeben. Sein bandagiertes Knie hatte er schon vergessen. Die anderen Kinder ließen von ihrem Spiel ab und setzten sich um Alwa.

»Wo ist Laurin?«, riefen sie. »Wo ist Tiff?«

»Hm«, überlegte Alwa. »Tiff war doch gestern Abend bei uns, als wir weggelaufen sind, oder?«

Alle nickten.

»Und du bist mit dem Krankenwagen gefahren!«, rief Pania. Sie klang, als wäre sie ein wenig neidisch.

»Genau. Und wo ist Tiff dann hin?« Reihum nur Achselzucken.

»War sie bei euch, als ihr hierhergebracht wurdet?«

Einige nickten, andere schüttelten den Kopf.

»Doch, sie hat mich zugedeckt und mich fest gedrückt und gesagt, wie froh sie ist, dass mir nichts passiert ist«, berichtete Minnie da. »Aber am Morgen, als wir aufgewacht sind, war sie fort.«

»Wart ihr da ganz allein?« Alwa riss erschrocken die Augen auf.

»Nee«, beruhigte Finn sie. »Da waren ja ein paar von denen, die uns heute Nacht hierhergebracht haben. Ich glaube, der eine war sogar ein echter Feuerwehrmann.«

»Aber Laurin war nicht da«, bemerkte Pania ernst. »Ist was mit ihm?« Alwa schluckte – sie wollte sich nicht anmerken lassen, wie groß ihre Angst war, dass Laurin etwas geschehen sein könnte.

»Vielleicht hat er sich versteckt?«, fragte Finn.

»Ich glaube, er hat kurz vor dem Erdbeben draußen einen Spaziergang gemacht. Und vielleicht konnte er den Weg zurück nicht mehr nehmen. Weil da überall Geröll und Schutt liegen. Und jetzt muss er weit außenrum laufen, um uns zu finden.« Alwa beschrieb mit ausgestrecktem Arm einen großen Kreis – und bezahlte die Geste mit einem heftigen Schmerz, der ihr gleich wieder in den Brustkorb fuhr.

»Entschuldigung«, hörte sie die Stimme eines Mannes hinter sich. »Könnten wir kurz reden?« Alwa drehte sich um, so gut es ging. Vor ihr stand ein bärtiger Typ im Alter ihrer Mutter, er war barfuß, trug blaue Shorts und ein weißes Poloshirt mit dem Schulwappen darauf, das sie an der Eingangstür gesehen hatte.

»Ich bin Steve Holloway«, stellte er sich vor. »Der Direktor der Schule.« Alwa war wieder einmal erstaunt, wie lässig hier alle herumliefen – sogar Schulrektoren. Sie versuchte aufzustehen, aber er merkte sofort, wie schwer ihr dies fiel. Er bedeutete ihr, sitzen zu bleiben, und ließ sich neben ihr im Gras nieder. Sie schickten die Kinder zurück zu ihrem Kricketspiel.

»Ich wollte Sie nur informieren, wie es jetzt weitergehen könnte.« Alwa lächelte ihm dankbar zu.

»Wir bemühen uns vor allem, Jonathan Townsby und Svetlana Baumann zu erreichen. Bisher ist das leider nicht geglückt, aber der Mobilfunk läuft noch nicht wieder reibungslos. Vielleicht versuchen sie ja gerade, sich hierher durchzuschlagen. Allerdings sind die Straßen nach Christchurch gesperrt – es hat überall ringsum Erdrutsche gegeben.«

»Hoffentlich ist niemand zu Tode gekommen?« Alwa sprach die Frage beklommen aus. Was, wenn er mit »doch« antworten würde? Wenn er sagen würde, ein junger Mann ist unter den Opfern? Eine eiskalte Hand legte sich in ihren Nacken.

»Soviel wir wissen, nicht. Aber es gibt natürlich entlegene Gebiete – was dort passiert ist, kann zurzeit niemand absehen. Jedenfalls haben wir parallel die zuständigen Behörden eingeschaltet und es wird gerade geklärt, welche der Kinder zu ihren Familien zurückkehren könnten. Es sind ja nicht alles Waisenkinder.«

»Aber werden sie dort gut versorgt? Es gab ja Gründe, warum die Kinder aus den Familien genommen wurden.«

»Ich gehe davon aus, dass auch das ausreichend überprüft wird.« Mr Holloway klang mehr diplomatisch als überzeugt.

»Der Rest allerdings … der Bürgermeister hat schon angedeutet, dass es schwer werden wird, die Kinder hier gemeinsam unterzubringen. Es fehlt einfach an Personal, an Räumlichkeiten.«

Alwa hätte jetzt darüber reden können, wie viel Geld die Gemeinde mit den Touristen verdiente – aber sie fühlte sich mit einem Mal so erschöpft und müde, dass sie sich am liebsten in das weiche Gras unter ihr hätte sinken lassen.

»Vielleicht werden die Kinder nach Christchurch gebracht. Dort gibt es mehr Möglichkeiten. Wie sind denn Ihre Pläne?«

Alwa versuchte kurz, die Schultern hochzuziehen, spürte aber deutlich, dass sie auf diese Geste in der nächsten Zeit verzichten sollte.

»Ich weiß nicht. Ich bin gerade … keine Ahnung. Außerdem weiß ich nicht, wo die beiden anderen Praktikanten sind. Das ist etwas … beängstigend.«

»Oh, falls sie verletzt waren – es wurden einige in weiter entfernte Krankenhäuser gebracht. Sogar bis Blenheim. Sie sollten die beiden aber bei der Polizei als vermisst melden, dann kann gezielter nach ihnen gesucht werden. Und wenn Sie möchten, können wir Sie nach Christchurch ausfliegen. Mit dem Helikopter.«

»Aber …« Alwa konnte sich nicht vorstellen, die Stadt zu verlassen … die Kinder! Der einzige Ort, der sie mit Laurin verband. Wenn er nach ihr suchte, würde er doch hier suchen, oder?

»Es gibt hier wenig zu tun für Sie.«

»Kann ich nicht irgendwie helfen? Beim Aufräumen? Schutt beseitigen … irgendwas!«

»Das ist zu gefährlich. Das überlassen wir den Rettungskräften. Aber Sie können natürlich erst mal hierbleiben … die Turnhalle ist nicht sehr gemütlich, aber immerhin haben sie hier ein Dach über dem Kopf.«

»Ja klar, ich will auch bei den Kindern bleiben, solange es geht. Immerhin kennen sie mich gut.«

»Das wäre prima und auch für uns eine große Hilfe! Wenn Sie wollen, kann ich Ihnen eine Schuluniform geben – dann haben Sie frische Kleidung. Wenn Sie sonst etwas benötigen, kann ich gerne den Kontakt zu den Behörden herstellen.«

Er stand auf und blickte von oben mitleidsvoll auf sie herunter.

»Ich hoffe, Ihnen haben die Ereignisse nicht allzu sehr zugesetzt?«

Alwa schüttelte den Kopf. Es würde schon gehen. Es musste ja.

Lektion 22: Im Dreck zu wühlen, kann helfen!

🌐 keepcalm_Alwa
KAIKOURA, NEW ZEALAND

Puh, den Kindern geht's gut! Außer ein paar Schrammen hat keines von ihnen etwas abbekommen. Bin nur gespannt, wie lange wir noch in der Turnhalle ausharren müssen. Auch wenn alle total lieb zu uns sind … noch immer nix von Laurin und Tiff … schluchz …

#earthquake #backtothechildren #Turnhallenquartier #vermisst #Laurin #Tiff #meldet euch!

♥ Gefällt 356 Mal

ALLE 124 KOMMENTARE ANZEIGEN

freshman219@keepcalm_Alwa Kopf hoch! Wird schon wieder!
auckland_tramp@keepcalm_Alwa Habe die beiden leider nirgends gesehen!
Mister_Emergency@keepcalm_Alwa Hast du sie bei der Polizei gemeldet?
AnnisLeben96@keepcalm_Alwa Bestimmt kommen deine Freunde wieder
Granny_on_Tour@keepcalm_Alwa Ich bete für euch alle!
SydneylovesKevin@keepcalm_Alwa Ich kenne nur eine

Tiffany, die in Australien wohnt. Hab sie gestern noch gesehen.
keepcalm_Alwa@all: Danke euch allen für die aufmunternden Worte! Verbreitet meinen Suchaufruf gerne weiter!

02.11.

Der Schmerz nahm ihr beinahe die Luft. Im Schlaf war sie hochgefahren, völlig davon überzeugt, dass die Erde wieder bebte, dass alles um sie herum wackelte, einstürzte, unter sich begrub – sie, Laurin, die Kinder, den ganzen Ort. Doch jetzt, in der milchigen Dunkelheit, die von einem beleuchteten Hinweis auf eine Rettungstür sanft erhellt wurde, klopfte nur ihr Herz weit neben dem üblichen Takt und die Prellung drangsalierte weiterhin ihre Rippen. Die Kinder, inmitten derer sie lag, schliefen ruhig. Wahrscheinlich waren sie von der letzten Nacht noch so erschöpft, dass sie viel nachzuholen hatten. Alwa tastete nach der Wasserflasche neben ihrem Feldbett, konnte eine Schmerztablette aus ihrer Hosentasche ziehen und schluckte sie. Es tat furchtbar weh, den Arm im Schulterbereich zu bewegen.

Statt für die Schuluniform hatte sie sich für das Sporttrikot der Rugby-Schulmannschaft entschieden – ein rot-blau geringeltes Shirt mit weißem Kragen – und eine lange weiße Hose, aus der sie die Polsterungen entfernt hatte. Das war deutlich praktischer als der Faltenrock und die weiße Bluse, die die Mädchen hier trugen. Sie hatte auch duschen können und sich beim Abendessen richtig satt gegessen. Nicht allzuweit von ihr entfernt lagen zwei weitere Betreuerinnen, ältere Damen aus der Gemeinde, die Jessica und April am Nachmittag abgelöst hatten. Die beiden Frauen waren liebevoll mit den Kindern umgegangen und Alwa war dankbar, dass sie die Nacht nicht allein mit ihnen verbringen musste.

Sie blickte über die schlafenden Kinder und fragte sich einmal mehr, wie es nun weitergehen sollte. Immerhin waren die praktischen Angelegenheiten geregelt. Sie hatte sogar Laurin und Tiff bei der örtlichen Polizei als vermisst gemeldet. Der diensthabende Sergeant hatte versucht, ihr Mut zu machen – auch beim letzten Beben habe es Tage gedauert, bis manche Leute wieder aufgetaucht waren. Wie gerne hätte sie ihm geglaubt. Sie könne jederzeit anrufen und nachfragen, hatte der Polizist gesagt.

Den Nachmittag über hatte sie mehrmals Laurins und Tiffs Handynummern gewählt, ebenso die von Jonathan und Svetlana. Doch jedes Mal vergebens. Sie hatte sich ertappt, wie sie zehn Minuten lang auf Laurins einziges verwackeltes Instagram-Foto – das Selfie von ihnen beiden – gestarrt hatte. Als ob sie ihn per Fernhypnose dazu bringen könnte, genau jetzt ein Bild zu posten, das ihn unverletzt an einem sicheren Ort zeigte. Doch natürlich geschah nichts dergleichen. Laurin und Tiff blieben wie vom Erdboden verschluckt – und Alwa hoffte, dass dieser Gedanke nicht wörtlich zu nehmen war.

Sie war hin und her gerissen. Ewig würde sie nicht in der Turnhalle mit den Kindern ausharren können. Morgen würde entschieden werden, wohin ihre Schützlinge kommen sollten. Vermutlich wurde Alwa dann definitiv nicht mehr gebraucht. Ihr stiegen jetzt schon die Tränen hoch, wenn sie an die Verabschiedung dachte.

Ein Blick auf ihre Finanzen hatte Alwa gezeigt, dass sie sich nicht einfach ins nächstbeste Hostel einbuchen konnte, um dort auf die Rückkehr von Laurin und Tiff zu hoffen. Sie musste arbeiten – das war klar. Aber ob sie angesichts der aktuellen Lage hier etwas fand? Touristenscharen würden den Rest des Sommers garantiert nicht in Kaikoura einfallen – die Wege waren abgeschnitten. Folglich würde es hier kaum Sommerjobs geben. Vielleicht konnte sie Rewi um Hilfe bitten?

Sie kuschelte sich wieder, so gut es ging, unter die raue Wolldecke, doch die sorgenvollen Gedanken vertrieben den Schlaf sehr effektiv.

Und wenn er tot war? In eine Spalte gerutscht, von einer Lawine verschüttet, von einem Baum erschlagen? Das wäre alles möglich! Sie sah sein feines Gesicht vor sich, die Lider zarte Linien, der Mund entspannt, die Locken stumpf. Sie sah einen Sarg und einen Grabstein. Sie wusste nicht einmal, wann er Geburtstag hatte.

Hör sofort auf damit!, schimpfte sie mit sich selbst. Doch hier in der Dunkelheit zu liegen, den Morgen nicht einmal zu erahnen, fühlte sich fürchterlich an. Sie musste etwas tun! Irgendetwas!

Vorsichtig setzte sie sich auf und griff nach ihrem Rucksack. Sie kramte ihr Tablet hervor und ging damit und mit ihrer Wolldecke in eine andere Ecke der Turnhalle, um niemanden zu stören.

Erst einmal rief sie die Homepage von *Children of Kaikoura* auf. Sie erwartete, dort nur so etwas wie einen Baustellenhinweis zu finden, aber sie hatte sich getäuscht. Eric und Fee lächelten ihr entgegen, Patrick und Minnie und die meisten der anderen Kinder. Im Hintergrund, als zierendes Beiwerk, die angeblichen Betreuerinnen, freundlich lächelnd. Alles sah nach absoluter Idylle, Spaß und Geborgenheit aus. *»Helfen Sie uns – damit wir noch mehr Kinder so glücklich machen können«,* prangte als Werbeslogan auf der Seite. Sie entdeckte sogar das Foto mit dem Brathähnchen, das Patrick nicht hatte essen dürfen und weswegen er so geweint hatte. Diese Schweinebande! Alwa überprüfte, wann die Webseite zum letzten Mal aktualisiert worden war: am Morgen vor dem Erdbeben. Dies waren tatsächlich die Fotos, die aufgenommen worden waren, während sie mit Tiff und Laurin auf Waltour gewesen war. Auf die Zerstörung des Heims gab es keinen Hinweis – nur einen richtig fetten auf das Spendenkonto. Wie widerlich!

Sie gab die Adresse ihres Reiseblogs ein. Seit Tagen hatte sie schon nichts mehr veröffentlicht, aber vermutlich würde ihr das niemand übel nehmen. Die Reaktionen auf Instagram ermutigten sie, auch hier noch mal zur Suche nach Laurin und Tiff aufzurufen. Im Blog konnte sie etwas ausführlicher schildern, was geschehen war.

Sie scrollte durch die Bildergalerie und lud die zwei Fotos von Laurin und Tiff hoch, die sie auch schon auf Instagram gepostet hatte. Alwa hatte sie neulich am Strand aufgenommen – es schien Jahre her zu sein. Beinahe kamen ihr die Tränen, als sie Laurins Lächeln sah – frech und träumerisch zugleich. Seine roten Locken waren vom Wind zerzaust und seine dunklen Augen schimmerten anziehend. Sie holte tief Luft und unterdrückte ein lautes Seufzen.

Wer kann mir helfen, meine Freunde wiederzufinden?, schrieb sie und erläuterte, wann und wo sie Tiff und Laurin zum letzten Mal gesehen hatte. *Ich bin für jeden Hinweis dankbar – bitte teilt ihre Fotos. Die Kinder und ich sind alle wohlauf. Wir wohnen gerade in einer Schulturnhalle – für die Kids scheint das eher ein großes Abenteuer zu sein, als dass es ihnen Angst macht. Sie sind so unglaublich tapfer und großartig! Aber ohne zu wissen, wo Laurin und Tiff sind und wie es ihnen geht, drehe ich hier durch vor Sorge! Bitte, bitte – jeder noch so kleine Hinweis kann vielleicht weiterhelfen. Ihr wisst doch: Sharing is caring! Nie waren diese Worte so wahr!!*

Da es sogar in der Turnhalle WLAN gab, konnte sie den neuen Beitrag sofort veröffentlichen. Nach langer Zeit ging sie sogar auf Facebook und teilte auch dort ihren Suchbeitrag. Irgendwer musste die beiden doch gesehen haben! Ein wenig erleichtert schlich sie zurück zu ihrem Feldbett. Bestimmt würden sie bald wieder auftauchen! Ganz bestimmt!

Wie riesig der Spalt war! Unfassbar, dass es ihr in der Nacht des Erdbebens – noch dazu mit Eric auf dem Arm und den drei Rucksäcken! – gelungen war, darüber hinwegzuspringen. Na ja, sie hatte es nicht ganz geschafft, davon zeugten die Schmerzen an ihren Rippen. Auf dem Foto, das sie von der Spalte machte, sah diese noch bedrohlicher aus als in Wirklichkeit.

Alwa konnte hinter der Straßenbiegung die Schlammlawine erkennen, die das Heim zu einem großen Teil überrollt hatte. Gerne wäre sie weitergegangen und hätte die Ruine mit eigenen Augen gesehen. Aber eine Absperrung hinderte sie. Überall liefen Männer in orangefarbenen Westen herum, die mit Schaufeln Schutt wegschafften oder in kleinen Baggern saßen und mit diesen arbeiteten.

»Hey, Alwa!«, rief plötzlich jemand und sie fuhr zusammen. Nein, das war nicht Laurins Stimme, machte sie sich klar. Es war Rewi, der nun mit Beluga auf sie zukam. »Wie geht es dir? Alles überstanden? Habe schon gehört, was mit dem Heim und den Kindern passiert ist. Was für eine Scheiße!« Alwa bückte sich vorsichtig, die Schmerzen ignorierend, um Beluga zu kraulen. Sie musste die Hand vor die Augen halten, um Rewi im Gegenlicht zu erkennen. Auch er trug eine orangefarbene Weste und eine Schaufel.

Kurz schilderte Alwa die Lage und erklärte vor allem, welch große Sorgen sie sich um Tiff und Laurin machte. Rewi nickte verständnisvoll.

»Ja, es gab einige Vermisste. Die meisten sind wieder aufgetaucht. Ein paar werden allerdings noch in den Trümmern vermutet. Für sie besteht kaum Hoffnung. Hast du die beiden schon gemeldet?«, fragte Rewi, und als Alwa nickte, legte er ihr eine Hand auf die Schulter. »Wer weiß, vielleicht sind sie im Hinterland gestrandet und kommen dort nicht weg.«

»Ich hoffe es!« Alwa spürte, wie ihre Stimme zitterte. Das Schrecklichste war, dass sie nichts weiter tun konnte, als abzuwarten.

»Ich würde ja so gerne mal nachsehen, ob ich in den Trümmern irgendwas entdecken kann, was einen Hinweis auf sie gibt«, gestand sie. Sie wusste selbst nicht genau, was das für ein Hinweis sein sollte – Laurin hatte sicherlich keinen Zettel mit seinem derzeitigen Aufenthaltsort hinterlassen.

Rewi hob das Absperrband an und winkte Alwa, ihm zu folgen. Er sprach kurz mit einem älteren Mann, schnappte sich dann eine Warnweste und hielt sie Alwa hin.

»Auf geht's, ausnahmsweise«, sagte er. Alwa dankte ihm erfreut, zog die Weste über und folgte Rewi zu der Schlammlawine. Vorsichtig kletterten sie über Felsbrocken, wichen, so gut es ging, matschigem Grund und breiten Rissen aus. Endlich erreichten sie das Haus – zumindest das, was davon übrig war. Beinahe kein Stein stand mehr auf dem anderen. Wo bis vor wenigen Tagen das Heim gewesen war, hatten sich Erdreich, Schlamm, Schutt, Äste, Gestein, Holzplanken, Möbelreste und anderes zu einem unentwirrbaren Knäuel ineinander verwoben. Die linke Hälfte des Gebäudes war dem Boden gleichgemacht, rechts, dort wo das Büro und der Speisesaal gewesen waren, standen ein paar letzte schiefe Wände und man erkannte zertrümmertes Mobiliar.

»Und?«, fragte Rewi. »Haben sich Jonathan und Svetlana schon blicken lassen?«

Alwa schüttelte den Kopf. »Keine Spur von ihnen. Die Behörden suchen sie.«

»Ich wette, die haben sich aus dem Staub gemacht. Das war doch die Gelegenheit. Bestimmt haben sie das Sponsorengeld, das auf dem Konto war, abgehoben und versuchen nun, außer Landes zu kommen.«

»Du meinst, sie lassen die Kinder echt im Stich? Ich weiß, sie waren während des Bebens in Christchurch. Vielleicht haben sie einfach noch keine Möglichkeit gefunden hierherzukommen.«

Rewi warf ihr einen skeptischen Blick zu.

»Es fliegen ständig Hubschrauber von Christchurch nach Kaikoura – wenn sie wirklich wollten, wären sie längst hier.«

Alwa stupste mit dem Fuß an einen zerborstenen Stuhl. Fassungslos starrte sie auf all den Dreck.

»Wie abartig!«, fiel ihr dazu nur ein. »Unser Schlafraum ist komplett platt.« Sie wies mit dem Finger hinüber. »Aber darf ich da drüben mal schauen?« Rewi nickte und gemeinsam kletterten sie vorsichtig über den Unrat.

Alwa erkannte Svetlanas Schreibtisch, der auf dem Kopf lag, die Schubladen waren herausgefallen und der Inhalt hatte sich auf dem Boden verteilt.

»Schau, Svetlanas Laptop!« Alwa bückte sich nach dem Computer, der zwar verschrammt war, aber nicht vollends verbeult. Vielleicht hatten aussagekräftige Dateien überlebt. Wer wusste schon, was darauf zu finden sein würde. Auch ein paar Aktenordner entdeckte sie und nahm sie mit. Rewi kam mit einer roten Plastikkiste, in die sie die Sachen legte.

»Was hast du denn jetzt vor?«, fragte der junge Mann sie. Alwa zuckte mit den Schultern.

»Ich bin unsicher. Ich will die Kinder nicht allein lassen, aber die werden vermutlich umverteilt. Und ich sterbe, wenn ich nicht erfahre, was mit Laurin und Tiff passiert ist.«

»Verstehe.« Rewi ließ den Blick über die verschandelte Landschaft gleiten. »Aber ehrlich gesagt – mehr als rumsitzen wirst du hier nicht können. Ich weiß ja nicht, was du für Pläne hattest. Aber hier ... puh, da werden sich kaum Möglichkeiten ergeben.«

Alwa drehte sich um und blickte aufs Meer. Die kleine Bank, auf der sie Laurin das erste Mal geküsst hatte, war verschwunden. Nur die Wellen umspülten den Saum des Strandes wie eh und je. Als sei nie etwas passiert. Am liebsten hätte sie das Meer angeschrien: *Wie kannst du so gleichgültig sein?*

»Wie geht es mit deinem Kiosk weiter?«, fiel ihr dann ein. Rewi hob die Schultern.

»Es ist nicht allzu viel passiert. Ein paar Fensterscheiben sind zerbrochen, die Sachen sind durcheinandergepurzelt – und ja, einiges wurde geplündert.«

»Was? Nicht dein Ernst! Wer macht denn so etwas? Herrje, was gibt es für Schweine!«

»Tja, allerdings. Aber es hilft nichts. Ich werde den Kiosk wieder instand setzen. Obwohl die Saison gelaufen ist. Es kommt ja nicht mal mehr ein Zug hier an.«

»Ach, Rewi, das ist alles so traurig!« Alwa dachte nicht lange nach und umarmte ihn fest. Er schlang seine Arme um sie und Alwa war froh, sich für einen Moment so geborgen und beschützt zu fühlen, auch wenn ihre Rippen dabei schmerzten. Sie spürte mit einem Mal, wie viel Kraft sie die letzten Tage gekostet hatten.

Zurück in der Turnhalle bot sich ihr ein Bild hektischer Betriebsamkeit. Einige Kinder saßen auf ihren Feldbetten und betrachteten das Gewusel um sie herum mit großen Augen – ob neugierig oder ängstlich, war nicht immer eindeutig zu unterscheiden. Plötzlich stand Patrick vor ihr, einen kleinen Rucksack auf dem Rücken.

»Bye, Alwa«, sagte er und winkte.

»Wo gehst du hin?«, fragte sie erschrocken. Er deutete auf eine Frau mit blond gefärbten Haaren und einem weinroten Jogginganzug, die zu ihnen herüberschaute.

»Ich darf wieder zu meiner Mom!«, erklärte er.

Alwa wuschelte ihm durchs Haar. »Oh, das ist toll! Freust du dich?« Er nickte. Aber seine Augen vermieden es, sie direkt anzuschauen. Trotz Schmerzen ließ sie sich zu ihm hinunter.

»Ich bin sicher, dir wird es gut gehen. Und sie freut sich riesig, dass du endlich wieder bei ihr bist!«, versuchte sie, ihm Mut zu machen.

»Aber ich vermisse dann alle so. Finn. Dich. Laurin. Sogar Minnie werde ich vermissen. Ihr quietschiges Lachen.«

»Patrick!«, rief die Frau ihm zu. »Komm endlich!« Alwa strich Patrick ein letztes Mal über sein festes dunkles Haar und schluckte gegen die Tränen an, die ihre Kehle hinaufstiegen.

»Ich werde dich auch vermissen! Aber du wirst sehen: Deine Mom wird so glücklich sein, dass du wieder bei ihr bist, dass du ebenfalls ganz glücklich wirst. Versprochen!«

Er nickte tapfer, drehte sich dann schnell um und rannte auf seine Mutter zu. Alwa wusste nicht, aus welchem Grund Patrick ins Heim gekommen war. Vielleicht war es besser so, beschloss sie.

Zwei Stunden später war gut die Hälfte der Kinder von Eltern oder anderen Verwandten abgeholt worden. Ob die jeweiligen Familien inzwischen so stabil waren, dass sie wieder für ihre Kinder sorgen konnten, vermochte Alwa nicht zu beurteilen. Sie hoffte es inständig. Nun waren nur noch ein paar wenige übrig: die Geschwister Pania und Eric, Finn, Minnie, Fee und drei andere Kleinkinder.

»Wir bringen sie mit dem Helikopter nach Christchurch«,

hatte ein Mann von der Gemeinde Alwa erklärt. »Es gibt dort ein Kinderhilfsprojekt, das sie vorübergehend aufnimmt. Sie würden uns einen großen Gefallen tun, wenn Sie mitkämen. Dann wäre eine Person bei ihnen, die sie kennen.«

Alwa nickte. Natürlich würde sie mitfliegen. Auch wenn das hieße, dass sie nicht mehr hier wäre, wenn Laurin oder Tiff zurückkämen. Wenn ... Vielleicht war es gut, hier fortzukommen. Vielleicht würde sie etwas Ruhe finden, um zu überlegen, wie sie die Suche nach ihren Freunden fortführen könnte.

Auf ihre diversen Social-Media-Posts hatten tatsächlich eine ganze Menge User reagiert – allerdings hatten die allermeisten nur ihr Bedauern ausgesprochen und ein paar hatten geschrieben, wen sie selbst suchten. Kein einziger konkreter Hinweis auf Laurin oder Tiff war eingegangen. Sie sollte, überlegte Alwa, auf Facebook und Instagram Hinweise auf Laurins und Tiffs Familien und Freunde suchen. Vielleicht konnte sie auf diesem Weg herausbekommen, ob irgendjemand etwas von ihnen gehört hatte. Ja, das war ein guter Plan! Das würde sie probieren, sobald sie in Christchurch einen Platz für sich gefunden hatte.

Lektion 23: Von oben betrachtet wird die Welt auch nicht besser!

🌐 keepcalm_Alwa
CHRISTCHURCH, NEW ZEALAND

Danke für eure Unterstützung und das Weiterleiten meiner Suchnachricht hier, auf FB und im Blog! Leider habe ich noch nichts von den beiden gehört! Aber ich gebe die Hoffnung nicht auf – ganz bestimmt nicht! Ich werde alles tun, um sie wiederzufinden. Alles! Drückt mir weiter die Daumen!

#earthquake #jetztinChristchurch #Weltvonoben #vermisst #Laurin #Tiff #meldet euch!

♥ Gefällt 417 Mal
02.11.

Von oben konnte man das Ausmaß der Schäden deutlich erkennen. Alwa klammerte sich an einem der Haltegriffe neben dem Fenster fest und starrte gebannt auf die verwundete Landschaft unter sich. Tatsächlich war die größte Schlammlawine direkt am Heim niedergegangen – vermutlich war das Felsareal dahinter schon lange porös gewesen. Doch die Zerstörung zog ihre Spur weiter über Straßen, durch Wohnsiedlungen und an Feldern entlang, als habe ein verrückt gewordener Riese mit einer Nähmaschine im Zickzackstich gewütet.

»Will auch sehen«, bettelte Eric und Alwa hob ihn aus seinem Sitzplatz auf ihren Schoß. Sichtlich fasziniert starrte der Kleine nach draußen. Alwa strich ihm beinahe mechanisch über den Rücken.

Der Flug von Deutschland hierher war schon alles andere als angenehm gewesen – aber die Erfahrung »Hubschrauber« toppte das bei Weitem. Die Maschine schlingerte und wendete ständig abrupt und Alwa kam sich vor, als säße sie in einem Wattebausch, der von einem lustlosen Wind durch die Gegend gepustet wurde. Noch dazu fing es zu regnen an und der ablenkende Blick auf die Landschaft wurde schnell verschleiert.

Eric setzte sich wieder hin und bat Alwa, ihm vorzulesen.

»Jetzt nicht«, sagte sie. Das würde ihr Magen nicht überleben. »Nachher, wenn ihr in eurem neuen Haus seid, versprochen.«

»Wohnst du da auch?«, fragte Eric und sah sie aus seinen dunklen Augen ernst an.

»Ich weiß es nicht. Aber ich komme euch besuchen, falls es nicht geht, okay?« Er nickte und kuschelte sich in ihren Arm. Alwa biss sich auf die Unterlippe. Am liebsten wäre sie in Tränen ausgebrochen. Das hier war ein Albtraum – ein einziger Albtraum!

Brent Robertson erwies sich schnell als Lichtblick am Horizont. Der große, ruhige Mann stand gemeinsam mit zwei Mitarbeitern am Airport von Christchurch parat, um Alwa und die acht Kinder in Empfang zu nehmen. Er begrüßte sie nach dem knapp einstündigen Flug so freundlich, dass Alwa augenblicklich ein wenig Hoffnung in sich aufkeimen spürte. Auch die Kinder, zuvor noch aufgedreht von der Reise im Helikopter, wurden rasch ruhiger und ließen sich brav in den bereitstehenden Kleinbus setzen.

Brent Robertson war Einrichtungsleiter von *Tamariki Care*, ein Projekt, das vor allem auf schnelle Hilfe für Kinder in Krisensituationen spezialisiert war. Seit den vorigen großen Erdbeben, die Christchurch heimgesucht hatten, gab es einige solcher Projekte in der Stadt, wie er Alwa erklärte. Doch *Tamariki Care* war das größte davon.

»Ich kann nicht versprechen, dass wir die Kinder dauerhaft aufnehmen können«, stellte Brent klar. »Aber auf jeden Fall so lange, bis sie die Folgen des Bebens verarbeitet haben. Und dabei ist es egal, ob es vier Wochen oder vier Monate dauert.«

»Sie können sich gar nicht vorstellen, wie froh ich darüber bin!«, versicherte Alwa. Sie berichtete von Jonathan und Svetlana und sogar Brent waren die Namen vertraut.

»Sie sind in der Charity-Szene bekannt, weil sie ständig aggressiv Jagd auf mögliche Sponsoren machen«, erklärte er. Alwa hatte die rote Kiste mit den Hinterlassenschaften aus dem Büro Rewi anvertraut, der die Sachen bei der örtlichen Polizei abgegeben hatte. Sie hoffte inständig, dass die Behörden die beiden ausfindig machen und zur Verantwortung ziehen würden.

Alwa sah nur gelegentlich aus dem Fenster des Minibusses – es gab nicht wirklich viel zu sehen. Christchurch schien eine Ansammlung von Gewerbegebietsflächen zu sein und wirkte auf den ersten Blick wenig attraktiv – der beständige Nieselregen tat sein Übriges.

Tamariki Care lag nicht weit entfernt von einer vierspurigen Straße, an die sich Autohäuser, Shopping Malls und McDonalds-Restaurants reihten. Immerhin schien die kleine Nebenstraße ruhig und gegenüber dem weißen, lang gestreckten Bau mit dem Spitzdach, in dem die Kinder untergebracht waren, erstreckte sich ein großer, baumbestandener Park.

Als sie ausstiegen, wagte Alwa zu fragen: »Sie haben nicht zufällig einen Platz für mich?«

Brent Robertson schob ein wenig die Unterlippe vor.

»Wir haben hin und her überlegt, ob wir dich irgendwo bei uns unterbringen können, aber wir sind voll belegt. Wir müssen sowieso schon improvisieren, damit wir die acht hier unterbringen. Und unsere Praktikumsstellen für Studenten sind alle vergeben. Das tut mir so leid!«

Alwa spürte wieder Tränen in sich hochsteigen. Sie schluckte hektisch dagegen an.

»Meine Kollegin hat bei einem Hostel ganz in der Nähe angerufen«, fuhr Brent fort. »Wir haben uns gedacht, vielleicht ist es für dich ganz gut, wenn du ein wenig Abstand bekommst und einfach mal ausschlafen kannst. Wenn du also magst – sie hätten ein freies Bett. Die ersten drei Nächte würden wir dir bezahlen – als Dank für deine Hilfe. Danach machen sie dir einen Freundschaftspreis. Tut mir leid, mehr kann ich im Moment nicht tun.«

Alwa nickte und sah über seine Schulter hinweg auf die weiße Fassade mit den großen Sprossenfenstern.

»Aber du kannst die Kinder natürlich jederzeit besuchen kommen. Ich fände das prima – eine vertraute Person würde ihnen sicher guttun«, ergänzte er.

Alwa bedankte sich für seine Hilfe und nahm das Angebot an. Vielleicht war ein wenig Abstand wirklich nicht schlecht. Sie gingen gemeinsam ins Haus. Die Kinder waren ganz still, nur Fee, die überhaupt nicht wusste, was geschah, quengelte ein wenig herum und Alwa nahm sie hoch, um sie zu beruhigen.

Das Innere war wunderschön gestaltet. Auch hier gab es Mehrbettzimmer, aber sie waren liebevoll eingerichtet, behaglich und gemütlich. Die Wände in freundlichen Farben gestrichen, über manchen Betten hingen rosa Baldachine, an anderen waren Rutschen angebracht. Überall lagen Sitzsäcke verteilt und Alwa hatte den Eindruck, hier waren Menschen am Werk gewesen, die Kinder wirklich liebten. Auch der Speisesaal war lichtdurchflutet und geräumig. Kein Vergleich zu dem engen düsteren Saal in Kaikoura. Die Kinder inspizierten sofort die Spielecken, wo es Bauklötze, Lego, Puppenstuben, Puzzle und Bücher gab. Nur Pania, Minnie und Finn wichen nicht von Alwas Seite. Mit Spielsachen waren sie nicht mehr abzulenken. Aber Brent Robertson nahm sie mit in die Küche und Alwa hörte durch die offene Tür, wie sie in Begeisterungsrufe ausbrachen. Kurz darauf kamen sie mit einem großen Tablett zurück, auf dem Becher voller Eiscreme für alle standen.

Alwa half den Kindern anschließend, ihre neuen Zimmer zu beziehen, und nach ausgiebigen Kuschelrunden verabschiedete sie sich mit dem Versprechen, dass sie morgen sofort wiederkommen würde.

Mittlerweile war es später Nachmittag und sie wollte sich im Hostel anmelden. Erst einmal einfach ein Schlafplatz für diese Nacht – ein Ort, an dem sie darüber nachdenken konnte, wie es weitergehen sollte.

Von außen sah das weiße Haus mit den aufgesetzten Giebeln eher unscheinbar aus. Doch als Alwa die Lobby betrat, wurde ihr schnell klar, dass *Prisonhouse Accomodation* seinen Namen nicht umsonst trug. Das Hostel war in einem ehemaligen Gefängnis untergebracht. Und auch wenn die Rezeption im Licht der Nachmittagssonne strahlte, machten Gitterstäbe vor Türen und Fenstern klar, was das hier einst für ein düsterer Ort gewesen war. Natürlich war die Gefängniseinrichtung nur noch Requisite, gab der Unterkunft aber ein sehr spezielles Flair. Immerhin trug die junge Frau hinterm Tresen keine Gefängniskleidung, sondern ein schlichtes orangefarbenes T-Shirt mit dem Logo des Hostels darauf und ein Namensschild, auf dem *Lilly* stand.

»Hi«, sie lächelte breit und zeigte eine große Zahnlücke zwischen den Schneidezähnen. Alwa nannte ihren Namen und bekam den Schlüssel zu einem Schlafraum.

»Kein Gepäck?«, fragte Lilly und Alwas Blick schien so traurig zu wirken, dass die junge Frau erschrocken nach ihrem Arm griff. »Ach, du bist aus Kaikoura ausgeflogen worden, oder?« Alwa nickte.

»Wenigstens konnte ich meinen Tagesrucksack retten«, antwortete sie und deutete auf ihren Rücken.

»Oh je, wie schrecklich. Man spürt hier immer wieder mal das Rütteln in der Erde und seit dem großen Erdbeben vor ein paar Jahren reagieren die Leute viel ängstlicher, wenn's mal wackelt. Hoffentlich kommst du hier zur Ruhe.« Sie öffnete eine Schublade und holte ein kleines Mäppchen heraus.

»Hier!«, sagte Lilly und schob es Alwa hinüber. »Da sind so ein paar Basics drin – Zahnbürste und -pasta, ein Kamm, etwas Duschgel. Vielleicht kannst du es brauchen.«

Alwa nickte dankbar und machte sich auf die Suche nach ihrem Bett. Der Zimmertrakt, der an die Rezeption anschloss, war lang gestreckt und zog sich offen über zwei Stockwerke. Unten gab es eine Gemeinschaftsküche sowie Tische mit Stühlen darum, wo man essen konnte. Auf Höhe des ersten Stockwerks umlief – wie in einem Gefängnis üblich – ein weißes schmiedeeisernes Geländer die gesamte Etage.

Glücklicherweise hatte sie in einem geräumigen Sechs-Bett-Zimmer ein einzeln stehendes Bett zugewiesen bekommen, das mit gestreifter Bettwäsche bezogen und dessen Matratze erstaunlich bequem war. Direkt darüber war ein großes Fenster mit Blick in Richtung des Parks, an dem auch *Tamariki Care* lag.

Alwa ließ sich zurücksinken und war froh, dass wenigstens die Schmerzen an ihren Rippen deutlich zurückgegangen waren.

Dennoch fühlte sie sich erschöpft. Sie war froh, dass sie im Moment allein hier war, und ohne dass sie sich bewusst dazu entschied, schloss sie die Augen und schlief augenblicklich ein.

Es musste spät am Abend sein, als Alwa durch unterdrücktes Gekicher aus dem Schlaf gerissen wurde und sich irritiert aufsetzte.

»Oh sorry«, murmelte eine weibliche Stimme, »wir wollten dich nicht wecken.«

»Schon okay«, antwortete Alwa. Ein grimmiges Gefühl durchfuhr ihren Magen und ihr wurde klar, dass sie seit dem Morgen nichts mehr zu sich genommen hatte außer der kleinen Portion Eis bei *Tamariki Care.*

»Bekommt man hier irgendwo noch etwas zu essen?«, fragte sie ihre Bettnachbarin.

»Unten in der Lobby gibt es einen Automaten«, lautete die Antwort. Alwa schnappte sich ihren Rucksack und ging hinunter. Die Auswahl war nicht gerade prickelnd und sie entschied sich für einen Snack, der an einen Hotdog erinnerte – ein kaltes rotes Würstchen in einem labbrigen Brötchen und beides schmeckte nach nichts. Egal!

Sie ließ sich in einer Ecke des Cafébereichs neben der Rezeption nieder und schaltete ihr Tablet ein. Immerhin gab es hier ultraschnelles Glasfaser-WLAN. Sie schickte ein paar Whatsapp-Nachrichten an ihre Liebsten daheim und gab kurz durch, wo sie war und wie es ihr ging – versuchte dabei aber, so zuversichtlich wie möglich zu klingen.

Dann rief sie ihren Instagram-Account auf. Über 100 weitere Kommentare gab es mittlerweile zu ihrem Suchaufruf. Sie konnte es nicht fassen! Da war doch bestimmt endlich ein Hinweis auf Tiff und Laurin dabei. Sie strich mit dem Finger über Laurins Foto, das den Beitrag zierte. Dann scrollte sie zu den Kommentaren, die sie noch nicht kannte, und las nervös, was dort stand.

Sorry, hab die beiden nirgends gesehen, hatte ein Brian geschrieben. *Aber ich suche Laura. Ich habe sie vor drei Tagen zuletzt in der Backpacker Lodge in Invercargill gesehen. Sie hat einen pinken Rucksack – Laura! Ich weiß, dass du diesen Account regelmäßig liest. Bitte melde dich! Ich habe deine Telefonnummer verloren! Bitte!!!!*

Na toll, dachte Alwa. Dafür war ihr Aufruf nicht gedacht gewesen, dass ihr Account zu einem allgemeinen Fundbüro für vermisste Menschen mutierte. Doch so wie in Brians Kommentar ging es meist weiter.

Eine Fabienne suchte einen Alexandro aus Mexiko, der neben ihr auf dem Flug von Auckland nach Christchurch gesessen hatte.

Ein Markus aus Deutschland fragte, ob jemand sein Handy gefunden habe, das er am Franz Josef Gletscher verloren habe.

Und mittendrin entdeckte sie sogar eine Botschaft von Nils: »Hey, cooler Account! Nice Pics! Liebe Grüße aus Schweden – falls du mal in den Norden kommst, melde dich!«

Na, der Typ hatte ja echt Nerven! Erst war er von einer Sekunde auf die nächste in die Arme einer anderen verschwunden und jetzt tat er, als seien sie beste Freunde. Darauf würde sie garantiert nicht reagieren.

Alwa scrollte weiter, aber auch die folgenden Kommentare boten keine Hilfe.

Immerhin hatte eine Doro geschrieben, dass sie neulich in Bangkok einen Typen getroffen habe, der genau aussähe wie Laurin – doch wie sollte er plötzlich nach Thailand kommen? Das machte überhaupt keinen Sinn.

Enttäuscht ließ Alwa das Tablet sinken. Verdammt! Irgendwie musste sie ihn doch wiederfinden. Der Hotdog rumpelte schmerzhaft in ihrem Magen. Sie legte den Arm quer über den Tisch und stützte ihren Kopf darauf ab. Jella wüsste, was jetzt zu tun wäre. Auch Franzi und Mai hätten garantiert eine Idee. Aber sie hier, so ganz allein und ohne Perspektive … Alwa zog ihr Handy aus der Hosentasche, ging auf die kleine Terrasse, die an die Cafeteria anschloss, und wählte Jellas Nummer.

»Hi, hier ist die Mailbox von Jella. Sagt mir was Schönes! Dann ruf ich zurück.« Alwa war nicht in der Lage, eine Nachricht zu hinterlassen, und legte auf.

Wie zum Hohn funkelten die Sterne am wolkenlosen Nachthimmel über Christchurch erbarmungslos romantisch. Der Regen hatte sich verzogen.

»Laurin«, flüsterte Alwa. »Laurin, wo bist du nur?«

Lektion 24:
Arbeite viel, denke wenig!

🌐 keepcalm_Alwa
CHRISTCHURCH, NEW ZEALAND

Sorry für das düstere Foto! Mein Zimmer bei Nacht – haha. Unter normalen Umständen wäre die #prisonhouse_accomodation voll die coole Location. So aber – fühle ich mich echt etwas eingesperrt, zumindest in meinen düsteren Gedanken.

#earthquake # #prisonhouse #traurig #Hoffnung_gesucht #Laurin #Tiff #meldet euch!

♥ Gefällt 417 Mal

KOMMENTARE ANZEIGEN

Jella_loves_cake@keepcalm_Alwa: Oh mein Schatz, wie gerne wäre ich bei dir und würde dir beim Suchen helfen! Verdammt ...
Mai: Gib nicht auf! Die tauchen wieder auf, ganz bestimmt! Oh Manno!
Tuber_Franzi: Ich hab deine Nachricht geteilt, Henry hat geteilt, Mai, ihre Eltern ... wir alle! Sie kommen wieder, ganz bestimmt!

06.11.

Die nächsten Tage vergingen im Wechsel zwischen sich unendlich lang anfühlenden Zeitspannen des Wartens und Hoffens sowie rasanten Phasen voller Aktivität.

Immerhin hatte sich so etwas wie ein Rhythmus eingestellt. Am Vormittag half sie im Hostel mit, wo immer Unterstützung gefragt war. Sie hatte eine Art Springerjob ergattert, bei dem sie mal in der Küche arbeitete, in der Waschküche die Maschinen mit Bettzeug und Handtüchern füllte oder an der Rezeption stand, um neue Gäste zu begrüßen. Dafür konnte sie umsonst dort wohnen – ein Umstand, der maßgeblich zu ihrer Entspannung beitrug. Natürlich hatte Jella, mit der sie endlich telefoniert hatte, angeboten, Geld zu überweisen, aber Alwa wusste, wie chronisch pleite ihre Schwester war, und lehnte Jellas Unterstützung ab. Ihre Mutter wollte sie nicht bitten – das ließ ihr Stolz nicht zu. Sie würde sich nicht in der Fremde von daheim durchfüttern lassen. Sie würde das schon selbst hinbekommen. Immerhin hatte sie sich aus der hosteleigenen »Kiste des Vergessens« einige T-Shirts, Hosen, Jacken und Schuhe aussuchen dürfen, die frühere Gäste zurückgelassen hatten. So hatte sie sich in einem kleinen Kaufhaus in der Nähe nur mit Unterwäsche, Socken und Ähnlichem ausstatten müssen.

Am Nachmittag ging sie regelmäßig zu *Tamariki Care,* dann, wenn die Großen ihren Schulunterricht beendet hatten. Alwa war schnell klar geworden, wie krass der Unterschied zwischen diesem »richtigen« Projekt und *Children of Kaikoura* war. Die Kinder waren in den wenigen Tagen regelrecht aufgeblüht und Chris, eine Praktikantin, hatte ihr erzählt, dass sogar Eric inzwischen tadellos durchschlief und bisher nicht ein Mal in die Hose gemacht hatte.

Trotzdem freuten sich die Kinder über alle Maßen, wenn Alwa kam. Sie zeigten ihr alle Ecken und Enden ihres neuen Zuhauses und Minnie und Pania waren stolz, dass sie sich bereits mit zwei anderen Mädchen angefreundet hatten.

»Und wir tanzen jeden Abend zusammen«, erklärte Minnie mit leuchtenden Augen. »Weißt du, so breakdancemäßig mit Auf-dem-Boden-Liegen und so.«

»Ja, und Hannah und Samira zeigen uns alles, die sind wie große Schwestern. Nur dass sie uns nicht ärgern«, ergänzte Pania.

Alwa war überglücklich, dass es den Kindern so gut ging, und wenn sie bei ihnen war, vergaß sie zumindest für ein, zwei Stunden, was sie sonst quälte.

Richtig schlimm waren die Abende. Meistens war im Hostel kaum etwas los, weil viele Gäste in der City unterwegs waren. Eigentlich war Alwa froh darüber. Ihr stand nicht der Sinn danach, sich schon wieder auf neue Menschen einzulassen. Sie spürte noch immer eine große Erschöpfung und oft schlichen sich die Eindrücke und Bilder des Bebens in ihre Träume. Dann fuhr sie mitten in der Nacht hoch und es dauerte manchmal bis zum Morgengrauen, bis sie wieder einschlief.

Einmal war sie geweckt worden, weil irgendjemand das Zimmer betrat. Und plötzlich war sie sich sicher: Er war es! Er war es ganz bestimmt! Aber natürlich war es nur diese Heather aus Irland, die die gleichen roten Haare hatte wie Laurin und die immer am längsten von allen unterwegs war. Als rolle ein Stein über Alwa hinweg, sank sie zurück auf ihre Matratze und malte sich aus, bis in die dunkelste Ecke ihres Bewusstseins, wie es sein würde, ihn wiederzusehen. Wie sie ihn in die Arme schließen und ihn nie wieder loslassen würde. Irgendetwas musste sie schließlich tun, um diesen drohenden Abgrund in ihrem Herzen zuzubetonieren.

Immerhin hatte sie gleich am zweiten Tag ihrer Ankunft im Hostel Tiffany wiedergefunden – zumindest auf Facebook. Während Laurin offensichtlich keinen Account hatte, war sie auf Tiff gestoßen. Allerdings war ihre Kollegin dort schon lange nicht mehr aktiv gewesen, seit mindestens zwei Wochen nicht. Ihr letzter Beitrag war ein Strandfoto von ihr, Laurin und Alwa. *Glücklich mit meinen liebsten Freunden am Meer bei Kaikoura,* stand darunter. Alwa schluckte. Hatte Tiff in ihnen so viel mehr gesehen als nur Kollegen, mit denen sie zufällig zusammen arbeitete, aber mit denen sie sonst nicht viel verband?

Der einzige Hinweis aus der Zeit nach dem Beben war ein Kommentar ihrer jüngeren Schwester Melody. *Wir sind so dankbar, dass Tiff das Erdbeben von Kaikoura überstanden hat! Wir hoffen, ihr und ihren Freunden und all den Kindern geht es gut und sie sind an einem sicheren Ort!*

Das hieß doch wohl, dass sich Tiff zumindest bei ihrer Familie gemeldet hatte. Alwa kommentierte ebenfalls und schrieb, wo sie sich aufhielt. *Bitte, Tiff, melde dich!,* endete sie.

An diesem Abend war Alwa froh, dass Lilly sie gefragt hatte, ob sie an der Rezeption mithelfen könne. Eine Reisegruppe wurde gegen acht erwartet und es gab jede Menge zu tun.

Alwa legte Meldescheine bereit und erstellte die Codekarten für den Zugang zu den Zimmern. Sie war tief in ihre Arbeit versunken, als sie etwas Kaltes am Arm berührte. Sie zuckte zusammen und sah auf.

»Ich dachte, du hast vielleicht Durst«, sagte ein Typ mit einem Dreitagebart und kurzen dunklen Locken und hielt ihr eine Dose Bier hin, von der Kondenswasser perlte. »Hi, ich bin Paul.«

»Alwa«, antwortete sie und versuchte zu lächeln. Der Kerl war ihr schon seit dem vorigen Tag aufgefallen, weil er sie immer wieder irgendwelche Dinge gefragt hatte, die er sich locker hätte selbst beantworten können. »Wo ist der Kaffeeautomat?« – »In der Ecke dort.« – »Wann kann ich die Küche nutzen?« – »Lies das Schild, da steht es drauf.«

Na gut, vielleicht war das seine Art der Kontaktaufnahme. Er war nicht unsympathisch, aber Alwa spürte, dass sie keine Kapazitäten dafür frei hatte, sich auf neue Leute einzulassen.

»Danke«, sagte sie, als sie seinen erwartungsvollen Blick endlich wahrnahm. »Das tut sicher gut! Aber vorher muss ich noch einiges vorbereiten.«

»Wenn's dich nicht stört, setze ich mich einfach dort drüben hin«, er deutete auf einen leeren Stuhl an einem der Computer, die gleich neben der Rezeption für die Gäste bereitstanden. »Und warte, bis du fertig bist. Dann können wir anstoßen.«

»Okay«, sie nickte. Vielleicht schaffte er es, wenigstens kurzfristig dunkle Gedanken zu verjagen. Sie versuchte, sich auf die Zimmereinteilung der Gäste zu konzentrieren – es war eine Schulklasse, Jungs und Mädchen sollten getrennt, doch so nah wie möglich beieinander untergebracht werden. Sie spürte ständig Pauls Blicke auf sich. Hoffentlich würde er sie nicht anbaggern.

Endlich hatte sie es geschafft und Lilly, die hier quasi die Empfangschefin war, zeigte sich vom Ergebnis der Aufteilung überzeugt. »Gut gemacht«, lobte sie. »Und jetzt geh und lass dir dein Bier schmecken! Ich übernehme hier.«

Alwa nickte. Paul war schon aufgesprungen und kam auf sie zu.

»Cheers«, sagte er und stieß mit seiner gegen ihre Dose. Zugegeben – die kalte Flüssigkeit tat wirklich gut!

»Von wo kommst du?«, hob Paul an, doch da öffnete sich die Tür und augenblicklich setzte wildes Gewusel ein. Etwa fünfundzwanzig Jugendliche stürmten herein, ihr Rufen und Lachen erfüllte den Raum und mittendrin versuchten zwei Lehrer, für

Ruhe zu sorgen. Vergeblich. Alle drängten sich an die Rezeption und Paul wurde dicht an Alwa geschoben.

»Gott!«, entfuhr es Alwa und sie spürte, wie die Enge und das Gedränge ihren Herzschlag beschleunigten. Sie wollte nichts als raus hier. Offensichtlich sah man es ihr an. Paul griff nach ihrer Hand und zog sie hinter sich her, fort von der Meute. Er schob Jungs wie Mädchen einfach zur Seite und bahnte sich und Alwa einen Weg ins Freie.

»Puh, danke!« Alwa war froh, die kühle Nachtluft einzuatmen. Sie hatte gar nicht bemerkt, dass Paul noch immer ihre Hand hielt. Erst als er ihren Handrücken streichelte, zuckte sie zurück. Er ließ sie nicht los, sondern drückte sie auf eine Sitzbank, die neben der Eingangstür stand. Einerseits fühlte sich Alwa nicht wohl dabei, andererseits war sie froh, dass sie gerade nicht selbst entscheiden musste, was sie tun sollte. Sie kam sich so kraftlos vor! Doch kaum saßen sie, gingen die Türen wieder auf und die Schülerherde strömte hinaus, um das Gepäck aus dem wartenden Bus zu holen. Paul legte ihr einen Arm um die Schulter.

»Schon gut, danke«, brachte Alwa heraus und versuchte, seinen Arm wegzuschieben.

»Noch ein Bier?«, fragte er nur und sie schüttelte den Kopf. Wollte er sie abfüllen? »Komm, eins geht noch!« Er rutschte dichter an sie heran.

»Alwa!«

Der Ruf drang direkt in ihr Herz. Sie kannte die Stimme, hatte so gehofft, sie zu hören. Fast so sehr, wie sie auf *seine* Stimme gehofft hatte.

»Tiff!«, rief sie, obwohl sie gar nicht lokalisieren konnte, woher der Schrei gekommen war. Sie sprang auf und blickte suchend zwischen all den wuselnden Schülern mit Koffern und Rucksäcken herum. Und da stand sie. Mitten auf dem Weg, der zum Eingang führte. Alwa breitete die Arme aus und sie liefen aufeinander zu.

»Tiff!«, rief Alwa.

»Alwa!«, rief Tiff.

Und als Tiffany nun so vor ihr stand, sichtlich gezeichnet – und zwar nicht von Schminke und Abdeckstift und verkleidet wie sonst, sondern mit einer höchst realen Schürfwunde auf der Wange und zwei frischen Stichen neben der Schläfe –, da überrollte Alwa eine Welle der Zuneigung und Wärme, die sie nie für möglich gehalten hätte – nicht beim Anblick von Tiff. Sie schlang die Arme um das Mädchen, presste sie an sich, schluchzte und spürte das erste Mal diesen so fremden Körper, der wirklich echt war – und warum sollte nicht Laurin irgendwann genau so vor ihr stehen?

»Wie geht es dir? Wo warst du? Wieso bist du verletzt?«, die Worte sprudelten unaufhaltsam aus Alwa und seit Langem fühlte sie sich endlich wieder lebendig. Ja, wenn Tiff da war, dann konnte auch Laurin auftauchen, dann gab es keinen Grund, warum er nicht leben sollte.

»Langsam«, unterbrach Tiff Alwas Fragensturm. »Können wir reingehen? Mir ist ziemlich kalt!«

Kein Wunder, überlegte Alwa. Tiffs nackte Oberarme waren dünn wie Spaghetti, na ja fast, und sie trug zu ihrem Top nur einen kurzen Rock.

»Hi, ich bin Paul«, hörte sie da ihren aufdringlichen Verehrer neben sich. Er streckte Tiff seine große Hand hin.

Tiff begrüßte ihn höflich, warf Alwa aber einen irritierten Blick zu.

»Sorry, Paul«, sagte Alwa. »Meine Freundin und ich haben uns viel zu erzählen. Ich glaube, wir möchten jetzt ein bisschen allein sein.«

Er hob abwehrend die Hände. »Schon gut, schon gut.«

»Aber danke fürs Bier!« Alwa lächelte ihn aufmunternd an, dann zog sie Tiff mit sich nach drinnen.

»Wer war das?«, wollte das Mädchen sofort wissen. Alwa winkte ab.

»Unwichtig. Erzähl, was ist passiert – ich will alles hören!«

Sie setzten sich in die hinterste Ecke der Cafeteria. Allmählich kehrte Ruhe ein. Von ferne hörte man, wie die Schülergruppe polternd die Zimmer in Besitz nahm.

»Das Letzte, was ich von dir gesehen habe, war, wie du in einen Krankenwagen geschoben wurdest. Ich hatte in all dem Gerenne gar nicht mitbekommen, dass du dich verletzt hast. Ich habe mir solche Sorgen gemacht!« Tiff hatte ihre großen Augen noch weiter aufgerissen und unwillkürlich dachte Alwa einmal mehr, dass sie wie eine Schauspielerin in einer dramatischen Rolle wirkte. Alles war immer ein bisschen zu viel, zu laut, immer *bigger than life.*

»Ich hatte nur eine Rippenprellung. Schmerzt zwar noch etwas, aber nicht weiter tragisch«, erklärte Alwa. »Ich habe gehofft, du kommst ins Krankenhaus oder zu den Kindern. Wir waren in einer Turnhalle untergebracht für zwei Tage. Die Kinder waren ziemlich durch den Wind.«

Tiff ließ den Kopf hängen und schüttelte ihn langsam.

»Ich weiß. Ich war zuerst mit den Kindern in der Turnhalle. Aber dann … Es ging einfach nicht … Es … es tut mir leid«, fing sie an. »Ich … ich weiß auch nicht. Das Beben hat mich total … paralysiert. Ich war wie ferngesteuert. Aber sag – hast du was von Laurin gehört?«

Alwa verneinte. Tiffs Augen füllten sich mit Tränen.

»Ich bin schuld! Ich bin an allem schuld!« Sie legte ihre Hände auf Alwas Schultern, beugte den Kopf und Alwa fühlte Tränen auf ihre Arme tropfen. Mechanisch streichelte sie über Tiffs mageren Rücken.

»Er kommt bestimmt wieder! Ich weiß es!« Alwa versuchte, Überzeugung in ihre Worte zu legen, aber sie war nicht sicher, ob es ihr gelang. Tiff schniefte und Alwa angelte nach einer Serviette zum Naseputzen.

Tiff schnäuzte sich kräftig und bemühte sich, ihren Atem zu beruhigen. Alwa stand auf und holte zwei große Gläser Wasser. Dankbar trank Tiff. Dann räusperte sie sich und begann zu erzählen.

»Nachdem du abtransportiert warst, kamen viele Leute, Feuerwehrler, freiwillige Helfer, Polizisten, und haben sich um die Kinder gekümmert. Es war faszinierend, wie schnell sie Hilfe organisiert hatten. Irgendwann waren wir alle in dieser Turnhalle untergebracht. Ich habe mitgeholfen, sie hinzulegen, aber dann, als endlich Ruhe war … Mitten in der Nacht … Ich konnte nicht schlafen. Mein einziger Gedanke war: Wo ist Laurin?«

Alwa spürte, wie sich die Härchen auf ihren Armen aufrichteten. Es war für einen Moment, als sei sie wieder mittendrin in dieser Nacht.

»Also dachte ich, ich gehe und schaue mich um. Keiner hat mich aufgehalten, alle haben geschlafen. Immerhin hatte ich meinen und seinen Rucksack auf der Straße gefunden, die du aus dem Haus gerettet hattest. Die habe ich mitgenommen. Ich habe die Taschenlampe an meinem Handy angeschaltet und dann bin ich los.« Tiff nahm einen weiteren Schluck aus ihrem Glas. »Aber ich kam kaum vorwärts. Überall versperrten Steine, Felsen, Geröll die Wege, ich musste aufgerissene Straßen umgehen – na ja, du weißt selbst, wie es aussah.« Alwa nickte. Allerdings!

»Außerdem hatte ich Angst, dass die Erde noch mal bebt, dass alles von vorne beginnt. Aber dennoch bin ich immer weiter vor, am zerstörten Heim vorbei, auf das Ende der Landspitze zugegangen. Irgendwie dachte ich, wenn er aufgebrochen war, um mich zu suchen, dann wäre er bestimmt in diese Richtung gegangen. Ich habe ihm mal erzählt, dass da ein Felsbrocken war, auf dem ich gerne saß. Ich hatte dort das Gefühl, ich könnte bis nach Amerika hinüberschauen – das war gut gegen Heimweh.«

Tiff hatte Heimweh gehabt? Sie hatte immer so souverän und autark gewirkt.

»Aber natürlich war er nicht da. Niemand war da. Nur ich. Und ich habe nicht gesehen, wie locker der Boden unter der Gerölldecke war. Ich tat einen Schritt – und plötzlich zog es mir die Beine weg. Ich rutschte bestimmt zehn Meter in Richtung Meer und war froh, als ich mich mit letzter Kraft an einem Felsen festklammern konnte. Das war ein Scheißgefühl!«

»Oh Gott, du Arme!« Alwa legte ihre Hand auf Tiffanys. »Daher die Platzwunde?« Tiff nickte.

»Ich habe erst gar nicht gemerkt, dass ich verletzt war. Ich war nur so unglaublich schwach. Aber kein Wunder, nach so einer Nacht! Es wurde schon langsam hell, bis ich mich zurück in die Stadt geschleppt hatte. Es war mir egal, wie es mir ging. Ich dachte nur an Laurin und wo er jetzt wohl war und dass alles meine Schuld war und ob er noch …« Sie biss auf ihre Unterlippe, sah dann Alwa fest an. »… ob er noch lebte.«

Alwa ließ kurz ihre Stirn auf Tiffs Hände sinken. »Wir finden ihn! Ganz bestimmt!« Sie richtete sich auf. »Schau, wie lange es gedauert hat, bis wir zwei uns gefunden haben.«

Tiff nickte und fuhr stockend fort: »Irgendwer entdeckte mich, wie ich blutüberströmt über die Hauptstraße von Kaikoura torkelte. Sie brachten mich nach Blenheim ins Krankenhaus. In Kaikoura war alles voll.«

»Aber – wie lange haben sie dich denn dortbehalten? Warst du so schlimm verletzt?«

»Nein«, sagte das Mädchen. »So schlimm war es nicht. Ich war nur eine Nacht dort. Ich hatte eine Gehirnerschütterung und blieb zur Beobachtung. Alles okay so weit. Erst mal war es schwierig, von Blenheim wegzukommen. Die Straßen nach Süden sind ja gesperrt.«

»Hättest du nicht anrufen können?«

»Ich habe mein Handy verloren, als ich eingebrochen bin. Ich hatte deine Nummer nirgends. Immerhin habe ich die Rucksäcke retten können.«

»Aber du hättest mir aus irgendeinem Internetcafé schreiben können – du kanntest doch meinen Blog.« Alwa verdrehte die Augen. Wer wollte, konnte heutzutage ständig mit jedem in Kontakt treten. Die Erkenntnis stieß ihr wie eine Faust in den Magen. Das hieß – Laurin konnte oder wollte nicht. Beide Vorstellungen waren grauenhaft. Dafür, dass er nicht wollte, gab es keinen Grund. Also konnte er nicht …

Tiff strich über die blassen Härchen auf ihren Unterarmen.

»Gestern habe ich deinen Facebook-Kommentar unter dem Post meiner Schwester entdeckt und gelesen, wo du bist. Da habe ich mir ein Herz gefasst und bin hierher aufgebrochen.«

»Gut so!« Alwa lächelte, aber Tiff reagierte nicht.

»Was ist?«, fragte Alwa.

»Ich …« Tiff sah sie endlich wieder an. Ihr Gesicht verfärbte sich rot. »Ich dachte … ich dachte, du reißt mir den Kopf ab. Ich dachte, du bringst mich um, weil Laurin ja nur losgegangen ist, um mich zu suchen. Wäre ich nicht so kindisch gewesen, säße er jetzt hier bei uns.«

»Allerdings!« Alwa konnte nicht anders – sie musste ein Mal, wenigstens *ein Mal* ihrem Unmut Luft machen. Aber weil Tiff wie das klassische Häufchen Elend wirkte, lenkte sie schnell ein. »Keiner konnte ahnen, dass es ein Erdbeben geben würde. Was passiert ist, ist passiert.«

»Weißt du«, unterbrach Tiff sie. »Ich komme mir so kindisch vor.« Sie sah an die Decke, holte tief Luft. »Ich habe natürlich gemerkt, dass sich zwischen dir und Laurin was entwickelt. Ich glaube, ich habe es noch vor euch bemerkt.« Ein leichtes Lächeln färbte ihre Wangen rot. »Und ich war auch nicht eifersüchtig oder so. Laurin ist echt nicht mein Typ. Aber ... ich kam mir einfach so ausgeschlossen vor. Das Thema Freundschaften war in den letzten Jahren ziemlich schwierig für mich, und als ich euch kennenlernte, dachte ich, wow, endlich wieder Menschen, die ich als Freunde bezeichnen kann. Es hat so Spaß gemacht, mit euch zu arbeiten, die Freizeit zu verbringen.«

»Und dann verlieben wir uns und du bist plötzlich die Außenseiterin, verstehe.« Alwa strich über Tiffs Unterarm. »Das tut mir leid. Da hätten wir etwas sensibler sein sollen.«

»Ach was – wenn die Hormone überschießen ... Ich hätte euch das einfach großzügig gönnen sollen.«

»Okay«, Alwa breitete die Arme aus und zog Tiff ein weiteres Mal an sich. »Haken wir das Ganze ab. Viel nötiger brauchen wir jetzt eine Idee, was wir tun können, um Laurin wiederzufinden.«

»Ich habe in seinem Rucksack eine Adresse von seinen Eltern gefunden. Ich konnte sie anrufen – aber sie haben auch nichts von ihm gehört. Sie machen sich größte Sorgen. Sie überlegen sogar hierherzukommen«, berichtete Tiffany.

»Na, Mädels, geht noch was heute?« Paul näherte sich ihnen durch die Cafeteria, drei weitere Dosen Bier in den Händen.

»Sorry, Paul«, antwortete Alwa schnell. »Es ist schon ...« Sie brach ab. Der Blick auf die Uhr bewies, dass es erst kurz nach neun war. Keine Bettgehzeit. Auch wenn sie sich so fühlte.

»Ach kommt, die Nacht ist noch jung.« Paul legte den Kopf schief und klapperte mit den Augenlidern, als wolle er sie bezirzen.

»Ein Bier würde ich schon nehmen«, sagte Tiff mit einem unsicheren Seitenblick zu Alwa.

Alwa hob ergeben die Hände. »Na meinetwegen!« Mit Tiff an ihrer Seite würde Paul ja garantiert nicht weiter baggern.

Lektion 25:
Lass den Schmerz zu!

---

keepcalm_Alwa

CHRISTCHURCH, NEW ZEALAND

Mal ganz ehrlich, Leute, findet ihr es verwerflich, dass ich mich etwas ablenke und mir mal das Nachtleben von Christchurch ansehe? Ich brauche einfach eine Auszeit! Die Cocktails hier sehen hammermäßig aus, oder? Aber ich bleibe abstinent! Will einen kühlen Kopf bewahren – allzeit!

#Nightlife #foxandferret #schlechtesGewissen #Laurin #melde_dich!

♥ Gefällt 239 Mal

KOMMENTARE ANZEIGEN

Nilsfromsweden@keepcalm_Alwa: Lass krachen, Mädel!
Super_George_921@keepcalm_Alwa: Trinken! Trinken! Und die Welt vergessen ...
Grannyontour@keepcalm_Alwa: Nein, lass dich nicht beirren & du machst das super. Gott wird dich erhören und deinen Freund heil zu dir zurückschicken.

07.11.

Die Musik war so laut, dass sie sich nur schreiend unterhalten konnten. Alwas Kehle fühlte sich schon ganz rau an. Immer wieder trank sie von dem fruchtigen rosafarbenen, aber alkoholfreien Cocktail, dessen Namen sie nicht verstanden hatte und den Paul ihr unbedingt hatte spendieren wollen. Auch Tiff hatte sich einen Cocktail bestellt und schlürfte ihn hingebungsvoll. Ihrer enthielt Hochprozentiges und Alwa war unsicher, ob das schlanke Mädchen den Alkohol vertrug. Zuerst war Alwa sich merkwürdig vorgekommen, Pauls Wunsch nachzugeben und mit ihm und Tiff in einen Club zu gehen – während sie sich doch beständig Sorgen um Laurin machte. Aber jetzt war sie froh, wenigstens für kurze Zeit abgelenkt zu werden und mal wieder etwas anderes zu sehen als die nüchternen Räumlichkeiten des *Prisonhouse.*

Das *Fox&Ferret* lag in Christchurchs Universitätsecke und war ein beliebter Treffpunkt für Studenten. Hier konnte man erst gut und günstig essen und anschließend verwandelte sich das großzügige Restaurant mit der eindrucksvollen Empore in einen echten Nightclub mit DJs oder Livemusik.

An diesem Abend hatten sie einen DJ erwischt, der den Gästen offensichtlich richtig einheizen wollte. Die Bässe dröhnten und die Tänzer, die sie von der Empore aus unter sich beobachtete, bildeten ein Meer aus wippenden Köpfen und zuckenden Körpern. Auch Paul stand am Geländer, schwenkte sein Bierglas und gab sich den hämmernden Beats hin. Tiff wippte neben ihm im Takt mit. Sie riss ihren Mund zu einem breiten Lachen auf, aber Alwa hatte erneut den Eindruck, sie gab nur vor, fröhlich zu sein. Es reizte sie, ein Mal nur Tiffanys freundliche Maske zu lüften. Was sich darunter wohl verbarg? Nichts Hässliches, ganz sicher nicht. Vielleicht Leere und Angst und Traurigkeit? Dass schwierige Zeiten hinter ihr lagen, hatte sie ja vorhin angedeutet. Ob die Amis alle dieses Mir-geht's-gut-Gen besaßen?

Nun leerte Tiff ihren Cocktail mit einem letzten großen Schluck und kam zu Alwa, die noch immer am Tisch auf der Empore saß.

»Sag mal!«, brüllte ihr Tiff ins Ohr. »Hast du was von Svetlana und Jonathan gehört?« Alwa versuchte, ihr zu erklären, dass die Projektleiter verschwunden waren, sie aber Material an die Polizei übergeben hatte, doch Tiff verstand nur die Hälfte.

»Lass uns an die frische Luft gehen«, schlug Alwa vor. »Mir ist das hier alles zu laut.«

Tiff nickte, und ohne dass Paul etwas bemerkte, gingen sie hinunter und hinaus in die kühle Nachtluft. Das Dröhnen der Musik ließ augenblicklich nach und Alwa tat erleichtert einen tiefen Atemzug.

»Puh, wie heftig«, sagte Tiff. Alwa sah das Mädchen verständnislos an.

»Der Alkohol!« Tiff fiel es hörbar schwer, die Buchstaben an den richtigen Stellen in ihrem Mund zu platzieren. Nun kicherte sie haltlos.

»Noch dazu habe ich heute mal wieder viel zu wenig gegessen. Teufel, Teufel …«, brachte Tiff schließlich hervor und hakte sich bei Alwa ein. Gemeinsam liefen sie ein Stück die Straße entlang. Überall waren junge Menschen unterwegs, tranken, riefen sich unflätige Bemerkungen zu, lachten, torkelten.

»Wie wär's dann noch mit einem Bagel oder so etwas?«, fragte Alwa und deutete auf eine erleuchtete Imbissbude. Tiff zögerte kurz, schüttelte dann den Kopf und sie liefen weiter.

»Findest du mich zu dünn?«, fragte Tiff unvermittelt und ihr Gesichtsausdruck hatte plötzlich etwas ausgesprochen Nüchternes.

»Ein wenig.« Alwa blieb stehen und legte ihre Hände auf Tiffs knochige Schultern. »Essen ist nicht so deins, oder?«

»Hm, nicht wirklich.«

Täuschte sich Alwa oder stiegen Tränen in Tiffs Augen auf? Alwa zog sie an sich.

»Ist doch nicht schlimm. Solange du dich wohlfühlst!«

Tiff riss sich los und der Ausdruck in ihrem Gesicht changierte zwischen Trauer und Wut.

»Sorry«, sagte sie und biss in ihren Handrücken. Als sie sich wieder gefasst hatte, hakte sie sich bei Alwa ein und gemeinsam liefen sie weiter durch die dunkle Nacht.

»Ich dachte«, begann Tiff zu erzählen, »ich dachte, ich wäre darüber hinweg. Daheim habe ich zwei Jahre mit Magersucht gekämpft. Dann ging es wieder besser. Hier war zunächst auch alles in Ordnung. Aber in den letzten Wochen … ich weiß nicht …«

»Hoffentlich nicht wegen uns?«, fragte Alwa bang. Tiff sah sie nachdenklich an.

»Nein, ich weiß nicht. Vielleicht. Ich falle in alte Muster zurück. Dieses Gefühl, ausgestoßen zu sein … nichts beeinflussen zu können … allein zu sein. Gepaart mit Heimweh. Keine gute Mischung.«

»Verstehe. Weißt du denn, was am Anfang der Auslöser war?«

Tiff sah auf den Asphalt und Alwa bemerkte, wie ein Zittern durch ihren Körper ging.

»Habe ich dir noch nie von Melody erzählt, meiner Schwester?«, fuhr Tiff mit leiser Stimme fort.

»Wenig«, sagte Alwa. Sie hatte den Namen Melody das erste Mal auf Facebook gelesen und Tiff hatte neulich erwähnt, dass ihre Schwester eine Zeit lang krank gewesen sei.

»Als sie vierzehn war und ich sechzehn, da bekam sie Leukämie.« Tiff sah kurz in den Nachthimmel, an dem kein Stern zu sehen war.

»Scheiße«, konnte Alwa nur sagen.

»Es stand lange sehr kritisch um sie. Sie wäre fast gestorben. Weder ich noch sonst wer aus meiner Familie kam als Stammzellenspender für sie infrage. Es war ein gruseliger Wettlauf gegen die Zeit.«

»Aber sie hat ihn gewonnen?«

»Ja, das hat sie. Sie konnten einen passenden Spender für sie finden. Im Moment geht es ihr gut. Wir müssen sehen, was die nächsten Jahre bringen.«

»Das muss schrecklich für dich gewesen sein.« Tiffs Drama stand Alwa mit einem Mal so klar vor Augen wie die Hausfassade vor ihrer Nase.

»Jedes Mal wenn ein Kontrolltermin ansteht, kann die ganze Familie eine Woche lang nicht schlafen«, erzählte Tiff weiter. »Meine Eltern haben echt graue Haare bekommen durch die ganze Geschichte. Und, na ja …« Sie blickte wieder in den Himmel. Alwa ahnte, was kommen würde.

»Und ja, ich habe mich vernachlässigt gefühlt. Sie wollten die Krankheit von mir fernhalten, wollten mich nicht belasten, aber das hat nur dazu geführt, dass ich mir ausgestoßen vorkam. Immer wieder haben sie mir gesagt, wie froh sie sind, dass ich schon so groß bin, dass ich Verständnis habe und Rücksicht nehme. Dass wenigstens ich ihnen keine Sorgen mache. Aber … ich meine …« Sie biss sich auf die Unterlippe, wischte Tränen aus ihren Augen. »Mein Leben bestand nicht nur aus Angst um meine Schwester – ich habe mich in der Zeit zum ersten Mal verliebt, hatte meinen ersten Freund, hab mit meinem Cheerleaderteam an Wettbewerben teilgenommen und wir haben oft gewonnen. Und immer, immer hatte ich ein schlechtes Gewissen. Weil es mir gut ging und Melody so mies.«

»Und da war nichts zu essen dein Weg, um ein wenig Aufmerksamkeit zu bekommen?«

Tiff nickte langsam.

»Einerseits ja. Essen – oder eher: nicht essen – war das, was ich unter Kontrolle hatte. Den Rest nicht. Und andererseits wollte ich mich auch bestrafen, weil Melody krank war und ich nicht. Pervers, oder?«

Alwa zog Tiff fest in ihre Arme. Sie spürte beinahe jeden einzelnen Knochen im Körper des Mädchens und eine große Welle Mitleid überkam sie.

»Mann, was für eine Kacke!« Alwa versuchte, unauffällig ihre eigenen Tränen wegzuwischen.

»Oh sorry, das wollte ich nicht.« Tiff hatte sie natürlich bemerkt.

»Egal«, antwortete Alwa und gab dem Engegefühl in ihrem Hals nach. Sie schluchzte laut auf und diesmal war es Tiff, die sie festhielt. Vermutlich war ihnen beiden klar, dass Alwa nicht nur um Tiff weinte, sondern auch um Laurin, der noch immer irgendwo dort draußen war – hoffentlich!

Sie marschierten weiter durch die Nacht in Richtung ihres Hostels, hatten sich beieinander eingehakt und wunderten sich gleichermaßen, dass selbst das Universitätsviertel von breiten Straßen, niedrigen Häusern und hässlichen Zweckbauten geprägt war. Verträumte Gässchen mit alten Gebäuden und lauschigen Lokalen suchte man hier vergebens.

»Ich hatte den Weg nicht so weit in Erinnerung«, stellte Tiff fest. »Ich hab totalen Durst. Gibt's hier kein Lokal mehr?« Sie sahen sich suchend um.

Die nächste Bar, die sie fanden, lag im Komplex einer Einkaufsmall und war gerade dabei zu schließen. Dennoch ließ sich der Barkeeper erweichen – vermutlich, weil ihm die rot geränderten Augen der Mädels auffielen, die nach einem Trost lechzten –, ihnen zwei Drinks zu mixen. Alwa nahm eine Cola mit vielen Eiswürfeln, Tiff einen Gin Tonic. Sie bekamen die Getränke in einem To-go-Becher serviert und gingen damit weiter.

»Schau mal«, sagte Tiff nach ein paar Querstraßen und deutete auf ein erleuchtetes Schaufenster, hinter dem noch emsiger Betrieb herrschte. »Das wollte ich schon immer mal machen. Wollen wir?«

Alwa schüttelte den Kopf, spürte aber, dass Tiff nicht aufzuhalten war.

»Komm schon, nur mal gucken.« Tiff lief zur Ladentür und öffnete sie. Rockige Musik drang ihnen entgegen und hinter einer Theke erkannten sie ein Mädchen, kaum älter als sie, deren beide Arme komplett in leuchtenden Farben tätowiert waren.

»Scharf!«, rief Tiff und zog Alwa mit sich hinein.

Okay, überlegte sie, wenn Tiff sich ein Tattoo stechen lassen wollte, dann war das ihre Sache. Sie musste ja nicht mitmachen.

Eine halbe Stunde später sah die »Sache« merkwürdigerweise ganz anders aus. Alwa konnte noch immer nicht nachvollziehen, was geschehen war. Und doch hockte Tiff auf einem Stuhl in der Ecke und schluchzte leise und Alwa saß auf dem Platz, der für Tiffany reserviert gewesen war. Alwa verzog keine Miene. Bei keinem einzigen Stich. Ein Maori-Stammesabzeichen auf dem Oberarm … war sie völlig gestört? Tiff hatte es sich stechen lassen wollen, nicht sie! Doch bereits nach den ersten Nadelstichen, die in ihre Haut eindrangen, war Tiff ausgerastet. Unmöglich könne sie solche Schmerzen aushalten, hatte sie gejammert.

Alwas Tätowierer, bärtig, langhaarig, über und über tätowiert, wie aus einem Tattoo-Klischee-Bilderbuch entsprungen, hatte sofort aufgehört und mürrisch nachgefragt, ob Tiff vielleicht doch etwas getrunken habe. Beim Reinkommen hatte sie die Frage verneint, aber nun gab sie es zu. Der Tätowierer verbannte sie von seinem Stuhl und machte unmissverständlich klar, dass Tiff die vorab gezahlten 150 neuseeländischen Dollar nicht zurückbekommen würde. Er bot ihr einen Termin am nächsten Tag an, aber Tiff schüttelte nur entsetzt den Kopf.

»Wie wär's mit dir?«, hatte er dann Alwa gefragt und dabei spöttisch gezwinkert. »Oder bist du auch so empfindlich wie deine Freundin?«

»Nö«, hatte Alwa geantwortet und ihm fest in die Augen gesehen. Und ihr war ein Gedanke durch den Kopf geschossen: Wenn ich das hier durchstehe, dann taucht Laurin wieder auf. Dieses Maori-Abzeichen – das würde ihr ganz persönlicher Glücksbringer werden.

Und so saß sie hier und entschied bei jedem Stich neu, ob sie hin- oder wegschaute. Die Nadel arbeitete sich Millimeter für Millimeter vorwärts und jeder Piks ließ sie innerlich zusammenfahren. Wie konnten sich Menschen den ganzen Körper tätowieren lassen? Dennoch sah sie fasziniert, wie das Abzeichen wuchs und wuchs. Routiniert und präzise setzte der Tätowierer die Nadel an, perfekte Rundungen hier, gerade Linien dort, kleine Schnörkel und Spiralen, die allmählich ein großes Ganzes formten. Das Geld hatte nur für ein schwarzes Tattoo gelangt, aber Alwa stellte fest, dass dies besonders edel, klar und kunstfertig wirkte. Auch wenn ihre Haut zu jucken anfing und sich manche Stellen röteten, versuchte sie, durch gleichmäßiges Atmen die unangenehmen Begleiterscheinungen zu ignorieren.

Nach einer knappen Stunde legte der Bärtige seine Nadel beiseite. Er schenkte ihr ein jungenhaftes Lächeln, das die Rocker-Ausstrahlung vergessen machte. Es schien, als sei er selbst ganz verliebt in sein neuestes Werk. Dann besprühte er es mit einem Desinfektionsspray, trug eine dünne Schicht Creme auf und umwickelte alles mit einer Folie.

»Die kannst du morgen früh abmachen, dann wäschst du alles gründlich ab. Ab dann ist frische Luft am besten, damit sich nichts entzündet«, erklärte er. »Die nächsten sechs bis acht Wochen kannst du leider nicht schwimmen gehen und solltest beim Duschen aufpassen.« Er reichte ihr eine kleine Tube. »Zur Sicherheit noch etwas Creme – dann sind die Rötungen bald verschwunden.«

Etwas wackelig erhob sich Alwa vom Stuhl. Einen Moment fühlte sie sich wie auf Wolken, als müsse sie erst zurück in die Wirklichkeit finden. Vorsichtig befühlte sie die verbundene Stelle – wie gerne hätte sie das Tattoo genauer inspiziert. Aber dafür hätte sie später Zeit. Ihr Leben lang, wurde ihr schlagartig klar. *Oh my God!* Sie hatte ein Tattoo!

»Tiff!«, rief sie, doch ihre Freundin war auf dem kleinen Sofa, auf dem sie gewartet hatte, eingeschlafen. Alwa rüttelte sie am Arm und Tiff fuhr erschrocken hoch.

»Ich hab …«, stammelte sie, »… ich hab von Tattoos geträumt … Wo …?«

»Komm!« Alwa musste lachen. »Wir sollten schlafen gehen.«

Die kühle Nachtluft machte sie etwas munterer.

»Du bist echt krass«, stammelte Tiff auf dem Weg zurück zum *Prisonhouse* immer wieder. »Wie konntest du das aushalten? Das war mörderisch!«

Alwa lächelte vor sich hin und zuckte mit den Schultern. Sie wollte vor Tiff nicht angeben, wie tapfer sie angeblich war. Auch sie wunderte sich über ihren Mut. Wenn Jella mit einem Tattoo ankommen würde, fände das vermutlich jeder in ihrer Umgebung normal – aber bei Alwa rechnete niemand damit. Irgendwie freute sie das umso mehr.

Obwohl es mittlerweile kurz nach eins war, herrschte noch

Leben in den *Prisonhouse*-Gängen. Im oberen Stockwerk, wo die Zimmer lagen und wo Tiff ein letztes Bett ergattert hatte, war es schon ruhig, aber die Tür zur Küche stand sperrangelweit offen und sie hörten Lachen und Töpfe klappern. Neugierig spähten sie in den Raum hinein.

Am Herd erblickten sie zwei junge Typen, die gerade eine ganze Packung Spaghetti in einen Topf voll kochendem Wasser schütteten. Da hatte wohl noch jemand Hunger.

»Oh, hi«, sagte einer der beiden, hellblond, sommersprossig und mit einem wild wuchernden Bart im Gesicht. »Habt ihr auch Appetit?«

Ehe sie darüber nachdenken konnte, entfuhr Alwa eine kritische Bemerkung. »Die Küche darf nach 22 Uhr nicht mehr benutzt werden«, sagte sie und schämte sich sofort für ihre Spießigkeit. Wen störten die beiden schon großartig?

»Ausnahmsweise dürfen wir«, erklärte der zweite Typ, ein Asiate, kleiner und bulliger als sein Freund, mit langen Haaren, die er zu einem Zopf gebunden hatte. »Wir haben erst vorhin eingecheckt, und da wir wilde Abenteuer bestanden haben und völlig ausgehungert sind, hat Lilly vom Empfang uns erlaubt, jetzt noch zu kochen.«

»Oh, ja klar«, stammelte Alwa. »Guten Appetit! Lasst es euch schmecken!«

Tiff quetschte sich an Alwa vorbei in die Küche und ließ sich auf einen der Stühle sinken.

»Was denn für Abenteuer?«, wollte sie wissen.

»Sollen wir nicht mal ins Bett?«, schlug Alwa vor und strich über die Folie an ihrem Arm.

»Ach was«, wiegelte Tiff ab. »Schlafen kann man doch immer. Ich will von Abenteuern hören!« Der Bärtige grinste und holte ein Sixpack Bierdosen aus dem Kühlschrank.

»Auch eins?«, fragte er und Tiff nickte sofort.

»Nein danke«, sagte Alwa und nahm sich aus einem der Schränke ein Glas, das sie an der Spüle mit Wasser füllte.

»Ach, eigentlich waren wir nur wandern«, erklärte der Bärtige. »Ähm, ich bin übrigens Jeff und das ist mein Freund Bo.«

Tiff stellte sich selbst und Alwa vor.

»Also«, fuhr Jeff fort. »Wir waren am Lake Rotorua wandern, im Umland von Kaikoura, als das Erdbeben geschah.«

Alwa wurde sofort hellwach.

»Ihr habt das Erdbeben miterlebt? Bei Kaikoura?«

»Ja, hat ganz schön gewackelt. Und da, wo vorher unser Pfad war, ist in die eine Richtung eine riesige Geröllawine abgegangen und in die andere klaffte ein so breiter Spalt in der Erde, dass wir nicht mehr weiterkamen.«

»Oh Shit«, sagte Tiff und starrte Jeff fasziniert an. »Und dann?«

»Na ja, uns blieb nur der Weg bergauf, puh, war das mühselig.«

»Und ständig gab es so kleine Nachbeben«, ergänzte Bo. »Wir hatten furchtbar Angst, dass sich eine weitere Lawine löst und wir mitgerissen werden. Na ja, und nach und nach gingen unsere Vorräte drauf, vor allem das Wasser wurde immer knapper. Aber nirgends haben wir Menschen getroffen.«

»Und ganz blöd«, unterbrach ihn Jeff. »Natürlich gab's keine Handyverbindung, nicht mal einen Notruf konnten wir absetzen.«

»Wie lange wart ihr denn unterwegs?«, wollte Alwa wissen. Immerhin war das Erdbeben mittlerweile eine Woche her.

»Wir haben uns zwei Tage durchgeschlagen, dann sind wir auf einen Hof gestoßen«, berichtete Jeff.

»Na ja, Hof klingt gut. Das war nur eine bessere Bretterhütte. Da leben voll die Aussteiger. Die haben ein paar Tiere, Schafe, Hühner, Ziegen, einen zotteligen Hund, keine Elektrizität, Wasser nur aus einer Quelle in der Nähe. WLAN oder Internet kennen die gar nicht. Sie bauen ein kleines Feld an und haben einen Gemüsegarten. Voll autark.« Bo angelte eine Nudel aus dem Topf und kostete. »Noch ein, zwei Minuten.«

»Ja, ziemlich faszinierend bei denen. Aber schon ein mühsames Leben. Die ackern den ganzen Tag, damit sie was zu essen haben. Für anderes bleibt kaum Zeit.«

»Und wie viele Leute leben da?«, fragte Tiff.

»Im Moment waren sie zu fünft. Zwei Frauen und drei Männer. Und die eine Frau war hochschwanger. Echt mutig!«

»Der eine Typ, der gehörte da aber nicht hin. Der hat sich auch beim Erdbeben verlaufen«, erklärte Jeff. Alwa setzte sich kerzengerade hin. Ein Kribbeln lief von ihren Füßen aufwärts durch ihren Körper. Sie befühlte ihren Verband am Oberarm. Ob das Tattoo schon wirkte?

»Ein Rothaariger? Ein Schweizer?«, bohrte sie nach. Bo und Jeff sahen sich fragend an.

»Hm, kann sein. Er hat nicht viel geredet. Ich glaube, er hat sich beim Erdbeben verletzt. Er hatte einen improvisierten Gips ums Bein und einen Verband am Kopf. Einer der Männer hatte ihn im Wald gefunden und mitgenommen.«

Alwa wühlte hektisch nach dem Smartphone in ihrem Rucksack. Mit zitternden Fingern öffnete sie die Galerie und tippte ein Foto von Laurin an.

»Sah er so aus?«

Die Jungs beugten sich über das Foto, vergrößerten es etwas und sahen sich dann fragend an.

»Laurin«, stieß Alwa aus. »Er heißt Laurin.«

»Könnte sein.« Bo nickte. »Oder, Jeff?«

»Ja, glaub auch.«

Alwa sprang auf. »Seid ihr sicher?«

Jetzt nickten die beiden enthusiastisch. »Er hat was davon erzählt, dass er in einem Kinderheim gearbeitet hat.«

»Er ist es! Das ist er!« Alwa hüpfte durch die Küche und umarmte erst Jeff und dann Bo stürmisch. Auch Tiff war aufgesprungen und fiel nun Alwa in die Arme.

»Er lebt!«, schrie sie. »Er lebt!«

Beiden Mädchen rollten Tränen über die Wangen und Jeff und Bo sahen sie in einer Mischung aus Verblüffung und Überraschung an.

»Ihr kennt ihn?«, fragte Bo.

»Ihr habt ihn vermisst?«, fragte Jeff.

Alwa versuchte, etwas zu sagen, aber ihre Kehle war wie zugeschnürt. Tiff erläuterte knapp, wie das Verhältnis von ihr und Alwa zu Laurin war.

»Und ist er noch dort?«, schaffte es Alwa zu fragen. Die Erleichterung, die durch ihren Körper tobte, glich einer Flutwelle bei Windstärke zehn. Sie musste zu diesem Aussteigerhof, jetzt, sofort, auf der Stelle.

»Als wir endlich fortkamen, war er noch da. Ich glaube, längere Strecken kann er nicht laufen. Das ist … lass mich überlegen … zwei Tage her. Wir haben ihn gefragt, ob wir jemand für ihn benachrichtigen sollen.« Jeff goss die Nudeln über der Spüle in ein Sieb.

»Und? Was hat er gesagt?« Alwa war kurz davor, ihre Fingernägel anzuknabbern, so nervös war sie.

»Ja, wir sollten seinen Eltern Bescheid sagen. Wir hatten aber bisher keine Gelegenheit, das wollte ich morgen früh machen. Ach, und er hat etwas von einem Instagram-Account erzählt, in den wir reinschauen sollten. Ich hab leider den Namen vergessen. Irgendwie … *keep calm* und noch was.«

Alwa klatschte in die Hände. »Das ist meiner! Mein Account!

Ich habe darin geschrieben, dass ich ihn suche und wo ich bin … oh mein Gott! Das ist der Hammer! Ein Wahnsinn!«

Jeff füllte vier Teller mit Nudeln und hielt Alwa einen hin.

»Ich glaube, du solltest was essen«, schlug er vor. »Ihr beide!«

Tiff starrte auf den Teller und dann sah sie Alwa fest in die Augen.

»Okay«, sagte Tiffany, griff nach einer Gabel, wickelte ein paar Nudeln auf und holte tief Luft. »Ich werde euch jetzt essen – ob ihr wollt oder nicht!«

Lektion 26: Stillhalten ist wie Folter, nur effektiver!

🌐 keepcalm_Alwa

CHRISTCHURCH, NEW ZEALAND

What a night! Tiff ist wieder da! Und von Laurin gibt es zumindest ein Lebenszeichen! Meine Erleichterung reicht einmal um die Welt! Und ehe ihr fragt – es ist, wonach es aussieht. Ein Maori-Abzeichen. Auf meinem rechten Oberarm. Sei still, Mama! Ich bin volljährig …

#Tattoo #Wiedersehen #Maori #Laurin #melde dich!

♥ Gefällt 456 Mal

KOMMENTARE ANZEIGEN

Jella_loves_cake@keepcalm_Alwa: Mama findet's cool! Und ich auch! Und Laurin wird es lieben, bestimmt!

08.11.

»Und du bist sicher, dass ich nicht mitkommen soll?« Tiff legte ihre Hand auf Alwas Arm. »Vielleicht könnte ich ja doch helfen.«

»Ich glaube, das ist nicht nötig. Was meinst du, wie sich die Kinder über deinen Besuch freuen! Und bei *Tamariki* werden sie froh sein, wenn eine von uns weiterhin kommt. Den Kindern tut es sehr gut, eine vertraute Person um sich zu haben.«

Tiff nickte verständnisvoll. »Du hast recht. Wie sieht denn jetzt dein Plan aus?«

Alwa hatte den kläglichen Rest der Nacht genau darüber gegrübelt. An Schlafen war nicht zu denken gewesen. Ihre frische Wunde am Oberarm schmerzte ein wenig und sie war viel zu aufgeregt. Immer wieder stellte sie sich vor, wie sie am Hof der Aussteiger ankäme, wie sie an sein Lager laufen würde – sie sah ihn auf einer hölzernen Bettstatt liegen, mit einem Schaffell ausgepolstert, ganz mittelalterlich – und sie einander küssen und umarmen würden und sich versprachen, sich nie wieder loszulassen. Aber dann war ihr klar geworden, dass sie diesen Hof in der neuseeländischen Wildnis ja überhaupt erst einmal finden müsste. Rewi fiel ihr ein. Vielleicht konnte er helfen. Er lebte schon immer dort, er kannte vermutlich jeden Winkel in der Umgebung. Sie würde ihm Geld geben, alles, egal was, aber sie mussten zu Laurin durchkommen.

Nun war es kurz nach acht und sie saß mit einer verkaterten, dennoch entspannt dreinblickenden Tiffany in der Küche, wo ein leerer Topf vom nächtlichen Nudelmahl zeugte, und wartete sehnsüchtig, dass Jeff und Bo auftauchten. Sie sollten ihr auf einer Karte so genau wie möglich zeigen, wo der Aussteigerhof lag. Alwa trank ihren Kaffee leer und spülte die Tasse ab.

»Ich ertrag das nicht, hier rumzusitzen«, stellte sie fest. »Ich muss jetzt was tun. Kannst du die beiden Jungs abpassen und dir von ihnen das Gebiet zeigen lassen? Ich gehe mich erkundigen, wie ich am besten nach Kaikoura zurückkomme.« Tiff nickte, stand ebenfalls auf und legte ihre Arme um Alwas Hals.

»Ich drücke dir die Daumen, dass du ihn findest. Ihr habt einander verdient. Ihr seid beide so wunderbare Menschen!«

Alwa schluckte schwer gegen die Rührung an. »Danke, Tiff«, flüsterte sie. »Jetzt wird bestimmt alles wieder gut.«

Sie ging in Richtung Rezeption, um sich dort an einem der Computer einzuloggen und nach Möglichkeiten zu suchen, wie sie nach Kaikoura gelangen konnte. Wie sie schon befürchtet hatte, war die normale Straße nicht passierbar. Sie würde über den Lewis Pass bis hoch nach Blenheim fahren müssen und dann von dort zurück Richtung Süden. Da wäre sie mindestens einen Tag unterwegs. Und so wie es auf Google Maps aussah, war der Lake Rotorua, westlich von Kaikoura im Landesinneren gelegen, momentan über keine Straße erreichbar. Sie griff zu ihrem Smartphone und wählte Rewis Nummer. Glücklicherweise ging er schnell dran.

»Hi, Rewi!«, rief Alwa und allein seine Stimme zu hören, gab ihr neuen Mut. Irgendwie musste sie Laurin doch zurückbekommen. Sie schilderte dem jungen Maori, was sie in der zurückliegenden Nacht erfahren hatte, und fügte an, sie hoffe, dass er ihr weiterhelfen könne.

»Wow, Alwa«, sagte Rewi. Aber seine Stimme klang alles andere als begeistert. »Ich glaube, zu Fuß kommen wir da nicht weit. Die Gegend um Peketa ist momentan unpassierbar – gerade das Hinterland mit dem Lake. Da kann man vermutlich nur aus der Luft was machen.«

»Dann miete ich einen Helikopter. Mir egal! Ich muss Laurin einfach finden.«

»Okay, okay, warte – bevor du die neuseeländische Luftwaffe in Alarmbereitschaft versetzt –, ich erkundige mich bei der Rettungsstelle hier vor Ort, was hältst du davon?«

Sie verabredeten, dass Alwa ihm einen möglichst genauen Screenshot mit der Lage des Aussteigerhofes schicken würde und er sie dann informierte, was man machen konnte. Ein wenig desillusioniert legte Alwa auf. So wie es schien, war es Quatsch, dass sie die lange Reise nach Kaikoura auf sich nahm. Die Retter vor Ort konnten auch ohne sie suchen. Und ihr blieb nur, zu warten.

Zuerst war Alwa froh, als Lilly ihr einen Berg von Arbeit auflud. Sie sollte die Zimmer der Schulklasse kontrollieren, denn erfahrungsgemäß hinterließen die Jugendlichen ein totales Chaos, wenn sie morgens zu ihrem Sightseeingprogramm starteten. Und so war es auch. Alwa war schockiert. Überall flogen Klamotten und Müll herum, in einem der Jungszimmer waren sogar Matratzen von den Bettgestellen und eine Gardine von der Stange gerissen worden. Die zwei dazugehörigen Bäder waren so schmutzig, als hätte eine Horde Wildschweine dort für mehrere Wochen gehaust. Alwa erstattete Lilly Bericht und diese instruierte die beiden Putzfrauen, sauber zu machen. Am Abend, wenn die Schulklasse zurückkam, würde Lilly sie sich zur Brust nehmen. Sie schickte Alwa weiter in die Küche, wo sie beim Vorbereiten der Sandwiches helfen sollte. Alwa nickte, aber dort starrte sie alle paar Minuten auf die Uhr über der Tür. Sie konnte sich nicht auf Toastbrot, Käse, Salatblätter, Mayonnaise und hart gekochte Eier konzentrieren. Mehrmals kontrollierte sie, ob ihr Handy hier drinnen empfangsbereit war (war es natürlich!) und noch genug Akku hatte (hatte es natürlich!). Warum meldete sich Rewi nicht? Okay, seit ihrem Telefonat waren gerade mal zwei Stunden vergangen und wer wusste schon, ob er so schnell dazu kam, etwas zu unternehmen.

»Hi, Alwa«, ließ Pauls Stimme sie aufschrecken. Oh Gott, der schon wieder! »Kann ich eins von den Sandwiches haben – die sehen ja superlecker aus!« Er grinste über das ganze Gesicht. Er schien ihr nicht übel zu nehmen, dass sie und Tiff am Vorabend einfach verschwunden waren. Aber selbst wenn, überlegte Alwa, wäre ihr das egal gewesen.

»Wir bringen sie gleich in die Cafeteria rüber, da kannst du eins kaufen«, antwortete sie und sah wieder auf den Stapel Toastbrote, den sie noch zu belegen hatte.

»Und? Kater?« Paul ließ sich nicht so einfach wegschicken, der war echt hartnäckig.

»Nö, du?«

»Ach was, hab geschlafen wie ein Baby. Was hast du am Oberarm gemacht? Dich verletzt? Oder ist es das, wonach es aussieht?« Neugierig kam er näher und beäugte das frische Tattoo.

Alwa sah kurz auf ihren Arm. Die Wunde hatte gegen Morgen etwas zu pochen angefangen und sie hatte sich beunruhigt gefragt, ob sie sich entzündete. Aber jetzt war alles wieder ruhig.

»Ach das, ja, ein Maori-Stammeszeichen. Hatte ich schon lange vor, stechen zu lassen«, antwortete sie nur. Sie hatte keine Lust, Paul von ihren nächtlichen Eskapaden zu erzählen. Sie hoffte inständig, dass die Tätowierung so gelungen war, wie sie in der Nacht ausgesehen hatte. Abweisend wandte sie Paul den Rücken zu. Was ihn offensichtlich nicht weiter störte.

»Habt ihr nachher Lust, mit an den Hafen runterzufahren, du und deine Freundin?« Paul ließ nicht locker. Er musste doch merken, dass Alwa nicht auf ihn stand.

»Keine Zeit«, gab sie zurück und schmierte weiter ihre Sandwiches.

»Na gut, vielleicht heute Abend auf ein Bier.« Er klang, als wolle er sich selbst vertrösten. »Schönen Tag dann!«

»Dir auch«, warf sie ihm über die Schulter zu und atmete erleichtert auf, als er endlich die Küche verließ.

Kurz darauf erschien Tiff, frisch geduscht und nur dezent geschminkt. Aber sie wirkte im Einklang mit sich und der Welt.

»Und – hast du was von Rewi gehört?«, fragte sie. Alwa schüttelte den Kopf und versuchte, möglichst keinen zu mutlosen Eindruck zu machen.

»Der meldet sich bestimmt bald!« Tiff fuhr Alwa über den Arm und stibitzte ein Salatblatt. »Hab ich's schon gesagt: So gut habe ich lange nicht mehr geschlafen.« Sie streckte die Arme nach oben und rekelte sich behaglich. »Muss an den Nudeln gelegen haben.«

»Garantiert! Das solltest du jede Nacht machen.« Alwa lachte laut auf. In der Tat: Tiff sah so entspannt aus wie nie zuvor.

»Hach, und jetzt fehlt nur noch Laurin und dann ist alles gut!«

»Ja, das wäre schön.« Alwa spürte, wie Tränen in ihr hochstiegen. Die Warterei machte sie völlig fertig. Was, wenn Rewi ihn nicht fand? Was, wenn er doch schwerer verletzt war? Was, wenn ihn die Tage in der Wildnis davon überzeugt hätten, dass er und sie keine Zukunft hätten? Alwa fühlte sich, als malträtiere jemand mit einer Laubsäge jede einzelne ihrer Nervenfasern.

»Soll ich Rewi noch mal anrufen?«

»Nein.« Tiff schüttelte energisch den Kopf. »Mach dich nicht verrückt!«

»Wäre ich doch vor Ort!«

»Ich glaube nicht, dass sie dich mitfliegen lassen würden, wenn sie ihn mit dem Heli suchen.«

Sie hatte ja recht. Aber dennoch …

»Komm«, sagte Tiff. »Jetzt frühstücken wir endlich mal was.«

Sie hatten sich gerade mit zwei der Sandwiches, die Alwa in der Küche zubereitet hatte, auf die Terrasse vor der Cafeteria gesetzt, als ihr Smartphone klingelte. Alwa zuckte so zusammen, dass ihr Brot beinahe auf dem Boden gelandet wäre.

»Ja?«, hauchte sie in ihr Telefon. Was, wenn Laurins Stimme zu vernehmen wäre?

»Alwa?«

»Ja, Rewi, ich bin's!«

»Also, hör zu«, er holte kurz tief Luft. Alwas Blut gefror in den Adern. »Ich habe einen Freund, der bei der Rettungsmannschaft dabei ist, überreden können, im Heli in das Gebiet zu fliegen.«

»Oh Gott, wie großartig!«

»Wir haben den Aussteigerhof gefunden. Aber da war niemand. Die waren alle fort. Tut mir leid!«

»Kein Mensch?«

»Nee, keiner. Die Tiere waren im Stall und hatten einen Riesenberg Futter. Vermutlich sind die Bewohner nur für ein paar Tage fort. Nehme ich zumindest an.«

»Da war eine schwangere Frau dabei …«

»Ja, vielleicht deshalb. Eventuell gab's Komplikationen. Tut mir leid, mehr kann ich im Moment nicht machen. Aber womöglich hat sich dein Freund ja inzwischen bei seinen Eltern gemeldet.«

Alwa starrte auf die Krümel auf ihrem Teller. Ihre Hoffnung hatte sich atomisiert. Wieso war er schon wieder verschwunden?

»Ja, danke, Rewi, ich werde nachfragen. Vielen Dank, dass du's versucht hast! Ich hoffe, ich kann mich irgendwann revanchieren!«

»Gern geschehen! Lass mich wissen, wie es ausgegangen ist.«

»Okay, versprochen.«

Das Handy fühlte sich schwer wie ein Marmorblock an, als sie die Hand sinken ließ. Alles Blut schien aus ihrem Gehirn gewichen zu sein, sie war unfähig, einen klaren Gedanken zu fassen. Nur stotternd konnte sie Tiff berichten, was Rewi gesagt hatte.

»Aber wenn er fort von dort ist, heißt das doch, dass er sich bewegen kann«, versuchte das Mädchen, ihr Mut zu machen.

Alwa nickte. Ja, das verstand sie ja. Aber sie hatte so darauf gehofft zu erfahren, wo er war, wie es ihm ging, wann sie sich sehen konnten.

»Warte«, nun war es Tiff, die ihr Smartphone zückte. »Ich versuche mal herauszufinden, ob er schon Kontakt zu seinen Eltern hatte.« Sie tippte eine SMS ein, aber Alwa hatte wenig Hoffnung – hier war es kurz nach eins am Mittag, in der Schweiz mitten in der Nacht.

»Schau doch mal auf deinem Account nach«, empfahl Tiff. »Vielleicht hat er sich dort gemeldet.«

Alwa verdrehte die Augen – dass sie da nicht selbst dran gedacht hatte! Hastig sprang sie auf und holte ihr Tablet aus dem Schlafraum. Zurück auf der Terrasse schaltete sie es ein und knetete ihre Finger, bis es sich endlich ins WLAN eingeloggt hatte und sie ihre Seite starten konnte.

Die Kommentarliste wuchs und wuchs. Sie hatte sich komplett verselbstständigt. John suchte Mary und Mary suchte David. David suchte Tim und Tim suchte Juan. Es war, als würde von ihrem Account aus eine weltumspannende Kette von Suchenden geflochten werden. Aber von Laurin gab es keine Spur.

Lektion 27: Je unwahrscheinlicher etwas erscheint, umso stärker rechne damit!

---

keepcalm_Alwa
CHRISTCHURCH, NEW ZEALAND

Was für ein Auf und Ab! Diese Reise bringt mich emotional echt an meine Grenzen. Bitte, Laurin, wenn du das hier liest: Komm ganz schnell! Prisonhouse Accomodation, Christchurch! Sieht genau aus wie auf dem Foto! Oder ruf uns an! Bitte!!!

#Hoffnungsschimmer #Wiedersehen #Maori #Laurin #melde dich!

♥ Gefällt 456 Mal

KOMMENTARE ANZEIGEN

Tuber_Franzi: Uuuuuuhhhh, alles wird gut, ich spüre es!
Jella_loves_cake: Halte durch! Du packst das!

08.11.

Normalerweise tat die Zeit, was sie sollte. Sie verschwand in der Vergangenheit. Sie war dann nur eine Erinnerung an schöne oder hässliche Dinge, an Wichtiges oder Unwichtiges. Heute aber, so kam es Alwa vor, dehnte sich die Zeit zu unüberschaubar langen Abschnitten. Warum war es immer noch früher Nachmittag? Sie hatte krampfhaft versucht, viele sinnvolle Dinge zu tun, damit die Zeit dorthin verschwand, wo sie hingehörte – ins Jenseits sozusagen. Doch weder weitere Hilfstätigkeiten in der Küche, das Beladen einer Waschmaschine mit ihrer dreckigen Wäsche oder gefühlte Stunden unter der Dusche hatten irgendetwas beschleunigt. Es war noch nicht einmal so spät, dass sie gemeinsam mit Tiff zu *Tamariki* gehen und sich von den Kindern ablenken lassen konnte.

Liebe Alwa, erschien in diesem Moment eine Whatsapp-Nachricht von Brent Robertson, dem Einrichtungsleiter. *Wir sind heute Nachmittag mit allen Kindern im Zirkus und kommen erst spät zurück. Komm doch morgen wieder vorbei. Einen schönen Tag dir!* Sie wünschte viel Spaß und bestätigte, dass sie am nächsten Tag vorbeischauen würde. Mist – nicht mal die Kinder standen als Ablenkung zur Verfügung.

Und jetzt tauchte wieder dieser Paul vor ihr auf und laberte sie voll. Warum war er nicht am Hafen ins Wasser gefallen und fortgetrieben worden?

»Kommt schon, ihr Langweiler«, sein Grinsen ließ sein markantes Kinn noch mehr hervortreten. »Wir machen einen Pubcrawl, das wird lustig! Heute gibt's in vielen Pubs ab 15 Uhr Happy Hour – alle Cocktails zum halben Preis. Der erste geht auf mich, was meint ihr?«

Alwa war eher danach, sich in ihr Bett zu legen, die Decke über den Kopf zu ziehen und so lange zu schlafen, bis sie irgendwann von Laurin geweckt wurde. Aber die Gefahr, dass sie dann hundert Jahre schlafen würde, war einfach zu groß.

»Ich weiß nicht«, antwortete sie ehrlich. Irgendwie wäre Ablenkung ja gut. »Tiff, was meinst du?«

Auch Tiff schien unentschieden. Paul zog sie beide an den Armen vom Cafeteriatisch hoch. Dann hakte er sie unter und führte sie hinaus in Richtung Hauptstraße. Alwa hatte keine Kraft, sich zu wehren. Vielleicht war es ja doch eine gute Idee, sich etwas abzuschießen und komatös ins Bett zu fallen. Besser, als hier zu warten, war es allemal.

»Autsch«, entfuhr es Alwa, als Paul ihren Oberarm packte und genau das Tattoo erwischte.

»Oh sorry«, er sah sie schelmisch an. »Oh Gott! Ich habe das Maori-Stammeszeichen berührt! Dafür werde ich von den Göttern bestraft.« Er führte eine Art Haka auf, den Kriegstanz der Maori, rollte die Augen, stampfte herum, sprang in die Hocke und wieder nach oben. Er sah so bescheuert dabei aus, dass Alwa und Tiff lauthals loslachen mussten. Plötzlich sprang Paul auf Alwa zu, umfasste sie um die Hüften, hob sie hoch und drehte sich mit ihr im Kreis.

»Nicht!«, schrie sie und versuchte, ihn mit ihren Händen auf den Rücken zu schlagen. Er ließ sie nicht los, sondern wirbelte so schnell herum, dass er ins Wanken geriet.

»Oh Gott!«, rief Alwa, aber da war es schon zu spät. Sie fielen der Länge nach auf den Rasen vor dem *Prisonhouse*. Paul streckte einen Arm nach Alwa aus und zog sie zu sich heran.

»Ich hoffe, du hast dir nicht wehgetan«, sagte er und blickte ihr herausfordernd ins Gesicht.

»Hier scheint's ja lustig zuzugehen.«

»Laurin!«, schrie Tiff und rannte auf den stoppelbärtigen Typen zu, der nun am Rande der Rasenfläche stand.

Alwa fuhr hoch – erschrocken, überrascht, beinahe ein wenig ängstlich, so als befürchtete sie, gleich aus einem Traum aufzuwachen.

Aber es gab keinen Zweifel: Da stand er, und obwohl er Tiff umarmte, sah er zu Alwa hinüber, sein Blick ein einziges Fragezeichen. *Du hast mich nicht vermisst, oder?* Alwa versuchte alles

Glück, alle Freude über dieses Wiedersehen in ihr Gesicht zu packen, doch sie war unsicher, ob ihr das gelang. Sie konnte nicht auf ihn zurennen, sie setzte Schritt für Schritt, versuchte, ihre Ohren vor Pauls Fragen zu verschließen, sie zu missachten.

»Wer ist der Penner denn?«, hörte sie ihn dennoch.

»Laurin.« Mehr konnte sie nicht sagen. Tiff war zur Seite gegangen und nun standen sie einander gegenüber und Alwa war mit einem Mal unsicher, ob all die Küsse, die Umarmungen, das leise Flüstern und die Vertraulichkeiten nicht nur einem Traum entstammten. Hatte sie wirklich ihre Lippen auf seine gepresst?

Aber da streckte er die Hand nach ihr aus, zögernd, leicht zitternd, und sie überwand den letzten Meter.

Ihre Arme verfingen sich ineinander, plötzlich war da sein Oberkörper, der sich gegen ihren presste, seine Haare, eine wilde Mähne, verhedderten sich mit ihren, ihre Nasen pressten sich aufeinander und sie hatte das Gefühl, zu ertrinken, als sie in seine Augen sah. Wie oft hatte sie sich diesen Moment vorgestellt, darauf gehofft, ihn beinahe abgeschrieben und doch war er jetzt da. Er war da, bei ihr!

Sie bedeckte sein Gesicht mit Küssen, sein Bart war viel weicher, als er aussah, sie konnte gar nicht aufhören, ihn mit den Lippen zu berühren, sie musste fühlen und schmecken, dass er echt war, dass er wirklich hier bei ihr war.

»Stopp«, sagte er irgendwann lachend und schob sie leicht von sich. »Du wirfst mich ja um. Ist das dein neues Hobby? Männer umschubsen?«

Sie schüttelte den Kopf und wies auf sein Bein. Er trug eine Art Gipsschuh, der bis knapp unterhalb des Knies reichte.

»Wie ist das passiert?«

»Können wir uns hinsetzen? Ich glaube, es gibt eine Menge zu erzählen. Und zu beichten?«

Sie schüttelte so vehement den Kopf, dass ihre Haare flogen.

»Nein, nur zu berichten!« Sie warf einen Seitenblick auf Paul und flüsterte dann: »Der Typ ist total übergriffig – aber ich hoffe, er hört jetzt endlich auf damit!«

»Und wenn nicht, trete ich ihn mit meiner Orthese«, versprach Laurin und holte mit seinem Gipsschuh zu einem Luftkick aus.

Die ersten Minuten auf der Cafeteria-Terrasse konnten sie sich nur anstarren. Immer wieder fuhr Alwa über Laurins Arm und flüsterte etwas wie: »Du bist es. Du bist es wirklich!«, und er nickte und strich ihr eine Haarsträhne aus den Augen und lehnte seine Stirn gegen ihre. All die Sorge, all das Vermissen, die Unsicherheit und Angst überfluteten sie und sie begann zu weinen.

»Ich dachte …«, stammelte Alwa. »Ich habe mir immer wieder ausgemalt, was geschehen sein könnte … ich hatte so große Angst …« Sie brachte es nicht über sich, einen der Sätze zu beenden. Laurin nickte und hielt sie noch fester und daran merkte sie, dass auch er Angst gehabt hatte.

»Hier, ich habe uns mal was von der *homemade* Limo geholt«, riss Tiff sie beide aus diesem Gedankenstrudel und stellte drei hohe Gläser mit einer quietschorangefarbenen Flüssigkeit sowie einigen Limetten- und Orangenscheiben darin vor sie auf den Tisch.

»Auf unser Wiedersehen«, sagte Tiff und streckte ihnen ihr Glas zum Anstoßen hin. Sie tranken in großen Schlucken, als seien sie alle drei vor dem Verdursten aus der Wüste gerettet worden.

»Boah, wie gut!«, stöhnte Laurin. »Und ähm, meint ihr … es gibt was zu essen? Ich bin total ausgehungert.«

Tiff sprang auf. »Na klar, ich besorg dir was. Aber nicht alles erzählen, solange ich weg bin. Nur den Pärchenkram, okay?« Sie zwinkerte Alwa zu und diese war froh, dass Tiff endlich so entspannt auf ihr Zusammensein mit Laurin reagierte.

»Was ist mir ihr passiert?«, fragte er prompt, als Tiff außer Hörweite war.

»Ich denke, sie hatte in der letzten Woche einige Aha-Erlebnisse. Und sie ist megafroh, dass du wieder da bist. Sie hat sich die Schuld an deinem Verschwinden gegeben.«

»Ich habe sie einige Male verflucht, das kannst du mir glauben.« Laurin nickte zu seinen Worten und streichelte unablässig über Alwas Unterarm. »Aber passiert ist passiert, oder?«

Wie hatte sie dieses kleine Wörtchen vermisst, dieses fragende *Oder,* das sich so häufig in seine Sätze schlich und charmant um ihre Zustimmung bat, wenn er deutsch mit ihr sprach.

»Ja«, sagte sie. »Allerdings. Und jetzt erzähl!«

»Hm, okay«, Laurin sah in den wolkenlosen Himmel über ihnen, als suche er dort nach dem Anfang seiner Geschichte. »Es war natürlich komplett unsinnig, Tiff in der Dunkelheit finden zu wollen. Sie hätte überall sein können. Sie hat mir mal von einem Platz am Meer erzählt, wo sie gerne saß, und da bin ich zuerst hin. Als ich gemerkt habe, dass sie dort nicht ist, wollte ich zurück. Aber ich war gerade an der Straße, als es plötzlich bebte.« Er umfasste Alwas Hände und ließ kurz seine Stirn darauf sinken. Dann sah er sie wieder an. »Ich weiß auch erst seit gestern, dass dir nichts passiert ist. Glaube nicht, dass du die Einzige bist, die sich Sorgen gemacht hat.« Alwa beugte sich vor und küsste ihn. Stimmt, seine Perspektive hatte sie nie eingenommen.

»Jedenfalls kam ich nicht mehr zum Heim zurück – da war ein so riesiger Spalt in der Straße, über mir rumpelte der Berg. Also lief ich in die entgegengesetzte Richtung und hoffte, von hinten herum zurück nach Kaikoura zu kommen. Aber überall waren tiefe Klafter oder meterhohe Aufschüttungen. Und außerdem war es ja mitten in der Nacht. Das Handynetz war zusammengebrochen, und nachdem ich die ganze Zeit die Taschenlampe anhatte, gab der Akku schnell seinen Geist auf.«

Tiff kam mit einem riesigen Stapel Donuts, Sandwiches und kleinen Salatschüsseln an und stellte das voll beladene Tablett auf dem Tisch ab.

»Ich dachte, wir können alle was vertragen«, sagte sie und nahm sich eine Salatschüssel. Alwa streichelte ihre Schulter und wünschte ihr guten Appetit. Laurin biss ein paar Mal in eins der Sandwiches, bevor er weitererzählte.

»Boah, köstlich! Als der Morgen dämmerte, musste ich feststellen, dass ich mich komplett verirrt hatte. Ihr könnt euch das nicht vorstellen. Ich wusste nicht mal mehr, in welche Richtung das Meer lag. Um mich herum waren nur dschungelartige Wälder, die sich über Hügel zogen und mit jedem Meter undurchdringlicher wurden. Dann bebte immer mal wieder die Erde und ich bekam Panik, dass sich direkt unter mir ein Spalt auftun und mich verschlingen würde. Ätzend war das!«

»Oh Gott, wie gruselig.« Alwa überlief ein Schauer. »Da ging es uns ja richtig gut.«

»Na ja, ich habe ständig dran gedacht, was mit den Kindern ist – und mit euch natürlich. Waren die Kids sehr verschreckt?«

Alwa erzählte kurz, was aus den Kindern geworden war und wie es ihnen ging.

»Hoffen wir mal, dass sie sich alle wieder wohl und sicher fühlen.« Laurin aß sein Sandwich auf und nahm sich sofort das nächste. »Ich wollte keinesfalls aufgeben und bin immer weiter durch den Wald gelaufen. Ich wollte auf eine Kuppe, ich hoffte, von dort aus einen Überblick zu bekommen, wo ich war. Aber dann …« Er schluckte und fixierte kurz die Tischplatte, ehe er Alwa wieder ansah. »Dann lag da so ein umgekrachter Riesenbaum im Weg. Ich wollte darüberklettern. Doch ich bin abgerutscht, mein Fuß verfing sich in den Astgabeln und – knacks. Das Geräusch war so laut – ich dachte, alle Vögel würden aufschrecken. Ich kippte vor Schreck und Schmerz nach hinten weg und landete mit dem Kopf auf einem Stein. Da wurde es dann erst mal dunkel um mich rum.«

Alwa lehnte sich gegen ihn. Was hatte er durchstehen müssen!

»Als ich wieder zu mir kam, stach die Sonne von hoch am Himmel in mein Gesicht. Ich hatte Durst wie noch nie. Das war grauenhaft! Um mich herum waren überall morastige Wasserlachen, aber ich habe mich nicht getraut, daraus zu trinken. Vergiftet werden oder verdursten – eins war so ätzend wie das andere. Mir wurde schnell klar, dass ich mit dem Fuß keinen Meter laufen konnte. Der Knöchel war wahnsinnig angeschwollen. Ich schaffte es irgendwie, den Schuh auszuziehen, und konnte den Fuß wenigstens in einer Pfütze etwas kühlen. Gleichzeitig bekam ich immer stärkere Kopfschmerzen.«

»Oh, das kenne ich«, bestätigte Tiff. »Ich hatte eine Gehirnerschütterung … sehr unangenehm. Und schlecht war mir!«

»Ja, allerdings.« Laurin nickte ihr zu. »Ich habe echt gedacht, mein letztes Stündlein hat geschlagen. Ich dachte, ich würde dort liegen bleiben und elendig verrecken. Ein paar Mal flog ein Hubschrauber über mich rüber, aber sie haben mich nicht entdeckt. Obwohl ich gewunken und geschrien habe.«

»Das ist so laut in dem Ding – das kann ich mir vorstellen, dass da keiner was mitbekommt«, sagte Alwa. Die Vorstellung, wie Laurin so hilflos ausgeharrt hatte, war fürchterlich. Sie streichelte seinen Arm, küsste ihn auf die Wange. Er lächelte. Wie gut, dass er noch lächeln konnte!

»Ich weiß nicht, wie lange ich dort lag, aber irgendwann wurde es finster. Ich kann gar nicht mehr sagen, ob es nur um mich dunkel wurde, weil ich wegdämmerte, oder ob es tatsächlich Abend war. Jedenfalls plötzlich … da tauchte über mir ein Hund auf. Ein großer, weißer, zotteliger Hund, der schnüffelte an mir herum und dann bellte er. Ich war nicht mal mehr in der Lage, Angst zu haben. Er lief weg und kam wieder, bellte und irgendwann raschelte das Gebüsch in der Nähe und ein Mann erschien. Mein Retter.«

»Oh my God! Was musst du erleichtert gewesen sein«, sagte Tiff und sah irritiert auf den letzten Rest eines Sandwiches, das sie in der Hand hielt. Alwa musste lächeln. Offensichtlich hatte Tiffany so gebannt zugehört, dass sie gar nicht gemerkt hatte, wie nach dem Salat auch noch das Sandwich in ihrem Magen gelandet war.

»Allerdings! Der Typ kam von so einer Art Aussteigerhof, der in der Nähe lag. Was für ein Glück ich hatte!«

»Ja, wir haben schon davon gehört«, erklärte Alwa und erzählte von ihrer nächtlichen Begegnung in der Küche.

»Die vier waren ziemlich merkwürdig.« Laurin ließ seine Finger über Alwas Arm tanzen. »Vermutlich muss man merkwürdig sein, wenn man eine solch extreme Lebensart wählt. Aber immerhin haben sie meinen Fuß versorgt und mich durchgefüttert und nach ein paar Tagen mit viel Schlaf war auch die Gehirnerschütterung abgeklungen. Ich werde zwar nie wieder Löwenzahnsalat essen wollen oder Tee aus irgendwelchen Baumrinden trinken, aber die vier haben mir wirklich das Leben gerettet!«

»Ich bin ihnen mindestens so dankbar wie du!«, ergänzte Alwa. »Und sag doch mal, wie du jetzt hierhergekommen bist! Ich habe einen Hubschrauber losgeschickt, damit er nach dir sucht.«

Laurin hob erstaunt die Augenbrauen.

»Du kannst Hubschrauber losschicken? Königin Alwa, ich danke dir!« Immerhin konnte er schon wieder spöttische Witze machen.

»Na klar – für dich auf jeden Fall.«

»Sorry, Tiff, wegschauen«, sagte Laurin, zog Alwa an sich und küsste sie, bis ihr die Luft ausging.

Der Nachmittag auf der Terrasse der Cafeteria verging wie im Fluge. Zwischendurch redeten sie alle durcheinander, weil jeder seinen Teil des Abenteuers unbedingt loswerden wollte. Jedenfalls konnte Laurin den Hof trotz seiner Verletzung verlassen, weil es Kathy, der hochschwangeren Aussteigerin, immer schlechter erging. Später stellte sich heraus, dass sie eine Schwangerschaftsvergiftung erlitten hatte und es höchste Zeit gewesen war, sie medizinisch zu versorgen, damit sie und das Baby überlebten. Ihr Mann erkannte den Ernst der Lage und machte sich über die Berge auf den Weg, um Hilfe zu holen. Er war wohl fast einen ganzen Tag unterwegs bis zum nächsten Dorf. Von dort verständigte man einen Helikopter, der nicht nur die kranke Schwangere, sondern auch den verletzten Laurin mit ausflog. Sie landeten in Blenheim, wo beide Passagiere im örtlichen Krankenhaus versorgt wurden. Laurin bekam seine Orthese und Kathy eine gesunde kleine Tochter. Die anderen drei hatten sich inzwischen zu Fuß und per Bus auf ins Krankenhaus gemacht, um Kathy beizustehen.

»Ich muss den Schuh noch etwa drei Wochen tragen«, erklärte Laurin. »Dann müsste der Bruch wieder verheilt sein. Aber immerhin mussten sie nicht operieren. Na ja, gestern wurde ich entlassen, dann habe ich endlich das nächste Internetcafé aufgesucht und gehofft, dass dein Instagram-Account verrät, wo du bist. Und – bingo! Ich habe mich bei Morgengrauen in einen Bus gesetzt und keine sieben Stunden später kam ich hier an.«

»Was haltet ihr davon, wenn wir zusammen die Kinder besuchen gehen?«, schlug Tiff vor. »Die freuen sich bestimmt riesig.«

»Au ja«, stimmten die beiden anderen zu und so machten sie sich gemeinsam auf den Weg.

Lektion 28: Ein richtig gutes Angebot kann auch das falsche sein!

🌐 keepcalm_Alwa
CHRISTCHURCH, NEW ZEALAND

Okay, ja, was soll ich sagen … ihr ahnt es längst! Ein Bild sagt mehr als 100 Worte. Er ist nicht nur ein Kollege. Oder ein Freund. Er ist … my one and only :-)))

#Happyendfürromeoundjulia #glücklichesWiedersehen #foreverandever #Schmetterlingeimbauch

---

♥ Gefällt 576 Mal
09.11.

»Habt ihr noch ein paar Minuten Zeit?«, fragte Brent Robertson, nachdem sich Alwa, Laurin und Tiff am frühen Abend von den Kindern verabschiedet hatten. Sie nickten und folgten dem Einrichtungsleiter in sein Büro. Auch dies wirkte heimelig und gemütlich – nicht so wie die chaotische Bruchbude von Svetlana. Sie setzten sich auf eine einladende Sofalandschaft in der Besprechungsecke und sahen Brent erwartungsvoll an.

»Zum einen«, begann er und wedelte mit einem Zeitungsausschnitt, den er ihnen reichte. »Schaut euch das mal an.«

Alwa, Tiff und Laurin beugten die Köpfe über den Text und lasen beinahe atemlos.

Mit Spendengeldern wollten sie ein Luxusleben finanzieren, lautete die Überschrift. Dann ging es weiter:

Der Tag endete schlecht für Svetlana B. und ihren Komplizen Jonathan T. Morgens hatten sie eine Jacht im Hafen von Auckland angemietet, doch bevor sie am Mittag an Bord gehen konnten, stellte die Polizei die beiden mutmaßlichen Betrüger und führte sie noch am Abend dem Haftrichter vor. Den beiden wird zur Last gelegt, ein Kinderprojekt in Kaikoura dafür missbraucht zu haben, Spendengelder einzusammeln – Spenden, die nie den Kindern zugutekamen, sondern nur den beiden »Projektleitern«, wie sie sich nannten. Dabei betrieben sie nur einen minimalen Aufwand, um die ihnen anvertrauten Minderjährigen zu versorgen. Meistens mussten im zurückliegenden Dreivierteljahr Praktikanten für die etwa 20 Jungen und Mädchen sorgen. Doch nach dem Erdbeben in Kaikoura flog alles auf. Eine der Praktikantinnen konnte in den Trümmern des vom Beben fast völlig zerstörten Hauses Beweismaterial sicherstellen, das die Machenschaften von Svetlana B. und Jonathan T. offenlegte, woraufhin die nach dem Erdbeben Flüchtigen zur Fahndung ausgeschrieben wurden. Nun schnappten in Auckland die Handschellen zu. Der Haftrichter ließ sich von den Beweisen gegen sie überzeugen und ordnete eine Unterbringung in der Untersuchungshaft an.

»Wow, Alwa!« Laurin sah sie voller Bewunderung an. »Darf ich dich jetzt Sherlock Holmes nennen? Großartig, dass du dabei helfen konntest, sie zur Strecke zu bringen.«

»Aber mir ist es richtig peinlich, dass ich auf meinem Blog zu Spenden für diese Verbrecher aufgerufen habe. Ich hoffe, niemand hat was überwiesen.«

»Ach was, konntest du ja nicht wissen. Daher: Gratulation!«, rief Tiff und hielt Alwa die Hand zu einem *Highfive* hin. Alwa schlug ein.

»Ja, das ist wirklich ein Erfolg«, bestätigte auch Brent. »Und so wie ich das heute – und bei dir, Alwa, schon in den letzten

Tagen – gesehen habe, könnt ihr nicht nur Verbrecher fangen, sondern ebenso toll mit Kindern umgehen.«

»Die sind aber auch so süß! Wie Minnie sich gefreut hat …« Tiff standen sofort Tränen in den Augen. Die Kleine hatte sich beim Wiedersehen an Tiff geklammert und sie gar nicht mehr loslassen wollen.

»Ja, und Eric …«, Laurin klopfte auf seine Orthese, »… wollte mich die ganze Zeit stützen und hat mir ein Kissen gebracht, damit ich mit dem Fuß bequemer sitze. Diese Kinder sind so fabelhaft!«

Brent lachte freundlich.

»Deswegen habe ich etwas rumtelefoniert und kann euch ein Angebot machen. Vielleicht wisst ihr, dass wir weitere Projekte in Wellington und Invercargill ganz im Süden betreiben. Leider gibt's keine Möglichkeit, euch alle drei hier zu beschäftigen – ich hätte nur – und das nur ausnahmsweise – Platz für einen zusätzlichen Praktikanten. Aber in Wellington und Invercargill gäbe es jeweils eine Möglichkeit. Was meint ihr?«

»Wow«, sagte Tiff. »Das ist ja toll! Vielen Dank!«

Sie wechselten alle drei schnelle Blicke.

»Wie weit ist Invercargill entfernt von hier – oder Wellington?«, fragte Laurin.

»Bis Invercargill fährt man gut sieben Stunden, schätze ich«, antwortete Brent. »Nach Wellington ist es momentan schwieriger wegen der gesperrten Straßen. Inklusive Fähre ist man locker zehn Stunden unterwegs.« Er sah nachdenklich von einem zum anderen. »Sich mal so eben übers Wochenende zu treffen, ist leider nicht drin.«

»Puh«, konnte Alwa nur sagen. Es war, als hätte ein Wirbelsturm angefangen, die Gedanken in ihrem Gehirn wie Papierschnipsel durcheinanderzupusten. *Studium,* stand auf einem geschrieben, *Laurin* auf einem größeren. Zukunft, Kinder, Geld, Praktikum, Bestätigung, Mama, Deutschland … ihr schwirrte der Kopf.

»Können wir darüber nachdenken?«, bat sie. Brent nickte.

»Na klar, sagt mir Bescheid, sobald ihr euch entschieden habt.«

»Das machen wir – aber schon mal vielen Dank! Das ist ein tolles Angebot!«, sagte Alwa.

Sie verabschiedeten sich und verließen das Heim. Langsam schlenderten sie nebeneinanderher die Straße entlang in Richtung *Prisonhouse.*

»Und jetzt?«, fragte Tiff irgendwann.

»Keine Ahnung«, antworteten Alwa und Laurin gleichzeitig.

»Wenn euch die Nudeln nicht schon zum Hals raushängen, könnt ihr gerne mitessen!«, rief Tiffany Jeff und Bo zu. »Wir haben viel zu viel gekocht.« Alwa bemerkte, dass sich Jeff und Tiff verschwörerisch zulächelten, und sie schob bereitwillig einen Stuhl vom Küchentisch weg.

»Setzt euch«, forderte Alwa ihre neuen Bekannten von letzter Nacht auf. Als sie mit Kochen begonnen hatten, hatte sie das Gefühl gehabt, nicht einen Bissen herunterzubekommen. Die Aufregung der letzten Tage wirkte noch immer nach. Aber nun hatte sie gerade den zweiten gut gefüllten Teller Nudeln geleert und gespürt, dass sie zum ersten Mal seit Laurins Verschwinden so richtig mit Appetit gegessen hatte.

Es war einfach wunderbar, ihn neben sich zu wissen, nach seiner Hand zu greifen, wann immer sie wollte, und seine auf ihrem Rücken zu spüren, in ihrem Nacken. Sie hatten Brents Angebot in den letzten Stunden nicht erwähnt, sie alle drei wollten nur einen entspannten Abend verbringen, so als gäbe es weder Vergangenheit noch Zukunft.

Und so witzelten sie nun dankbar mit Jeff und Bo herum, erzählten sich ihre haarsträubendsten Reiseerlebnisse und verputzten den kompletten Nudelberg. In all dem Lachen und Reden sahen sich Alwa und Laurin immer wieder an, legten ihre Handflächen aneinander und versanken für einen kurzen Moment in einem Kokon der Stille, in dem nur sie beide Platz hatten. Und trotz der gelösten Stimmung fuhr es Alwa stetig durch den Kopf: Und jetzt?

Irgendwann stieß Paul zu ihnen, aber er tat, als sähe er Alwa gar nicht. Er konzentrierte sich auf die anderen drei und Alwa war froh, dass Laurins Anwesenheit Paul ausreichend bewies, dass sie nichts für ihn übrighatte.

Nachdem sie abgespült hatten, griff Laurin nach dem vollen Mülleimerbeutel.

»Wo kommt der hin?«, fragte er Alwa. Das war wohl seine Art, ihr klarzumachen, dass er allein mit ihr sein wollte.

»Ich zeig's dir«, sagte sie, nahm seine Hand und sie gingen hinaus in die kühle Nacht. Nachdem sie den Müll in einen Container entsorgt hatten, setzten sie sich auf eine niedrige Mauer neben dem Seiteneingang. Gemeinsam blickten sie in den schwarzen Himmel über sich, in dem Sterne wie kleine Diamanten funkelten.

Alwa war klar, dass sie darüber reden sollten, ob sie Brents Angebot annehmen wollten, und damit auch, wie es mit ihnen weiterging.

»Also …«, fing Laurin an und Alwa sagte im gleichen Augenblick: »Ich weiß …« Sie brachen beide ab und lachten. Alwa lehnte den Kopf gegen seine Schulter.

»Was machen wir denn jetzt?«, fragte sie.

»Ja, puh, was machen wir jetzt?«

»Weißt du«, fing Alwa an, »als ich hierherkam, nach Neuseeland, da hatte ich einen Plan. Ich wollte dieses Praktikum machen, eine Bestätigung dafür bekommen, meine Sprachkenntnisse verbessern und dann einfach in England mit dem Studium anfangen.«

»Ja, so ähnlich ging es mir auch«, bestätigte er.

»Aber jetzt …« Sie streichelte über jeden seiner Finger, hielt den Blick gesenkt. All die Worte, die ihr durch den Kopf fegten, hingen mit so vielen anderen zusammen, sie konstruierten einen neuen Sinn, sie konstruierten Dinge, die erst Wirklichkeit wären, wenn sie sie aussprechen würde. Doch sie war sich nicht sicher, ob diese neue Wirklichkeit dann auch in ihrem Sinn wäre. Sie würde zugeben müssen, wie sie zu ihm, zu Laurin, stand, und trotz all der Seligkeit, sich endlich wiederzusehen, war sie nicht sicher, ob Laurin über ihre Worte erfreut wäre oder ob er sie als Last empfinden würde.

»Jetzt ist alles komplett anders«, vollendete sie den Satz. »Und ich weiß nicht, wie, na ja, wie tragfähig diese neue Realität ist.«

»Ohne es auszuprobieren, werden wir es nicht herausfinden, fürchte ich.« Er sah wieder in die Sterne, als könnte man dort oben am Himmel wie auf einer Kinoleinwand die eigene Zukunft als Film anschauen. Doch es blieb dunkel, niemand schaltete einen Projektor ein.

»Und würdest du es denn ausprobieren wollen?«, flüsterte Alwa stockend.

»Schon, oder?«

»Also, ich meine nicht, in einem Projekt in Invercargill oder Christchurch zu arbeiten«, stellte Alwa klar.

»Sowieso.«

Ihre Blicke trafen sich und sie versuchten, den Dialog stumm fortzuführen. *Was, wenn wir doch nicht zusammenpassen?*, fragten Alwas Augen. *Was, wenn ich mich ärgere, dass ich meine Pläne für dich aufgegeben habe? Was, wenn ich dich enttäusche? Was, wenn wir keine gemeinsame Zukunft haben?*

»Was glaubst du – was machst du in zehn Jahren?« Sie fragte nur, weil sie hören wollte, ob er sich getrauen würde, ihren Namen in seine Überlegungen mit einzubeziehen.

»Vielleicht mein bedingungsloses Grundeinkommen verprassen«, sagte er nach langem Nachdenken.

Sie nickte. Enttäuscht.

»Oder deins«, fügte er hinzu.

Sie lachte und stieß ihm ihren Ellenbogen in die Seite.

»Und du?«, wollte er wissen.

»Ich dachte immer, ich würde internationale Hilfsprojekte für Menschen in Not koordinieren oder Brunnen bauen oder afrikanische Kinder unterrichten. Aber … oh Gott, das ist so schwer. Wenn ich ehrlich bin, glaube ich nicht, dass es das ist, was ich kann.«

»Warum nicht? Du gehst großartig mit den Kindern um. Sie lieben dich.«

»Ich denke, das ist das Problem. Ich liebe sie nämlich auch, und wenn ich mir vorstelle, dass ich sie irgendwann zurücklassen muss, dann bricht es mir das Herz.«

»Vielleicht gewöhnst du dich daran?«

»Und wenn ich das nicht will? Verdammt, ich dachte, es wäre leichter, die Welt zu retten.«

»Aber nur weil es schwer ist, sollten wir es nicht einfach sein lassen, oder?« Er zog sie dicht an sich und küsste sie auf die Schläfe.

»Natürlich nicht! Aber vielleicht muss ich nicht die Welt am Ende der Welt retten, sondern die vor meiner Haustür. Vielleicht wäre das für alle Beteiligten besser. Also zumindest in meinem Fall. Weißt du, ich vermisse meine Familie, meine Freundinnen, und zwar schrecklich. Ich dachte immer, ich stünde darüber, aber das tue ich nicht. Ist das beschämend?«

»Nein, gar nicht. Nur ehrlich.« Er streichelte über ihren Handrücken. »Und mutig! Ich glaube, alle, die unterwegs sind, tun so, als sei das Reisen die einzige Lebensform für Menschen in unserem Alter. Vielleicht wollen sie sich nur von der Richtigkeit ihres Tuns überzeugen, damit sie sich nicht eingestehen müssen, dass sie lieber zu Hause wären.«

»Für einige ist es sicher das Richtige herumzufahren.«

»Ja bestimmt. Aber es sollte kein Zwang sein, oder?«

Alwa nickte zustimmend. Sie war froh, dass er sie verstand. Es war das erste Mal, dass sie diesen Gedanken zugelassen, ihn sogar ausgesprochen hatte – dass sie Angst hatte, ihren eigenen Ansprüchen an sich selbst nicht gerecht zu werden.

»Soll ich dir erzählen, warum ich hierhergekommen bin?«, fragte er.

»Gerne!«

»Eigentlich ist meine Exfreundin daran schuld.«

Er hatte eine Exfreundin? Okay …

»Ja, unsere Trennung war so schrecklich, dass ich einfach fortmusste.«

»Oh je, was ist passiert?«

»Wir gingen zwei Jahren miteinander und alle sagten uns immer wieder, wir würden so gut zusammenpassen, dass wir bestimmt gemeinsam alt werden würden.«

»Oh, das kenne ich!« Alwa lachte laut.

»Wir glaubten es auch, alle beide«, fuhr Laurin fort. »Wir überlegten schon, wo wir nach der Matura gemeinsam zum Studium hingehen konnten. Ich wollte auf jeden Fall etwas im Bereich Psychologie machen, sie wollte Physik oder Mathematik studieren.«

»Klingt doch gut.« Noch besser, dass nichts daraus geworden war, fand Alwa und schämte sich für den bösen Gedanken.

»Ja, dachte ich auch. Aber ausgerechnet auf unserer Maturafeier hatte eine gemeinsame Freundin einen ziemlichen Absturz – ihr Freund hatte ein paar Tage zuvor mit ihr Schluss gemacht. Sie hat sich total betrunken und ich habe sie nach Hause gebracht. Und dann hat irgendein Idiot das Gerücht gestreut, ich hätte was mit ihr angefangen. Und meine Freundin hat es geglaubt. Ich weiß bis heute nicht, welcher Teufel sie geritten hat, so etwas von mir anzunehmen. Ich habe geschworen und gefleht und gebettelt – aber sie wollte mir nicht glauben. Die andere hat nicht gerade geholfen, sie sagte, sie könne sich nicht mehr erinnern, was in der Nacht passiert sei, sie gehe zwar davon aus, dass nichts war, aber sie könne es auch nicht ausschließen.«

»Oh Mann – das muss ja fürchterlich für dich gewesen sein.«

»Ja, vor allem, weil ich mir so machtlos vorkam. Ich wusste ja zu hundert Prozent, dass ich nichts mit dieser Frau hatte – doch ich konnte es Melanie nicht beweisen. Mir ist klar, dass vorher Dinge schiefgelaufen sein müssen, damit sie plötzlich so von meiner Schuld überzeugt war – vielleicht wollte sie mich schon lange loswerden und hat sich nie getraut, mir das zu sagen. Und dann war die Anschuldigung genau der richtige Grund, um mich abzuservieren. Diese Erfahrung wünsche ich meinem ärgsten Feind nicht.«

»Da wäre ich auch abgehauen!« Alwa dachte daran, wie schwer es ihr gefallen war, sich von Yannis zu trennen, wie viele Anläufe sie benötigt hatte, wie oft sie wieder eingeknickt war, obwohl er sie am Ende nur noch genervt hatte. Aber so etwas hätte sie ihm nie angetan!

»Am Anfang war ich wirklich am Boden zerstört. Erinnerst du dich, als wir uns in Auckland am Flughafen das erste Mal gesehen haben? Ich habe dich gehasst – nur aus dem Grund, weil du eine Frau bist und mir Schwierigkeiten bereitet hast.«

»Unabsichtlich!«

»Natürlich unabsichtlich. Und natürlich habe ich dich nicht gehasst. Aber es hat mir das Gefühl gegeben, dass es mit Frauen grundsätzlich schwierig ist.«

»Tut mir leid!«

»Ach was, inzwischen hast du mir ja sehr deutlich das Gegenteil bewiesen.«

Sie sahen sich an und dann fanden sich ihre Lippen und die Welt und ihre Probleme versanken hinter dem Horizont, lösten sich in der Dunkelheit der Nacht auf und es gab nur noch sie zwei und das Glück und nichts weiter.

Lektion 29:
Kein Plan ist auch eine Lösung!

Laurinreist

KAIKOURA, NEW ZEALAND

So sieht es aus, wenn die Dame meines Herzens endlich ihren Traum verwirklicht – sie schluckt Tabletten, damit sie nicht spucken muss. Also, nicht wegen meines Anblicks ... sondern wegen der Wale. Logisch, oder?

#whalewatchingzumzweiten #Bootstour #backtokaikoura #Kotzprävention

♥ Gefällt 26 Mal

26.03.

»Da!«, schrie Alwa und ihre Stimme überschlug sich fast. »Schau doch, da!« Sie fuchtelte mit dem Arm und deutete immer wieder auf die riesige grauschwarze Masse, die sich nun langsam aus den Fluten erhob. »Wahnsinn!«

Der Wal schob zuerst seinen gesamten Körper in einer eleganten Linie aus dem Ozean, ragte für einen Augenblick genau zwischen ihnen und der Sonne empor, sodass es dunkler wurde. Dann klatschte er mit dem Bauch auf die Oberfläche, Wasser sprühte bis zum Boot, es schwankte und schließlich war nur noch die Fluke zu sehen, die als Letztes verschwand.

Alwa hüpfte auf und ab und kleine, glückselige Gluckser entwichen ihrem Mund. Laurin blickte sie amüsiert an, dann nahm er ihre Hand und zog sie neben sich auf einen der Sitzplätze auf dem Oberdeck des kleinen Schiffes.

»Na, siehst du, jetzt hast du deinen Wal!« Er wirkte regelrecht erleichtert. Als fiele es in seine Zuständigkeit, dass dieses Naturschauspiel endlich vor Alwa aufgeführt worden war.

»Ja, unglaublich!« Die Worte sprudelten aus ihr heraus. »Wie kann sich eine solche Masse Materie so anmutig bewegen? Ich fasse es nicht! Ein echter, lebender Pottwal! Vielleicht sollte ich Meeresbiologie studieren, was meinst du? Dann könnte ich Wale als Schwerpunkt nehmen und ständig hinausfahren …«

Sie brach ab. Laurin grinste.

»Und was wird aus deiner Karriere als Ärztin?«

»Bis ich den NC abgesessen habe, bin ich alt und grau.«

»Aber gestern hast du doch noch …«

»Ja, gestern. Da hatte ich noch keinen Wal gesehen.«

»Und die Erzieherinnenausbildung, nach der du letzte Woche gegoogelt hast?«

»Ach, Laurin … ich habe dir doch gesagt, du sollst mich nicht ernst nehmen.«

»Würde ich nie tun …«

Sie boxte ihn in die Seite und er küsste das mäandernde, himmlisch schöne Tattoo auf ihrem Oberarm – das Tattoo, von dem sie noch immer überzeugt war, dass es eine wundertätige Wirkung entfaltet und Laurin zu ihr zurückgebracht hatte. Sie blickten gemeinsam hinaus aufs Meer, das sich nun wieder so glatt und ruhig vor ihnen erstreckte, als gäbe es gar keine Meeresriesen, die es in Aufruhr versetzen konnten.

Alwa hätte nicht gedacht, dass sie noch einmal nach Kaikoura zurückkehren würden, aber dann hatte Brent Robertson jemand gesucht, der Minnie nach Kaikoura bringen würde. Deren Mutter hatte ihre Lebensumstände endlich so in den Griff bekommen, dass sie ihre Tochter wieder zu sich nehmen konnte. Und natürlich waren Laurin und Alwa mehr als bereit gewesen, sie auf der langen Busfahrt zu begleiten. Gestern Nachmittag hatten sie die wegen der gesperrten Straßen noch immer umständliche Reise hinter sich gebracht und Alwa schossen gleich wieder die Tränen in die Augen, wenn sie an das Wiedersehen von Minnie mit ihrer Mutter dachte. Zuerst hatte sich das Mädchen hinter Alwa versteckt und dabei ihre Hand fest umklammert. Aber plötzlich hatte Minnie sich losgerissen und war ihrer Mutter in die Arme gelaufen. Solange Alwa und Laurin bei ihr gewesen waren, hatte sie ihre Mama fest umklammert. Egal, was einmal gewesen war – das Glück, wieder beieinander zu sein, war unübersehbar.

Nachdem sie sich verabschiedet hatten, hatten Alwa und Laurin Rewi einen Besuch an seinem Kiosk abgestattet. Trotz des Unglücks waren die Geschäfte nicht ganz so schlecht, wie er nach dem Erdbeben erwartet hatte, erzählte der junge Maori. Sogar die Boote fuhren wieder zu Whalewatching-Trips hinaus aufs Meer. Und das ließ sich Alwa nicht zwei Mal sagen. Ihre Ersparnisse waren fast aufgebraucht – aber in zwei Wochen würden sie die Heimreise antreten und es war ihre letzte Chance, doch noch einen Wal zu sehen.

»Wahnsinn, wie sich jetzt alles gefügt hat«, sagte Alwa und versuchte, ihre Haare im Wind zu bändigen, was natürlich unmöglich war.

»Allerdings«, bestätigte Laurin. »Ich bin gespannt auf das, was kommt.«

»Immerhin wissen wir, was in den nächsten Tagen passiert. Ich freu mich schon zu sehen, wie es Tiff in Wellington geht.«

»Na ja, den Fotos nach zu urteilen, die sie ständig geschickt hat, sehr gut.«

»Und du meinst jetzt nicht die Fotos mit den Kindern aus dem Projekt.«

»Genau, ich meine die von ihr und Jeff beim Eisessen.«

»Der arme Bo ...«

»Ja, manchmal opfert ein Mann seine Freundschaften für eine Frau.«

»Oder seinen Job.«

»Oder seinen Job. Na ja, geopfert kann man das nicht nennen. Ich wette, unser Jobsharing-Modell wird sich neuseelandweit durchsetzen.«

»Weltweit.«

»Mindestens.«

»Laurin ...« Alwa versuchte, die Worte richtig zu sortieren. »Ich fand es großartig, wie wir das hinbekommen haben. Danke, dass du das mit mir durchgezogen hast.«

»Oh, nichts zu danken – es war doch ideal. Nur im Hostel zu arbeiten, wäre mir zu blöd gewesen, und dass einer von uns komplett auf die Kinder verzichtet, war ja auch keine Lösung.«

»Na ja, du hättest ja nach Invercargill gehen – oder mich dorthin abschieben können.«

»Niemals!«

»Eben! Und dafür danke ich dir! Das hätte vermutlich nicht jeder mitgemacht.«

»Aber der hätte dann auch eine einmalige Erfahrung verpasst. Fandest du es nicht extrem spannend, wie sich die popeligen Problemchen all dieser Backpacker angesichts der Kinder relativiert haben?«

»Allerdings! Und wie toll von Brent, dass er uns beiden eine Bestätigung über drei Monate ausgestellt hat – obwohl wir ja eigentlich nur jeweils die Hälfte der Zeit beim Projekt mitgemacht haben.«

»Das nennt man Förderung des Nachwuchses.«

Alwa kniff die Augen zusammen und erkannte, dass die Küste langsam in Sicht kam.

»Schau!«, rief Laurin da und wies aufs Meer. Eine Schule Delfine sprang aus dem Wasser, tauchte ab, wurde wieder sichtbar und begleitete das Boot eine Zeit lang. Alwa hätte ihnen ewig zuschauen können.

Sie ahnte, dass die nächsten Monate nicht leicht werden würden. Sie musste ihrer Mutter beichten, dass sie all ihre Pläne über Bord geworfen, aber noch keine neuen parat hatte. Laurin würde erst einmal nach Zürich zurückgehen und dann würden sie sehen, wie und ob ihre Beziehung Bestand hätte. Die zurückliegenden Monate waren grandios gewesen und Alwa betete inständig, dass sie all die Gefühle füreinander in die Zukunft retten konnten. Ja, sie würden es schaffen, ganz bestimmt.

»Wir schaffen das!«, schrie Laurin plötzlich gegen den Wind, als habe er Angst, sie könne ihn nicht verstehen.

»Natürlich«, sagte Alwa. »Natürlich schaffen wir das!«

ENDE

Angela Mohr

Zwei Tage, zwei Nächte und die Wahrheit über Seifenblasen

Nik rennt vor seinen Schulden davon. Aino vor ihrer Schuld. Nik ist fasziniert von diesem Mädchen mit der zerbrechlichen Stimme – und fassungslos. Denn Aino will ins Kloster und schweigen, für immer. Gestrandet im Nirgendwo schließen die beiden einen Pakt: Aino verpfeift Nik nicht, der in Dauerschwierigkeiten steckt. Und Nik zeigt Aino, was sie auf dieser Welt verpasst. Für 48 Stunden steigen die beiden aus ihrem Leben aus. Aber wie beweist man jemandem, wie schön die Welt ist – mit einem Banküberfall, einem Besuch in einem Sexshop oder einer Nacht im Wald? Sicher ist nur: Das Leben hat für die beiden einen ganz anderen Plan.